FLORET
READING

小花阅读

我们只写有爱的故事

青春阅读　幸得相见

有爱的青春陪伴者

# 她住在七月的洪流上

十万月光 著

贵州出版集团
贵州人民出版社

# 十万月光

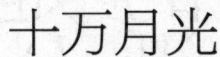

小 花 阅 读 签 约 作 者

一位出生于1997年的少女，
喜欢鲜艳的颜色，
向往轰轰烈烈的生活。
相信平行时空，
相信谲怪之谈。
会突发奇想去报兴趣班，学学画画学门外语。
永远走在寻找疯狂事情的路上。

ZUOZHEJIANJIE

## 前 言

完稿的时候是周五,晚上 9 点 22 分,天气晴。

我点了一杯阿华田,无糖加冰激凌、波霸和布丁。

去楼下拿奶茶的时候热浪扑面而来,那一瞬间恍惚觉得是刚下了晚自习,走在教学楼回宿舍的路上。

手里端着的是刚买的冰奶茶,侧过头就是整日厮混在一块的挚友。

然后我们绕着操场走了一圈,吹着热乎的风,偶尔对篮球场上奔跑投篮的小哥哥评头论足。

空气里全都是奶茶的香甜气息和从花坛传来的潮湿泥土的味道。

夏天的味道。

问：忽然想回到从前的某个契机是什么？

答：搬家时翻出来上学时候最爱的那本小说；第一次去见"爱豆"（偶像）的演唱会门票；在整理妈妈遗物时看到她十八岁时的照片。

那些至今想起来会笑会后悔的往事有轻也有重。

但这些旧物都有相同的特点，会在某个瞬间把人置于最软弱的境地，让人想要不管不顾地放声大哭。

时间已经把穿着校服的那一张张鲜明生动的脸和此刻的我们划分出清晰的界限了。

于是，在笔下的故事里，我让我的男主很幸运地，回到了过去。

回到三年前和他最爱的人重新相遇，改变她此后悲惨的命运。

男主的原型是一个我最近很欣赏的"爱豆"，外貌特征基本相似。

在看到他之后我就想要写一个酷酷拽拽又热血深情的男生，于是一点点有了这本书最开始的人设、大纲。

这个故事是和同事们一起开的"坑"，她们完稿的时候我在写，她们改完的时候我还在写。

但是，我心力交瘁地花了比大家都要多些时间写完的故事却不尽如我意。

或许是我忍受不了笔下故事的偏离，也或许是因为不想让这个有着我喜欢"爱豆"影子的男主就此崩掉，我生出了一个极为大胆的想法。

在修改的时候，我把其中六七万字的内容全部推翻，重写了。

这是个超大的工程，加了新的人物情节，再与原稿融合，牵一发而动全身，期间我还拿到了一个三万字的合集任务。

尽管这中间我一度快要揪光我的头发,但幸好的是,我做到了,力所能及地把这个故事写出了我希冀中的那个样子。

说到这里,不得不心怀愧疚地感谢感谢再感谢我的编辑大大——若若梨。

感谢若若姐在我偏离主线的时候帮我揪回来,感谢她总能一针见血地找到我的漏洞,感谢她能让我花这么久的时间去完成这个项目。

若若姐真的是顶善良宽容的上司和姐姐了。

感恩。

最后,希望有缘看到这本书的你、你们,能喜欢它。

十万月光

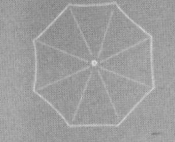

目录
contents

**Chapter 01** > 001
与其说是大家孤立她，不如说是她孤立众生。

**Chapter 02** > 013
除却你，这世间任何喧嚣于我，都毫无意义。

**Chapter 03** > 021
你什么都做不了的，鹿久你看不见！

**Chapter 04** > 033
冲着这难得的缘分，邻居，赏脸一起吃个早餐呗！

**Chapter 05** > 042
鹿久知道，而后她又要再次面对这世间最恐怖的东西。
——她被侵蚀、腐烂的人生。

**Chapter 06** > 052
她到底，在过什么样的生活？

**Chapter 07** > 066
如果没有这层身份，你是不是也会喜欢我？

**Chapter 08** > 083
长得特别帅，不会让你失望的。

**Chapter 09** > 099
我会追到你，牢牢牵住你，就像现在这样。

**Chapter 10** > 116
现在他和她在一起，过去也变得不那么要紧。

目录
contents

**Chapter 11** > 140
季东楠,真可惜啊。
最后也没能看到我喜欢的你,长什么模样。

**Chapter 12** > 161
你见我是初遇,我看你是重逢。

**Chapter 13** > 184
看在你刚刚拯救了三个甜品的分上,勉强分你一个。

**Chapter 14** > 198
逃课翻墙,飙车去看"爱豆"的演唱会,人生圆满。

**Chapter 15** > 213
这是她赤诚天真的十七岁。

**Chapter 16** > 232
我想明白了,我是来见你的。

**Chapter 17** > 246
可我好像连喜欢她的资格都没有了。

**秦沐篇·番外一** > 262
她活在这个世上,我就觉得高兴。

**鹿久篇·番外二** > 277
又不是隔着一千年也不是百十年,只是三年而已。

## Chapter 01

与其说是大家孤立她,
不如说是她孤立众生。

1.

厚重的窗帘拉得严实不见半点缝隙,隔绝了屋外一切光源。

阴暗客厅里烟酒交杂在一起的呛人气味,在黑暗中盘旋弥漫。

季东楠陷在软体沙发里,机械性地一口口灌着酒,仿佛喝的不是烈性酒而是水。

除了烈酒下喉的声响,整个房间里让人感受不到任何生气。

空瓶了,随手松开,玻璃瓶身滑落,在瓷砖上滚动与其他空瓶碰撞发出清脆声响后,终于停下。

难受啊,为什么越喝越清醒,心里的痛苦被酒精浸泡后放大了无数倍!季东楠瘫卧在沙发上,有泪水顺着眼角急急滑落,为什么不死去?

"季东楠!"

防盗门被人拍得震天响,门外传来姜磊的吼声:"季东楠开门!你要这样子到什么时候?"

季东楠从沙发上缓慢坐起,像具木偶一般没有生气。

呵,看来又到下午五点了。

不用看时间,只要姜磊来叫门,他就知道一天又将过去。

"季东楠,你知不知道你窝囊多久了?"门外姜磊气得用脚狠踹了几下门。

季东楠重新倒进沙发里,扯过靠枕捂在头上。

一个月零三天了。他当然记得,而且记得无比清楚,像是刻在了脑子里。

从7月12号到现在,鹿久已经死了一个月零三天。

醉意袭来,连带着脑袋都沉沉下坠。

门外姜磊还喊了什么,季东楠已经听不太清楚了,世界越来越安静、越来越模糊,直至一头扎进沙发里……

醉了睡,醒来喝,喝完梦。

反反复复,恍惚间季东楠以为,这便是一生了。

昏昏沉沉时,裤袋一轻,手机滑落在地。

整整七个小时,沙发上趴着的人终于动弹了一下,压了许久的左侧脸颊一片麻木,季东楠撑着手肘慢慢起身。

他端起桌上的水壶仰头猛喝,水从嘴角两旁汩汩洒落在T恤上,驱散了夏日里的些许炎热。

季东楠捡起手机,盯着那串烂熟于心的号码,鼻尖发酸。

那感觉像睡了个绵长的下午觉后幽幽转醒,屋内空荡冷清,窗外是一片暖洋洋的日光,细微的说话声从住房隔壁传来,吸着鼻子隐约闻到

可口的饭菜香。

可是在那一刻,独自坐在床上的人却恍若与整个世界隔离,孤独得想要放声大哭。

季东楠点开短信的输入栏,对话框里满屏蓝色,都是他的自说自话。

他的大拇指敲击在屏幕上,写下新短信:

"这个月过得像白开水,于是想去找鬼神打架,把你从那里绑来,丢进我的生活变成糖水。"

听到短信的提示音后,季东楠从复觉中醒来,天已经大亮。

他抓过手机,短信来源居然是鹿久的号码,回复只有三个字:"你是谁?"

难道鹿久的手机号这么快就办理给别人了?

季东楠的右眼皮重重地跳了一下,他想了想,回复了一条:

"抱歉,这是发给之前这个号码的主人的。我不知道已经被注销了,如果可以的话,我希望把这个手机号买下来,你开个价吧。"

叮咚!

"这号码一直是我在用啊,都用了五六年了。"

季东楠皱眉,手指飞扬。

"号码原主人叫鹿久,是我很重要的人,你开个价吧。"

叮咚一声,屏幕上再次跳出条新短信,字里行间散着悠悠光亮。

季东楠盯着手机,麻木多日的神色终于出现了一丝波动。男人沉着眸,眉宇间涌起隐约难控的愤怒。

对话框里躺着一行字:

"我就是鹿久。"

2017年1月27日,除夕。

未及零点就迫不及待响起的爆竹声,一拨又一拨,盛大、庞杂。

于零点那一刻,轰鸣声彻底被推向了高潮,在顶楼、在空中,以汹涌的声势将鹿久的感知彻底包围淹没。

她不用想也知道,周遭的邻户家中一定都是通透亮堂的,唯独她像颗坏掉的灯泡,被黑暗包裹。

鹿久独自坐在黑暗里,等待着爆竹声归于平静。烟花停顿的间隙中还有吐槽春晚的欢笑声从窗口飘出,零碎地钻进她的耳朵。

直到深夜两点,一切声响才渐渐平息。

鹿久慢慢起身,摸索到床上脱衣躺下,枕着手入眠。

她皱着眉心,睡得不太踏实,楼上嘈杂声不断,许多人在地板上来回跳动踩踏,扰人清梦。

鹿久转辗反侧几次之后,终于忍受不住,套上卫衣和裤子,摸到沙发旁披上棉袄出了门。

"砰砰砰!砰砰砰!"

连续的敲门声惊断了屋内的欢笑,离门口最近的男生慢腾腾打开了房门。

在那一瞬间,震耳欲聋的嗨歌几乎是扑面而来。

炸鸡味、香水味,男生和女生们的笑声,各种味道和声音从这欢腾的气氛里跑出来砸向鹿久。

鹿久下意识地退了一步。

"哟,哪儿来的美女啊?找楠哥的?"头顶传来男生戏谑的腔调,他回过头喊了句什么。

鹿久微微蹙眉,在嘈杂的背景音乐中冷着脸将音量提高了些:"你

好,我是楼下602的住户鹿久,现在是2点39分,你们放歌蹦迪已经严重影响到其他人正常休息,属于噪音扰民,请立刻把音量调到60分贝以下。"

"什么玩意儿?"男生像是听到什么奇怪的话,鼻腔里挤出几声嗤笑,"要是我不关呢?"

"那只好请你们去公安局跳舞了。"

"你脑子坏掉了?现在过年啊,谁不通宵嗨?"

"我。"

"嘿,你挺横啊。"

男生还想说什么却被另一个声音打断。

"宇子,怎么了?"

"楠哥,碰到个扫兴的。"罗宇应了句,在鹿久眼前不耐烦地挥了挥手,"去去去,大过年的自己杵家里发霉就行了,别来这里扫兴啊。"

他作势就要关门,鹿久仍然无动于衷地堵在门前,一双乌黑的眸子沉沉望着前方,清冽、干净,没有波澜。

罗宇关不了门,瞬间不耐烦了:"哎,我说小姐你到底要怎样?"

"我说了,你们打扰到了我休息。"在各种嘈杂声响中,鹿久的声音显得格外清冷和镇定。

季东楠靠在门上,冲着鹿久,问:"你,看不见?"

鹿久抿着唇不回应,显然是不准备做任何回答。

"什么?盲人?"罗宇讶异地在鹿久面前打了个响指,端详着她的眼睛,稀奇地笑出声,"真的假的?我还没看到过眼睛这么好看的盲人呢。"

他咂着嘴发出惋惜:"看着挺正常的,可惜了,可惜了。"

鹿久闻言不慌也不躲,从季东楠的角度他甚至还看到她抬了抬

下巴,迎向罗宇的目光:"我最庆幸自己是盲人的一瞬间你知道是什么吗?"

罗宇下意识就接了话:"什么?"

"就是现在站在你面前,看不到你帅得不明显的嘴脸。"

话音刚落,旁边传来一声轻笑。

鹿久无心和这间屋里的人多做周旋,她语气里多了几分不容置疑的强势:"请你们把音量调小,如果依然扰民,就算是过年,我也会立刻报警。"

女生目光沉沉,眼珠黑得像团化不开的浓稠颜料,又像是镶嵌在黑夜里的耀眼的明珠。

如果真是盲人,那确实可惜了。季东楠忽然想。

他看鹿久的表情并不像是说说,估计她真会这么干,忽然就对单枪匹马敢冲上来的小姑娘有了一丝兴趣。

"哎,我说你——"

罗宇跳脚,季东楠拍了拍他的肩打断他的话,对鹿久说:"知道了,我们会关掉。"

鹿久硬是等着房子里的音响被关闭才转身慢慢摸索离开,挺直的背影逐渐在走廊里消失。

这个邻居,有意思。

罗宇的好心情被踏了个稀烂,他骂骂咧咧一屁股坐进软体沙发里。

季东楠脸上带着抹轻笑。

鹿久。

不知怎么的脑子里就浮现出她那双低气压的眼睛。

比他矮了一大截的女生浑身是排斥一切的冷漠,像只会扎人的

刺猬。

那是他给鹿久打上的初标签。

2.

正月十六大学开学,年后又过了一个多月,阪城还是冷得像寒冬,倒春寒嚣张得厉害。

季东楠缩在被窝里,把自己裹得严严实实围得密不透风,只留下一捧蘑菇头似的头发暴露在空气里。

眼皮挣扎着撑开,又不由自主地合上,闹铃每隔十分钟就炸响一次,不去关闭就一直这么循环。

季东楠终于烦躁地从被窝里一跃而起,用力按掉了闹铃。

早上七点四十五分。

啧,要赶不上老陈的第一堂课了。

事情是这样的——

从开学起就全靠前桌同学用口技应付点名的季东楠,昨晚接到全校最严的动物生理学老师老陈的电话。

老陈一生气讲话就破音,季东楠接通电话后他上来就是一通痛批,一句话八个字能破音三个,硬生生骂他骂出了海豚音。

老陈骂的十几分钟总结成一句话就是:你要再不滚过来上课,这门课有多少分我就给你扣多少分!

于是,季东楠不得不亲自去学校,然后严肃地端坐在老陈的课上,以绝不会被察觉的姿势把手机从课本资料下挪出来一点,趁老陈不察回复姜磊的微信。

"去。上午十点,你们学校篮球场见。"

好不容易挨到下课,老陈前脚刚走,季东楠后脚便溜之大吉。

姜磊是季东楠发小,小升初、初升高一路相伴相杀着长大。季东楠考进了农大,姜磊也跟着上了农大旁边工程大学的应用工程专业。

两人的学校离得近,隔着条长长的有网吧、消夜摊的街道,大一大二那会儿,他们天天晚上泡在这里。

三月末,早上还冷着的天气到了九点也慢慢拱出了日头,金色的阳光透过雾霭被削成薄薄一片打在发梢,看上去带着些许暖意。

季东楠慢悠悠晃进工程大学,给姜磊发了条到了的微信,算着时间他应该还没下课,便溜到了小卖部。

付了款,季东楠杵在小卖部门口冰柜前撕开雪糕的包装,边啃边四处打量。

他的目光越过两个盯着他不知道议论什么的女生,落在了食堂前那条樱花道上。

这个季节,樱花已经尽数开了。

粉白两行,无限诗意。

季东楠以前没少羡慕姜磊的学校环境,自个儿读的农大就业前景好是好,但是动物成灾啊。

动物医学课要用到动物,自发养的也很多。一般的猫猫狗狗就算了,还有养蜥蜴养猪的,一到睡觉的时候,欸,就厉害了。

也不知道谁家的哈士奇率先叫了一嗓子,隔壁的泰迪也跟着应了一声,于是乎各种动物的叫声此起彼伏,你侬我侬。

就是踩个狗屎都是日常,那体验感简直了。

最后,季东楠的求生欲迫使他搬离了宿舍。

男生想起往日窘事，低笑起来。

季东楠的长相乍一看并不属于那种看第一眼就很惊艳的，但是他的五官长得张扬且极具侵略性。

剑眉下是双少见的吊眼，眼尾飞斜却不上挑，鼻梁高挺，粉唇饱满，用最近的热词来形容就是"高级脸"，加上生得高挑，随便往人堆里一丢都是扎眼的。

而此时他这一笑，骤然消减了眉目生出的冷淡严厉之感，引来不少目光。

不远处两个议论了季东楠好一阵子的女生终于壮起胆子朝他站着的地方走来。

"下面广播一条严重警告处分。"

校园内的音响突然打开，话音一落便拖出长长的一声杂音。

"嘶！"站在小卖部广播正下方的季东楠忍不住掏了掏耳朵。

"经查，香料香精专业16级9班鹿久，不守纪律，动手殴打外教老师，虽未造成重大后果，但为严肃校纪警示他人，经学校领导商讨决定给予鹿久严重警告处分。"

不知道是被冰到还是惊到，刚被咬进嘴里的一口雪糕，刺溜便从嘴里滑出，吧唧一下落在了面前的手机屏幕上。

手机屏幕上还显示着刚翻出来的微信二维码。

季东楠终于看向面前的两个女生，他掏出纸巾略带歉意地擦去手机上的奶油，刻意倾过头，无比真诚地问道："不好意思，你们刚才说什么？"

——虽然这话配上他那么张脸，怎么看都有些欠揍的味道。

他是真没听到她们说什么，从广播里的塑料普通话念出"鹿久"两

个字的时候,就成功吸引走了他所有注意。

目送两个愠怒的背影,季东楠懒洋洋地靠在墙上,嘴角微扬,愉悦地咬了口雪糕。

原来她才读大一,殴打外教老师?

季东楠把最后一截包装纸扔进垃圾桶,从喉间挤出声轻笑。

Kimi 也是农大的外教,作为即将毕业的长老辈季东楠可以说是十分清楚他的个性了。

无非就是喜欢调戏调戏女学生,见人势弱指不定就上去动动手动脚什么的。

有时候总能撞中几个臭鸡蛋,然后就一拍即合。

估计这次又是故技重施,看鹿久一个新生又是盲眼,便起了歪心思,只是没想到碰上了个刺头。

有趣,实在是有趣。

刚吞下最后一口雪糕,姜磊就来了消息——快下课了,操场等我,带瓶饮料过来。

一个男人还发油腻亲亲的表情包,实在是辣眼睛。

季东楠嘴角抽抽,收起手机转身进了小卖部买了一瓶水。

二十分钟后,裤袋里的手机振动了一下。

是姜磊发来的消息,他已经到了篮球场,问季东楠在哪儿。

白色板鞋一顿,停在了实验楼门口。

季东楠飞快地回了个"马上",却鬼使神差地往楼上走去。

16 级香料香精专业的两个班都在上香精调配课,但是季东楠从门口晃过,一眼就看到了鹿久。

并没有小说里什么命运安排这种没边际的事,有些人天生就是引人

注目的。

　　同课程的其中一个班里安安静静，大家都在忙活着手上的调制任务。

　　季东楠拿着饮料站在视野开阔的侧窗，可以清楚看见另一个班则以鹿久为中心围成一个圈。

　　实验室里不时有同学打量甚至小声议论她——这个刚打了外教老师的盲人女生。

　　鹿久左边的长发绾到耳后，柔顺服帖地搭在背上，她捧着两片棕叶认真细嗅着。

　　面对这些悉数入耳的议论，她像是习惯了充耳不闻地继续做自己的事。

　　如果忽略掉她手边摆放着的伸缩盲杖，这时候的鹿久看上去就像个普通女大学生，恬静、温润。

　　但是，任谁都能看得出来，她和一到学校就迅速三三两两形成小团体的女生大不一样。

　　鹿久不和任何人交朋友，也拒绝他人的帮助与示好。

　　分明身有缺陷，但她丝毫不给人自卑或是懦弱的印象。

　　她特立独行。对比自卑的沉默，她的沉默则是带着禁止靠近的气场，是近乎无声的嚣张，总让人对她另眼相看。

　　久而久之，无人再与她做无谓交谈。

　　与其说是大家孤立她，不如说是她孤立众生。

　　季东楠抱臂站在窗前饶有兴致地盯着鹿久，她把零陵香用捣药臼碾碎，再用筛子过滤掉表面的尘土倒入器皿。

　　做完这个步骤，鹿久忽然直起身朝窗口的方向望去，与季东楠来了

个猝不及防的对视。

尽管知道她双目失明,但视线相撞的那一刻,黑亮的眸子看得季东楠内心咯噔一下,下意识就蹲了下去。

等到反应过来的时候,季东楠才觉得自己有多好笑,心有余悸地起身再不往实验室多看一眼就匆匆下楼,像是被人撞到了什么小秘密,一阵心悸。

除却你,这世间任何喧嚣于我,
都毫无意义。

1.

随着拉开窗帘的刺啦声,逼仄暗沉的屋内终于迎进这个月来第一道光亮。

季东楠不适应地眯起眼,伸出手微微遮挡住刺目的日光,却仍然面向窗外。

任凭姜磊喊叫拍门都不曾应声的他,在收到那条关于鹿久的短信后,自己走了出去。

他发动汽车引擎,猛踩油门,直奔秦沐那儿。

车子在秦沐住的那栋楼前停下,季东楠连电梯也不愿等,三步并做两步冲上楼,把他家的钢木门捶得震天响。

兴许是这拍门声来得突兀,里面的人受了惊,屋内传出道打碎碗盏

的声响。

过了好一阵，脚步声才近至跟前。

秦沐打开门，看到季东楠的时候明显一愣，显然没有料到来找自己的是他，"季东楠"三个字还未喊完，他就被狠狠一拳打偏了脸。

口腔里漫开浓重的咸腥味。

秦沐抹了把脸，还未来得及反应，迎面又结实吃了他一拳。

他咒骂一声，脸上浮现出凶狠的神色，眸光在一瞬间阴郁，抬脚踹在还要再打的季东楠的小腹上。

季东楠被踢出数米远后，迅速爬起，两人扭打在了一起。

季东楠觉得跟秦沐讲一句话都嫌多，在他的主观认知里，像冒充故亡的人发短信这种无聊又可恶的事情，只有秦沐这浑蛋才做得出来。

秦沐也懒得问季东楠原因。

内心有火，松筋动骨，打完架才能好好说话。

两个人从玄关混战到客厅，招招狠辣拳拳到肉，像红了眼的街头混混，半点不惜命。

一直打到手脚互缠，互相把对方牢牢锁死在地上。

季东楠和秦沐在剧烈的喘息僵持中相视一眼，不约而同地松开手，皆精疲力竭地躺在木地板上。

季东楠在地上喘匀了粗气起身坐着，这才注意到，鹿久死了，秦沐的状态也没比他好到哪里去。

他一身狼狈，头发蓬乱，脸上的胡子大概是多日未刮一脸粗糙。一屋子凌乱不堪，很是颓废。

季东楠自己去冰箱里翻出瓶水，拧开盖一口气喝了大半。

他走回秦沐面前，居高临下："把鹿久手机拿出来，人已经不在了，

就别再整些让人糟心的事。"

秦沐听了这话莫名其妙:"我回去找的时候,手机早被车碾个稀巴烂,我没有!"

"那是鬼给我发的短信?"

"滚犊子,你发神经别拉上我。"

秦沐这下算是知道季东楠来干吗的了,敢情还以为自己恶作剧?

"卡呢,没捡回来?"季东楠半信半疑。

"你自己去翻,在我屋里翻到卡,任你处置。"

季东楠毫不客气开始动手翻找,谁让秦沐就是这么下作的人,这顶帽子当然第一个就扣他头上。

直到他把屋子翻得看不过眼了,他才彻底信了。

不过翻不到也无所谓,反正他想找秦沐这样干一架已经很久了。

他低头看了看自己现在的鬼样子。

来时穿得好好的外套早就绷坏了拉链,里面的T恤在扭打时被撕开一块。左侧脸颊已经微肿起来了,鼻梁还火辣辣作痛。

季东楠再次躺回木地板上,眼里带着隐隐笑意。

如果鹿久看到他现在的样子,大概又要沉下脸了。

她对待一切都是沉默而冷漠的,却唯独对季东楠或者季东楠这种类型的人时格外具有攻击性。

鹿久讨厌小混混,当然讨厌他。

鹿久,鹿久,真的好想好想你啊!

2017年4月12日。

一夜未睡,在酒吧从零点嗨到清晨,季东楠吐了几轮后微醺着往家走。

顶着空荡荡的肚子和满身疲乏,现在他只想塞点滚烫热乎的东西再补个长觉。

好像许久没吃汤包了,唇齿破开薄皮便溅出满口汤汁和瘦肉的鲜香,想想都有点馋。

季东楠松松懒懒地插着口袋往楼下的早点店走去。

"老板来碗牛肉粉加蛋,一屉小汤包。"

老板朝后努努嘴:"最后一屉汤包刚卖出去,现在没了。"

季东楠皱眉,怎么难得吃个早饭还这么不凑巧?

他下意识就顺着最后一屉小汤包的方向望过去,接着目光一顿。

半长发的女生端正地坐在位置上,身旁摆放着一根银白色的电子盲杖。

她守着自己的食物坐在一角安静地吃着,周身却散发出生人勿近的强大气场。

季东楠微微展眉,冲老板道:"那就来屉蒸饺、一碗牛肉粉加个蛋。"

"好咧。"

季东楠端着早饭不请自来地坐到了鹿久正对面。

"同学早啊。"他扬唇一笑,丢了个蒸饺进嘴,语气松快而痞气。

"跟你商量个事呗,最后一屉汤包在你这里,你拿三个包子给我,作为交换我分你半屉蒸饺怎么样?"

鹿久的动作一顿,循着声音来源望过来,秀眉微蹙,那神情像是在说"你是谁啊"。

季东楠想了想补充一句:"我是住你楼上的季东楠,除夕的时候打过一次照面。"

鹿久开口,嗓音清冽,拒人千里:"今天不想吃蒸饺。"

"别介啊,要不你先尝一个看看,万一想吃了呢?"季东楠嬉皮

笑脸。

"谢谢,不用。"鹿久依然冷冰冰。

季东楠讨了个没趣,加了两勺辣椒嗦了口粉。

他偷瞄眼鹿久,最后视线落在散发着热气的白嫩汤包上,再望了眼鹿久,悄悄地伸出了筷子。

鹿久忽然伸手拉近面前的那屉汤包,一个个摸出来在嘴边吸咬上一口再放回碟子里。

"我去。"季东楠被气笑,"同学,你其实是骗子吧?"

"我看不见。"鹿久一本正经地回答。但她可以听见更为细微的动静,比如凭借着他突然放慢的呼吸和变小的咀嚼声,判断出他在做亏心事——偷她的汤包。

"得,您自个儿好好吃吧。"季东楠终于打消了偷包子的念头。

一顿早饭,再无交谈。

鹿久吃饱的时候,季东楠还在嗦粉。

她结账离开,走之前还把那两个没吃完的小包子打包带走,留下一脸蒙的季东楠。

真是任性又小气的姑娘。

2.

季东楠吃完早饭后补了个觉,几天前还要穿外套的天气,出了个太阳便扫去许多凉意。

下午出门时,温热的金色阳光打在头顶,舒服得让人心情愉悦。

他到达篮球场,姜磊等人已经坐在了台阶上。

"老季,这里。"姜磊欢快地扬起手招呼,"大三那帮小子里有个

扣篮百发百中的,上次和他们来了场,输得面子里子都没了,今天靠你了啊。"

"垃圾。"季东楠日常鄙视姜磊,眼睛朝场内几个男生望去。

那个被说扣篮很好的男生站在一堆人中间,也恰好看了过来,额上还绑了条十分显眼的花色发带。

花孔雀!

季东楠喉咙里涌出一声低笑。

哨声一响,两边都动了起来。

大三的比他们要配合默契,发带男准确接过队友传来的篮球,便快速往篮板下运球。

季东楠半路杀出,左腿虚晃一脚朝球扫去,再干脆利落地往右一截,三两步跨到篮架前高高跃起,奋力一个单手扣球进筐。

短暂地抓住篮筐,季东楠整个人挂在篮架上,继而潇洒落地。

接下来的几次比分都被季东楠拿下,他迅速又利落,篮球只要是拍在了他的掌心里,基本就等同于抹了胶水,抢不走了。

有了季东楠的加入局势明显逆转,队友一个个气势暴涨,默契度什么的一上来,比分也逐渐被拉开。

发带男略浮躁起来,心一急,几次投篮,球都与篮筐擦身而过。

他运着球,稍稍挪上几步,前后的对方球员也紧紧跟随,虎视眈眈。

季东楠站在三秒区里歪头看他,仿佛等他冲出包围就立刻截杀。

发带男咬牙,一个急停跳投,旁边防守人员来不及截球,眼睁睁看着篮球沿着一条完美的弧线朝篮筐飞去。

姜磊正要懊恼,那球却从篮筐堪堪擦过往三点方向甩出,飞向场外。

鹿久捧着食盒往宿舍走,被横空飞来的篮球砸得头一偏,狠狠摔倒,食盒滚落在地,掌心擦上水泥地立刻泛起一阵刺痛。

"啧!"发带男低声咒骂,半点没有要上前的意思,隔着老远冲鹿久高喊。

"喂,美女,把球丢过来。"

季东楠往场外看去。

鹿久摸到盲杖慢慢起身,脚碰到了刚刚砸到她的球状物体,手掌上传来火辣辣的疼痛,大概受伤了,不过应该不是很重。

她没有像个小女生那样惊慌大叫或者委屈嗔怪,而是弯腰捡起球,朝着球场走过去,一双眼黑沉沉的,看不出情绪。

"快点啊,磨磨蹭蹭的。"发带男不耐烦地喊了句。

鹿久侧耳细细分辨这声音的方向,顺着走。

球场静静的,所有人都在等着她手里的篮球,或者也可以说是都在看着鹿久,自带气场的女生,还有她手上那根怎么看怎么都觉得有点奇怪的棍子。

她走近了些,问:"给谁?"

发带男不快地抬了抬下巴:"这里。"

鹿久闻声骤然扬手,将球用力砸向声音传来的方向。

球直直砸在发带男脸上,他当即吃痛地捂住鼻子,暴躁地上前推搡鹿久:"你瞎啊?往哪儿扔!"

鹿久被推得向后踉跄两步,跌坐在地:"是瞎啊,这不是还球吗?"

"找打是不是?"发带男本就因为输球心情不爽,再被她一激,作势就要上前。

季东楠伸手拦下,冷着脸冷着声:"行了啊,跟个盲人计较什么。她

乱丢,你不知道躲?"

鹿久眼波微动,听出了季东楠的声音,更加没什么好脸色了。

众人这才恍然,就说看上去怎么有些奇怪,原来是盲人。

"散吧,散吧。"姜磊捡起篮球接话。

本来打女生也不是什么有面子的事,又是盲人,发带男也不好再发火,遂作罢。

众人慢慢散开,鹿久爬起来又往回走,拿着盲杖在地上来回扫着,碰到食盒,捡起后独自走开。

下了场,姜磊和季东楠坐在看台休息,季东楠咕嘟灌了一大口冰水下喉,顿觉凉爽。

"欸,刚刚那个女生就是你讲的鹿久吧?"

季东楠扬唇,算是默认。

"真是有个性。"

"像一只袋鼠。"季东楠接话。

他曾在网上看过一段澳大利亚袋鼠当街斗殴的视频,鹿久刚才的一番行为和那暴躁的家伙如出一辙。

像一只充满戒备并随时准备反击的袋鼠,这是他给鹿久的第二个标签。

## Chapter 03

你什么都做不了的,
鹿久你看不见!

1.

"对不起,您拨的用户暂时无法接通,请稍候再拨。"

"对不起,您拨的用户暂时……"

车内,季东楠用力挂断电话,暴躁地点上一根烟。

从秦沐家出来,他就一直在往鹿久的手机拨号,他倒想看看哪个不怕死的开这种玩笑。

可整整一下午,都是无法接通。

他深深吸了一口烟,摇下车窗,再长长吐出。

轮廓分明的脸隐在缭绕烟雾里,仍化不开紧锁的眉。

季东楠停好了车,从电梯里走出来,就看见姜磊在日常拍门。

"我在这儿。"他出声。

姜磊一惊,看见是季东楠又大喜。

他上前在季东楠胸上重重捶了一拳,咆哮道:"你还知道出来!"

季东楠将他脸上几番情绪变化尽收眼底,心中骤暖,连带着驱散了些许烦躁。

"你怎么跟姑娘似的矫情?"

"还不是怕你死在里边!"姜磊斜了他一眼,硬生生又把差点掉落的泪憋了回去。

"这你就别担心了,命长着。"季东楠打开门,随意甩掉了鞋往沙发上一倒。

姜磊在屋内转了一圈,房子乱得他想吐槽都不知道从哪里开始。

他在季东楠旁边坐下,用手肘捅捅季东楠:"出去干吗了?"

"找秦沐打架。"

姜磊无语,不过转念一想又松了口气,找秦沐打架总比没日没夜喝闷酒好,于是说:"以后多出去打打架。"

季东楠撇撇嘴懒得接话,但姜磊进来了就不肯再出去,打着季东楠一个人在家猝死都没人知道的幌子,硬把他拖去吃火锅。

姜磊夹了一大筷子滚烫的羊肉,也不多吹几下就迫不及待往嘴里塞,哼哧哼哧地胡乱嚼着,没多久脑门上就浸出一层薄汗。

雾气腾腾里,最容易放空神思。

季东楠心里揣着事,吃了没几口便摸出手机,想了想往鹿久的号发了条警告短信:

"不管你是谁,别跟我开这种玩笑。再敢冒充鹿久,老子非把你找出来揍得脑袋开花。"

吃完了火锅,姜磊还不肯放季东楠走,生怕他回去了又会变得半死不活。

季东楠拗不过他,于是,两个大男人结伴逛了商场喝了奶茶,甚至还看了部爱情电影。

直到天擦黑了,姜磊再三确定季东楠不会又不开门后,终于把他放回了家。

许久不这样折腾,季东楠回到家已经浑身乏累,洗了个澡破天荒地没喝酒就躺在了床上。

他睡前看了眼手机,空空如也,没有短信也没有电话,事情似乎就这样解决了。

睡意很快席卷而来,迷迷糊糊间他听见手机响了。

季东楠窸窸窣窣地翻了个身,又忽然想到什么,"噌"地从床上弹起。

他抓过手机,看到了两条新信息:

"说吧,你是6班的张涛还是高三的廖曲,怎么弄到我电话的?这搭讪的手法,我是该骂你智障,还是该夸你新颖?倒是你不要被我逮到才对。"

信息里嚣张的言辞中隐约可见那头的女生张牙舞爪的模样,季东楠骤然笑出声。

敢情自己这是被她误会成某个暗恋她的人了,是不是戏太多了?

他耐着性子往下看去,目光却在一瞬间凝聚。

"难不成刚刚获得了2014年'环球点'平面设计大赛银奖杯的,阪城还有第二个?姐姐我行不更名坐不改姓高二(7)班鹿久是也。"

第二条短信就带了点炫耀的小得意了,但令人奇怪的是,短信里女

生炫耀2014年获得"环球点"银奖时,用的词并不是"曾"获得奖杯,而是用了"刚刚"这两个字。

季东楠并没有注意到这样的细节,他在看到短信后,把手机死死地握在掌心,沉默地坐在床上,试探性地打出一句话。

"2014年6月5日的'环球点'比赛银奖,奖金八千块的那个?"

叮!

"是2014年5月6日。获奖金一万,奖杯一座,其作品收入官方作品集里。"

收到最后这条短信,房间便陷入一片死寂。

季东楠像离弦的箭矢,急冲下床。

他脸色苍白地用钥匙打开隔壁的卧室。

自鹿久死后,她的所有东西都被他规整地摆放进了这里。

季东楠直奔书柜,双手微颤着打开柜门捧出一座银奖杯。

这是鹿久在高二那年获得的第一个大奖,2014年5月6日。

"环球点"源自德国,创办于1997年。这个大赛没有门槛不分职业,面向所有华人青年,但获奖名额只有三个,获奖作品能收录进官方作品集,在中国设计界影响颇大。

季东楠对这座奖杯实在印象太过深刻,它是失明后的鹿久的一道伤疤,也是证明她原本也可以实现梦想的凭证。

修长的手从精致的标识滑下,磨砂手感的底座上有一行清晰的小楷:

2014年5月6日"环球点"平面设计比赛银奖获得者 鹿久

季东楠在一瞬间头皮发麻。

他故意说错的时间被那人纠正过来,甚至连奖项都一项不漏全都

知道。

这个奖,除了他和鹿久,怎么还会有人知道得如此清楚?

季东楠站在书柜前,心潮翻腾。

2017 年 4 月 20 日。

季东楠的意识十分清醒,他好像又做了同样的梦。

黑雾滚滚里,幼童的抽泣和断断续续的求救声被火光湮没。

火舌舔动,如夜里疾驰的风,迅猛而轻易地吞噬掉了美梦。

季东楠口干舌燥地翻了个身,他越来越热,就连额上也浸出层薄汗,如同一起陷入梦中那片无妄火场。

混沌间他半睁开眼,看见窗外揣掇着的火光才惊觉是真的着了火。

季东楠骤醒,跳下床,隔着玻璃往外看去。

火势由下而上,周围的外墙已经破裂。

噼里啪啦的火焰燃烧声和哭爹喊娘的求救声一起涌入耳中,季东楠来不及多想抓过枕边的手机往外冲。

刚打开门,席卷的热浪扑面,季东楠眯着眼一顿猛咳。

电梯是绝对不能用了,他推开安全通道门,火势还不曾蔓延进来,遍布灰尘的楼道此时全是凌乱的脚步声和哭喊声。

季东楠迅速回屋浇湿了毛巾,捂住口鼻,跟着人流一路向下。

火势没有想象中的惊险,只是热。

季东楠下了两层楼觉得整个人都快要蒸发了,无意之间被人流撞到安全门上,他下意识地扶住门把,顿时一片灼手。

着火点离得很近,似乎就在六楼。

季东楠的猜测没有错,逃到楼下往上看去,的确是六楼着火,火光

从窗枢里喷出来噌噌往上蹿,烧熔的杂物一块块掉落,不少砸在楼下停放的车辆上。

消防车及时赶来,迅速在楼栋外拉起了警戒线实施紧急救火。

警笛声响起,逃出来的人也加入了围观队伍,现场一片嘈杂。

季东楠从人群中钻出来,丢开毛巾皱眉坐在台阶上,脑子里有什么呼之欲出却暂时又想不起来。

消防员拿着高音喇叭在楼下询问楼里是否还有等待救援的人员。

左邻右舍互相张望,季东楠脑内一个惊雷炸开,他当即起身往人群探去,一张张陌生的面孔在眼前游走,就是不见那双黑沉沉的眸子。

"鹿久,鹿久!那个盲人还在上面!"他大喊一通,引来不少目光。

消防指挥员立刻走来询问。

季东楠向住宅楼望去,六楼的火势已经朝着楼上蔓延开来,将上面三层全数包裹,还在奋力往上蹿着。

"里面还有人!还有个人没有出来!她看不见,她看不见的,她一定是被困在里面了!"

消防指挥员脸色骤变,立刻转身往回走指挥着要求加大出水量。

消防员举着高压水枪对着起火楼层持续喷洒,火势虽未穿透楼层,可看火势没个几十分钟根本不能扑灭。

"来不及了,来不及了……"

季东楠有一瞬间的慌乱,他无意识地念着,目光扫过人群,当机立断向逃生出来的人借来被打湿的薄毯,忽略掉指挥员在背后的叫喊,披着薄毯一头冲进了楼道。

2.

楼道比之前更热了,到达六楼时浓烟弥漫得几乎看不清前路,即使用力捂着口鼻,也有源源不断的呛人气体钻入鼻腔。

季东楠裹紧了薄毯猫着腰往上冲。

602的房门开了一条细小缝隙,盲杖卡在其中。

季东楠心头一凛,快速闪进屋内,刚想张口就被呛得剧烈咳嗽起来。

屋内的人似乎采取过自救措施,地上留有不均匀的水迹,但在高温下以肉眼可见的速度迅速蒸发。

易燃的物件都燃成不小的火团,在灰雾里散发着幽幽光亮,像静谧幽深的林中未知的怪物的眼睛。

卧室里空空如也,季东楠心急如焚地推开书房门,快速找了圈刚要离开,却被脚下的一团东西绊得一个趔趄。

手肘在木地板上狠狠擦过,一阵火辣辣的痛感让他"嘶"了声。

木地板已经开始微微发烫,烧穿也只是时间问题了。

季东楠爬起来定眼一看,穿着单薄睡衣的女生趴在地上,长发凌乱,目光空洞地跪在书桌抽屉前,手上胡乱翻找着什么。

"鹿久,快走!"季东楠面色一喜,立刻抓住她的手腕想拉她起身。

"不,不行!"鹿久神色慌张,双手在地上四处摸索,崩溃地喊,"去哪儿了?"

"什么东西比命还值钱?"季东楠破口大骂,"你不怕死不要折腾消防员,快走!再待下去我们都要被烧死了!"

"你走啊!我死了与你有什么干系?"鹿久趴在地上回头嘶喊。

烟火中她头发蓬乱,脸上黑乎乎的,那双充血却异常闪亮的眼睛,

在黑暗中让季东楠的心莫名一颤。

那双眼睛里有泪水滚滚而下,鹿久重新趴回地上,长发从脸颊低垂下来,手在几个抽屉里面来回摸索,喃喃念着:"明明就在这里的,明明在这里……"

温度越来越高,浓烟中夹杂的颗粒物被吸入鼻腔,嗓子眼里像卡了把盐,干涩难受。

季东楠越发焦躁难安:"有什么东西先留着命再说!"

也管不了什么风度之类的了,他暴躁地拽起鹿久,压低她的头就往外蛮横地拖。

鹿久被大力地搂着往前,她几次往后挣脱都无果后,喉间涌出绝望的呜咽。

那张常年冷漠的脸上终于第一次出现了不一样的表情,他竟然在她失明的眼中看到悲恸翻涌,不由得一怔。

"我们先出去,等灭了火,我再帮你进来找。"他也不敢相信在这时候,自己竟然还能软下嗓子这样安抚她。

火势燎人,出口已经被堵了。

"没时间了,在这儿等我!"季东楠钻入卫生间将薄毯重新浸湿,披在两人身上,一把搂着她弯腰往窗口跑去。

外墙的火势暂时被水枪压制,但屋内仍然烧得汹涌。

"要是不想死在这里,只能跳窗了。"季东楠低头对被他拢在臂弯里的鹿久说,"怕不怕?"

从这个楼层往下跳,极容易因无法精准落在气垫上而造成伤亡。

季东楠目测了安全气垫的位置,拉着鹿久往左移了一点:"我数三下,你就往下跳,记住不要头朝下。"

"我……我不行。"鹿久攥紧拳头,潋滟火光衬得她唇色更为苍白。

"别怕,我就在你后边。"男生的嗓音十分温柔。

下面一片嘈杂,消防员开始冲他们喊话,将鹿久耳边的话语冲得七零八落。

鹿久甚至都没有听清季东楠在说些什么,在他大喊一声"跳"后便咬紧牙关,抱着赴死的想法纵身跳下。

失重下坠的瞬间,鹿久竟然有种轻松的快意,这种被风包裹的自由让她有一瞬间的解脱感,甚至快乐得想尖叫。

只一瞬,她便重重落在安全气垫上,被抛起几下后,她迅速被人拉起,随后听到不远处响起"砰"的一声后,有人发出痛苦的哀号。

是季东楠。

头还昏昏沉沉的,她却一把抓住搀扶自己的人问:"在我后面跳下来的那个男生怎么样了?"

"安全落地,比你伤势略重点,左手骨折。"

鹿久松了口气,等医护人员给她简单护理完后开始在火灾现场寻找那人。

季东楠很好找,她摸索着走了几步就听见他大呼小叫的声音。她忽然就放下心来,能这么号,估计问题也不大。

"医生,我觉得浑身酸痛,是不是得去医院做个全身检查?"

给他骨折做简单处理的人被问烦了,手上的动作也重了许多,立刻就听见他的哀号。

"等会儿你还要跟着救护车一起回去打石膏,想做就做一个。"

季东楠刚要说话,看见慢腾腾摸索着过来的鹿久立刻喊:"嘿!我在这里!"

鹿久站定,朝着声音传来的方向问:"你……你没事吧?"

"我没事。"

鹿久手里被塞了根东西——

冰凉的,收缩成短短一截,是她的盲杖。

"哦,对了,我之前在地上看到了这个,不知道是不是你要找的那个东西?"

一个带着尖角的、沉沉的物件被递了过来,鹿久心里一惊,她十指飞快地在物什上摸着,脸上一点点涌出的欢欣,全数落在季东楠眼里。

"看样子我拿对了。"

"谢谢你。"鹿久紧紧握着奖座,纤秀的手指描摹着奖杯轮廓,失而复得的喜悦将一张小脸憋得通红,"谢谢。"

季东楠捂着胳膊"嘶"一声:"那是得谢,这是救命之恩啊。吃小笼包别那么小气了哈!"

他刻意开着玩笑,忽然被一辆横冲直撞的灰色保时捷911吸引了注意。

跑车开得极快,进了小区也不见减速,急停在消防车后。

砰——追了尾。

"啧!"季东楠肉痛地闭了闭眼,真是可惜了好车。

车还没停稳,车门像是被人从里面踹开,冲下来一个高个儿青年。看着眼前乱糟糟的场景,不远处楼房火光冲天,他踉跄了几步,像是脱力一般软靠在车身上,目光四处寻找,直到看见鹿久。

那一刻,他脸上焦灼的、悔恨的以及带着点爽意的复杂表情悉数散去。

季东楠若有所思。

鹿久脸上的感激甚至还没有来得及消退,便听到了一声讥笑。

十分熟悉的声音。

之所以熟悉，是因为这样的笑，鹿久听过无数次。

"秦……哥。"鹿久茫然地看着前方，脸上的表情却是警惕的、恐惧的、愧疚的。

季东楠惊讶了一下，这个看上去比她大了好几岁的男生，是她的哥哥？同母异父？

他好奇地仔细打量那人，正巧那人也望了过来，目光中带着打量、不爽各种意味。

黑色的衬衫穿在他身上衬得他格外唇红齿白、气质邪魅，他在看到鹿久安好后，那双好看的、轻佻散漫的丹凤眼里渐渐戾气陡升。

秦沐不说话，就这样靠在车身上直视着鹿久，黑眸沉沉，嘴角忽而上挑。

这番模样和这举手投足的压迫气场落在季东楠眼里，怎么看都和好哥哥形象相差甚远。

秦沐径直朝他们走来，季东楠注意到随着他脚步的靠近，鹿久脸上的神情越发紧张。

他歪头附在鹿久耳边，耳语："我着急忙慌地赶来，还以为是老天终于显灵要把你收走了。"

秦沐啧啧叹息："结果真是扫兴。"

鹿久脸上血色尽褪，轻轻晃了晃身体。

她咬唇笔直而沉默地站着，眼睑上的睫毛颤动，分明是一副隐忍的模样。

秦沐的视线落在她紧紧抓握着的奖杯上，挑唇讥讽："这种东西烧就烧了，就算留着又有什么用呢？你什么都做不了的，鹿久，你看不见！"

鹿久低着头，面色苍白，握住奖杯的手用力到发青。

许久之后,她回:"我知道。"

周边人来人往如闹市喧嚣,前方浓烟冲天、消防车红灯闪烁,偏偏在这忙乱紧张的场面里,这一对兄妹有如默片一般彼此相对伫立。

鹿久垂着头,秦沐盯着她的发旋,两人都不说话,像是放置在闹市中的一张照片。

季东楠站在他们身边,只觉得奇怪。

他明显看得出秦沐对这个妹妹的复杂情绪,恨意明显盖过其他;而平时那冷漠犀利的鹿久竟然如此低眉顺眼……

季东楠不免产生好奇。

他扶住包扎好的左手站起,一把揽过一动不动的鹿久,用熟稔的语气说:"我饿了,走,陪我觅食去。"

原本以为会要花一番力气才能拖走鹿久,没想到他将她往自己身边带了带,她就配合地顺着他的力道随他一起走掉。

错愕的同时,季东楠觉得听话顺毛的鹿久还蛮可爱的,如果,忽视她不停颤抖的身体的话。

## Chapter 04

冲着这难得的缘分，
邻居，赏脸一起吃个早餐呗！

1.

季东楠牢牢地盯着这一排小楷，像是要用目光将奖杯灼穿。

2014年5月6日"环球点"平面设计比赛银奖获得者　鹿久

季东楠忽然四肢脱力，手机从掌心滑出，重重砸在了地板上，碎出满屏蜘蛛网。

如果说原先还怀疑这是秦沐的恶作剧，那么这几条短信后，这个怀疑便不复存在了。

实在是诡异。

季东楠从口袋里摸出烟盒，靠着桌角坐下，点燃一根烟。

黑暗中，橘色的光点明明灭灭，男人的脸埋在烟雾缭绕里，像部缓慢的黑白电影。

他捡起手机,反复按了几次开关和回退键,毫无反应。

季东楠把它往床上一抛,仰头深深吞吐了口烟。

一根烟都还没有烧完,坏掉的手机忽然响了铃,在静谧的房内突兀又诡异。

他犹疑了一会儿,还是回身拿过来,蜘蛛网似的屏幕上有两个扭曲的字:鹿久。

季东楠的右眼狠狠跳动了几下,按下接听。

"喂?"

明朗的女声从听筒传来,季东楠一瞬间放大了瞳孔,这个声音……

"你还有什么别的搭讪方式吗,说来听听。"

电话那头传来的清亮的女声语气嚣张,完全听不出受过重创后的阴沉冷漠。

可这声音无比熟悉,季东楠几乎立刻就认了出来。

他险些要再次抓不住手机。

季东楠的沉默让电话那头的人以为他默认了被拆穿的事实,忽而轻轻一笑:"我懒得知道你是谁,但别再给我发这种无聊短信了,也别被我逮到,不然到时候谁打谁还不一定!"

话音一落,女生甚至不给季东楠开口的机会就干脆地挂断了电话,手机在几声忙音后再次黑屏。

季东楠当即想要回拨过去,用力按了几下回退键,手机却早就黑屏坏掉。

太诡异了!

他心如擂鼓,久久在震惊中不能回神。

有一个不可思议的念头在脑海中闪现,又被他连忙否定。

"不,不可能,这不可能。"

2017年4月21日。

新房难找，符合鹿久条件的房子更难找——离学校近、交通便利、楼层低、预算八百元、拒绝合租。

目前找到的中介都接连放弃了她这单生意。

为此，鹿久已经在肯德基尴尬地度过了四个晚上。

搬离学校后，这是她第三次找房子。

本就不多的行李一次次减少，直到现在就剩了一座奖杯和一个书包。

鹿久抱着最后希望找到雨花区中介所的金牌销售后，意外地只隔了一天就得到了答复。

市中心还真有这么一所符合她要求的房子。

不过，是凶宅。

进门前，销售把房子情况大概跟她讲了一下。

一年前这里住着对小情侣，女生劈腿被男生发现后砍死，然后自己也在她旁边自杀。

尸体在五天后因为恶臭被邻居发现，当时还上了社会新闻。

房东老太为这事伤透了脑筋，此后这房子价格一直下调，眼看着降了一半也还是无人问津。

销售说完，自己都起了一身鸡皮疙瘩，鹿久却面无表情地抬脚就进屋转了一圈。

两室一厅一卫，大概四五十平方米的样子。

销售硬着头皮趁热打铁："反正这条件和价格就摆在这里了，过了这村可就没这店了。"

鹿久点了点头，脸上没有半点畏惧或是勉强："是不错，成交。"

她迅速签订合同。

天还未黑,鹿久下楼买了电水壶、一个玻璃杯和一包盐,又赶在药店关门前买了一堆创可贴和消炎止痛药。

出租房栋数靠前,进小区大门左拐笔直走,大约六百米就到了。

她提着东西沿着熟悉的路线慢慢往小区里走,正巧碰到巡视的保安,见她是新来的租户又眼睛不便,心下可怜这姑娘,便十分热情地领着鹿久熟悉里面的各项设施和方向。

小区很干净,至少鹿久一路用盲杖探路没碰到什么异物。

小孩的欢笑和狗的哈气声不断从身边掠过,仔细嗅着能闻到很浓郁的香樟的味道,似乎是个很适宜生活的地方。

带鹿久熟悉环境的保安姓陈,在这里工作五六年了,热心健谈,什么地方可以打羽毛球、什么地方能休息介绍得十分详细,并拍胸脯说让她有困难就到九区保安室找自己帮忙。

鹿久和他在小区里走了一圈回到7栋楼下,淡淡地谢过后便独自摸索到电梯口。

前台的姑娘立刻招呼着要帮鹿久按电梯,鹿久摇了摇头,径直进了楼道。

她不喜欢接受同情的帮助,甚至很排斥。与其哪一天没人帮自己按电梯而重新走楼梯,不如一开始就不坐电梯。

新家在三楼,爬起来并不费力,房子里家具简单却刚好适宜她。

她摸索着把奖杯小心翼翼地摆放在床头柜上,又摸索着仔细用防尘罩罩好。

简单收拾一番后,晚饭的点早已过去了,她用电水壶接水烧开,从书包里拿出袋冷掉的馒头,就着刚买的盐和热水坐在黑暗中开始大口啃咽。

潦草解决晚饭，又抱着先前买的药放进床头柜的抽屉，在床垫上铺展一层薄薄的被单睡下。

这是她日常生活的常态，眼睛的不便使得一切生活习惯都从简，包子馒头是吃得最多最方便的食物。

2.
阪城四月多雨，几场暴雨下来，空气里都带着黏糊糊的湿黏闷热。

不到二十平方米的小房间里窝了四个人，坐在座机前不停拨号和叙述营销词。

满屋子嘈杂，陈旧的台词反复而机械地响起，四个人却在对方电话接通的一瞬拿出百分百热情招呼和陈述，只是往往只开了个头电话就被挂断。

头顶老旧的电扇嘎吱嘎吱转，依然搅不动这黏稠的空气。

嗡嗡嗡的烦乱感一直维持到了下班还依旧充斥在脑中。

这是鹿久有限能做的兼职之一，电话营销。

"哎，鹿久，我们准备点外卖，你要不要一起？"

鹿久摇头拒绝了同事的好意，从书包里拿出馒头就着水吞咽。

"你就吃这个啊？"

面对一屋子的大惊小怪，她从容咽下嘴里的食物，淡淡笑着回："减肥。"

这个借口用于没钱吃饭是个很好的掩饰，但从一米六五只有九十二斤的鹿久的口中说出就是搪塞了。

大家都是懂事的成年人,基本上也不会再继续探究真相去难为她。

饭后有段短暂的午休时间,房间里慢慢安静下来,大家趴在桌上或者靠着椅背入睡,突兀的电铃声响起,立刻引来了一阵抱怨。

鹿久心中一沉,快速从包里翻出部老人机当即挂断,赶在下个电话打进来前把手机调成振动。

眼盲之后,她不再需要复杂的智能手机,换了一部对她来说更快捷的小灵通。

里面只有两个号码。

秦沐从不会主动打给她,那么就只剩陈扬了。

鹿久下颌线紧绷成一条直线,来电显示的光亮从她的手掌里钻出来,明明灭灭,反复振动……

寝室门被大力推开,姜磊提着两个打包盒风风火火跑进来,抽了几张纸巾胡乱抹了把脸:"这什么狗屎天气,跟女人一样说翻脸就翻脸。"

他把午饭放到折叠桌上,踹了下床位冲季东楠没好气地吼:"滚下来吃饭。"

后者从手机上挪开眼,慢腾腾下了床。

姜磊往嘴里塞了一筷子菜,像是想到啥,瞄了眼季东楠,凑过来促狭道:"哎,我刚才去食堂打饭碰到了咱初中同学,现在和鹿久一个班,于是就替你打听了一下情况。"

季东楠却只是挑了挑眉,反应不大。

"说。"

"那你求我。"

"你别说了。"

"啧!你就不想知道她都说了什么吗?可是好一番猛料。"

本来姜磊想卖下关子，让季东楠说说软话，结果碰了壁，最后还是自己按捺不住嘴痒招了。

那个女生说，原本鹿久是和她们一起住在学校里的，但是前段时间总有个挺帅的男生跑到女生宿舍找她，看着也不像本校的，特别凶。鹿久躲着他不下楼，男生又被宿管拦着不能上去，居然当场砸了宿管的房间，还放话让鹿久等着，最后被保安带走。如此闹了两三回，鹿久就搬出了学校。

"劲不劲爆、刺不刺激？"

姜磊八卦兮兮地盯着季东楠，可惜对方的表情波澜不惊，还趁他不注意从他碗里夹走一块肉。

"哥们真没意思，亏我以为你对她有什么想法，费力帮你打听。"姜磊赶紧护住碗，撇嘴道。

季东楠低头吃菜，把听见鹿久的名字后那一点好奇的小心思藏得实实的。

他转换话题说找到房子了，姜磊一听立马把鹿久的事抛在脑后。

"怎么样，大不大，够不够我偶尔临幸？"

季东楠被他肉麻了一下，一筷头敲在他头上："两室一厅，包养你也算够了。"

两人饭不好好吃，开始你一句我一句地互相恶心对方闹成一团。


蝉鸣声很大，鹿久被搅痛的胃折腾醒来。

胃部像是被系了个结，此刻正一点点系紧，绞得她吐意上涌缩成一团。

这样的痛苦感受，她每天都要经历。

鹿久强忍着胃痛挣扎下床喝了两大杯水才稍稍缓解，她在冰箱里摸

索,抓到一个空瘪瘪的塑料袋。

这下连馒头都没了。

叮咚。

听到门铃声,鹿久立刻露出防备的表情:"谁?"

外面的人扯着嗓子喊:"你好,我是住你楼上的邻居,麻烦开下门。"

不是陈扬。鹿久松了口气,摸索着过去打开门闩,却听见对方一声惊呼。

"哟,这么巧,又住你楼上。"

听见面前分外熟悉的愉悦男声,鹿久微微发愣。

季东楠眼中的惊喜一闪而过,斜靠在墙上嬉皮笑脸:"看来咱们挺有缘分的,那以后就多多关照啦。"

这该死的缘分!鹿久想。

她神色稍稍松懈,但身体仍堵在门口没有半点要让季东楠进去坐坐的意思。

"你有什么事吗?"

"是这样的,我衣服掉你家阳台里了,麻烦你帮我捡一下,哦,不,我自己去捡吧。"

他边说边抻长脖子往里看,鹿久听了让开几分,他便贴着门框尽量避开她往里面走去。

鹿久伸手在前方探索,耳朵却关注着客厅的动静。

"你的东西真是少得可怜啊。"季东楠在屋子里转了一圈,半点不讲客气地往餐桌旁一坐,看到桌上的小灵通啧啧称奇,"哟,没想到你还有这种古董。"

"你不要动我的东西。"她朝季东楠伸出手,"手机还我。"

季东楠已经拿到掉落的衬衣,他一缩手,笑道:"邻居之间得交换个电话吧,有事互相帮助嘛。"

老人机不需要密码,他随手摁出一组数字,很快他的手机响了,然后又在鹿久发作之前把小灵通塞给她。

"搞定!为了让你方便给我打电话,我把号码设成快捷键,你只要一直按着'1',就能拨出去了,不用谢我。"

季东楠说得又贱又欠,鹿久因他擅自的行为有些恼意,但又因为他言语里的善意而强行压下,还没等她送客,肚子就率先响了。

她面露窘色,季东楠忍不住扑哧笑出声。

在鹿久发作前,他赶紧弥补:"冲着这难得的缘分,邻居,赏脸一起吃个早餐呗!"

鹿久本能地想拒绝,但一想到冰箱里空空的塑料袋,默许了。

## Chapter 05

鹿久知道,而后她又要再次面对这世间最恐怖的东西。
——她被侵蚀、腐烂的人生。

1.

"先生,您的手机。"

售货员将白色包装盒礼貌递给季东楠,偷偷打量他。

两分钟前,这个男人心急火燎地奔过来,既不看款式也不问功能,爽快地买了她推荐的最贵的一部机子。

真是个又奇怪又好看的男人。

"谢谢。"季东楠接过了机子立刻插卡开机。

他熟稔地拨出一个号码,在等待对方接通的同时,长指浮躁地在玻璃柜台上来回敲击。

"对不起,您拨的用户暂时无法接通……"

又打不通。

季东楠用力按掉电话,暴躁地揉乱了刘海。

那通电话到底是怎么回事?

2017年4月28日。

晚上才喝了一大碗白粥,现在又饿了。

不知疲惫的胃引发的饥饿感和现在这样没有尽头的日子一样,无比漫长且难熬。

鹿久猛喝了几口水在床上躺下,催促自己尽快入睡,睡着了就不会饿了。

就在意识游离在入梦的边缘,忽然被阵急促的敲门声惊醒,她冷不丁打了个战栗。

她凝神静听后心中一沉,的确是在敲自己的门。

该来的终究还是找来了。

"开门!"

没有得到回应,外面的人敲得更加用力了,笃定鹿久就在屋里一般,力道一下大过一下,在静谧的夜里突兀且让人心惊。

鹿久紧紧抓着枕角,脑门上冒冷汗,扯过薄被把自己笼进去。

门外的人一开始还只是大力敲打,慢慢没了耐心之后就上脚了。

鹿久只感觉每一脚仿佛都踹在她的心上,她强迫自己分散注意力,去忽略这声响和来人带来的紧张和恐慌。

门外传来邻居的问话:"你谁啊?"

"不要你管!"

砸门声剧烈,来人说话狠戾,邻居瞬间没了声响。

是啊,本就是陌生人,何必招惹是非。

但是,她不能逃避,也无法逃避。

鹿久迟缓地爬起来,深吸了几口气,调整着呼吸下床,慢慢地摸索着朝门口而去。

她握紧拳头,像是这样就能得到力量一般。

刚摸到门边,手还放在门锁上没打开,忽然听到门外传来更大的摔门声,暂时打断了外面的喧哗。

"吵什么吵,我媳妇就要生了,你要是害得她心慌出事,老子弄死你!"

是季东楠的声音,鹿久一听就辨认出来了。

果然流氓还需流氓治,季东楠这狠话一放出,砸门声便停了。

"鹿久,你别以为你能躲多久,等着!"

最后,来人恨恨地踹了一脚门,转身离去。

听见渐小的脚步声,鹿久顿时如临大赦,脚下一软便坐到了地上。

过了会儿,季东楠敲门,隔着门询问她需不需要帮助。

鹿久摇头,又想起他看不到,扶着墙壁起身:"我没事,谢谢你。"

她并不想做任何解释,季东楠也没继续打探的意思,在确认她无事后,捏了捏出门时临时抓过来的菜刀,转身上楼。

经过刚才一闹,已经睡意全无了,许多思绪在她脑海里翻搅。

刚刚砸门的是陈扬。

他已经找到了她的住处,而她除了不停搬家躲避难道就再没有其他解决办法了吗?

找到人借钱的话或许可以改变她现在的窘况?

这么想着,季东楠的名字忽然涌上来,鹿久赶紧把这个念头抛掉,

她不愿意寄希望在任何人身上。

一直胡思乱想到天亮一切依然无解,如同她的生活般不停死循环。

肚子好像也知道她把吃饭的事情勉强打算好了,终于不再闹事。

她身上还剩下四块钱,能买四个馒头,再去麦当劳要了几包番茄酱,又能再撑两天。

活下去,才有出路。

鹿久暗暗给自己鼓劲,在不停自我暗示中终于浅浅入睡。

早上,鹿久是被电话惊醒的,迷迷糊糊接了后她心惊了一下,幸好打来的是季东楠。

季东楠用小心翼翼的语气询问她要不要上来吃早餐,他会做吐司溏心蛋。

鹿久顿了顿,拒绝了。

2.

鹿久没去上课,她不能确定空手而归的陈扬会不会就等在去学校的某个岔路口。

她和同事换了全班,神色恍惚一整天。

好不容易熬到了晚上,鹿久才慢慢背起书包拿着盲杖出了门。

她在马路牙子上干坐了很久,直到旁边卖红薯的都收摊回家了,她才起身慢慢往左走。

屋子里安安静静,鹿久倒了一杯凉水喝下了,被右边的异响惊得猛然退了一步:"谁在那儿?"

"你就活成这样?"

陈扬讥讽的声音冷不丁冒出,他从黑暗里走出,俊秀的眉目逐渐清晰。

鹿久的手抖了抖,手中的杯子瞬间落地,冰冷的液体溅在脚背,带着不属于四月的凉意。

"你竟然擅自闯进来。"她的尾音带着颤抖,听不出是害怕还是气愤。

陈扬耸肩:"没办法,你躲着我,我就只好主动点。"

他大剌剌地抽过椅子坐到鹿久面前,带着恶趣味端详着鹿久的表情,脸上明明带着笑,说出来的话却让人汗毛倒竖。

"我会一直盯着你,不管你搬到哪里也能找到你,你信不信?"

像是被凌迟一般,鹿久用力捏紧双手,指甲掐进掌心才勉强压住自己想要尖叫的欲望。她几乎一字一句地开口:"我现在没钱,但我一定会还。可和你待在同一个屋子里让我觉得恶心,所以请你立刻从这里滚出去。"

陈扬脸色骤变,起身一把踢开椅子,脸色狠戾。

在那声巨响发出的同时,鹿久握紧了拳头微微倾身,整个人呈现出一种防备姿态,却仍然保持冷静警告陈扬:"下次你再进我家里,我一定报警!"

陈扬盯着鹿久,凶光毕露,下一秒便将她踹倒在地。

鹿久蜷缩成一团死死咬着牙,不吭一声。

她疼得感应不到那一脚踹在哪里,血腥味蔓延了整个口腔鼻腔,脑子嗡嗡作响。

如果接下来是一顿毒打,也好过和陈扬待在一个屋内忍受恐惧。

反正不能哭,死掉也不能。

鹿久抱着这样的想法将牙齿咬得更紧,陈扬高高举起的拳头最终还是未落下,他紧抿着刀削般的唇,字字咬牙:"别死了。"

重重的关门声落下,鹿久如一条重新回到水里的鱼,从无氧的环境里抽离回来,憋着的那口气骤然松弛后,痛感立刻从四肢百骸延展开来。

她大口喘着气在黑暗里睁开眼。

不管睁眼还是闭眼,不管清醒或是沉睡,目光所及皆是黑暗。

喘气声平息之后房间便只剩下死寂,黏腻的汗液一寸寸爬遍皮肤,鹿久仍然保持着陈扬走时蜷缩在地的姿态,她期待电影里的丧尸和恶鬼从角落里冲出来扼住她的喉颈,将她一点点从生活的窒息里捞出来,哪怕坠向死亡。

可是没有。

没有鬼怪精灵、死神冤魂,她睁着眼一直到窗外慢慢开始有了声响。

清晨了,整个世界苏醒。

鹿久知道,而后她又要再次面对这世间最恐怖的东西。

——她被侵蚀、腐烂的人生。


3.

四月末,连初夏都还没到,季东楠就感觉已经有些穿不住长袖了。

早晨走在小区里,温热的白光从树梢间打下来,颇有些"首夏犹清和,芳草亦未歇"的意思。

照常上完老陈的课后,季东楠就溜了。

约了姜磊去网吧"吃鸡",杀完几盘已经到了中午,两人往工程学院走,姜磊看着关门闭户的消夜摊咂咂嘴:"想吃烧烤啊!"

"不好意思,只有食堂。"季东楠给出一记"友好"微笑。

姜磊翻起个白眼,伸手用力钩住季东楠的脖子,他比季东楠矮一个头,季东楠被压得只能弯着腰走。

压得难受,季东楠一胳膊肘捣在姜磊腋下:"你们学校不是出了那什么黑暗料理吗?走走走,大佬,请你吃食堂。"

"这还差不多。"姜磊松开季东楠。

两人在食堂排队打饭,姜磊一看那红红黄黄的菜色就退缩了,正正经经点了餐,倒是季东楠打了份草莓炒肉和火龙果咕噜肉。

刚落座,旁边桌正跟同伴热烈八卦的女生立刻止住话头,朝季东楠他们看来。

姜磊不耐地冲季东楠喷了一声,真是讨厌!他那张出众的脸走到哪儿都容易招蜂引蝶。

邻桌女生之一推了推羞涩看着季东楠的女生,催促道:"你倒是说啊。"

被推的女生再开口嗓音都变了,娇娇柔柔的:"还不就是又被外教点名刁难了呗,上课的时候总是点她,她回答不出就拿她眼睛说事。"

季东楠筷子一顿。

"说什么?"

"说她既然跟不上进度为什么不去特殊学校上课呗,不就这些,猜都能猜到。"

"是挺烦的,自己有毛病还耽误别人上课……"

女生说着说着消了音,因为季东楠正望着她。

她还没来得及害羞,就听见季东楠问:"你说的女生是鹿久?"

女生愣了愣,立刻反应过来。

"你和她是朋友?那你得给她提个醒,Kimi 出了名的难搞,照我看

鹿久今后是没好日子过了。"她认真给季东楠建议,似乎全然忘记自己刚才是怎么讥讽和吐槽鹿久的了。

"谢谢。"季东楠看破不说破,直接往外走。

"欸,你去哪儿?饭都不吃了?"姜磊喊。

"难吃。"

姜磊夹了一筷子咕噜肉,顿时酸得一个眉飞色舞。

"那你也要等我吃完啊!"

季东楠摆摆手,头也没回地走掉。

他从公告栏前经过,想了想,掏出手机跟姜磊发了条消息,推掉了下午的活动,破天荒地回学校上课。

鹿久去到学校以后,总觉得有哪里不对劲,走在路上很安静,越是往有人吵闹的地方走,那里就越是安静下来。

她像行走的屏蔽器,自动吞噬掉周遭的一切声音。

鹿久面上不动声色,内心却生出疑惑,就算她为了遮住脸上的瘀青戴了口罩,也不至于受到这么多关注吧。

这疑惑一直到上课才得到解答。

香料课上,后排三个女生的议论持续了小半节课。

"你们听说了吗,Kimi又被打了,据说被打得好惨。"

"什么情况?谁打的?"

"好像隔壁农大的,叫什么东西还是东南,就是混九区那块的刺头,在课堂上就把Kimi揍了,还放话让Kimi不准再动鹿久……"

"天哪!"

一阵唏嘘后,议论声被刻意压低,鹿久依稀能听到"伤势""罩着""关系"几个零碎字眼,然后觉得背后的目光更灼热了。

幼稚。

此刻，这是鹿久对季东楠的唯一评价。

她从滴管里挤出两滴液体滴入器皿，细细去嗅。

闻香能安神能引路，在她自己调制的这个香味世界里，是安全的。

"你们说完没有，别人只是失明又不是聋子，有没有礼貌？"

突兀的女声插入身后的谈话中，音色尖细，调子微扬，像是刻意说给鹿久听的，但总归身后的议论被强行打断。

说话的女生走到鹿久身旁坐下，等了一会儿，见鹿久半点没有打算感谢的意思，她终于主动开口："不要放心上，总有这么些俗人喜欢八卦。"

鹿久手里一刻不停地忙着，转头笑道："谢谢你，我并不在乎。"

"你跟季东楠是什么关系？"女生斟酌了一下，还是直白地问出口。

"没有关系。"

"怎么会？"显然不相信的语气，女生继续道，"昨天我在食堂碰到他了，他知道你被Kimi刁难转头就去农大上了他的课，还为你揍了外教，不认识能做到这样？"

"真的没有关系。"

鹿久不肯多说一个字，女生见问不出什么来，也悻悻地走开了。

她重新低下头去折腾香料，只是心跳有些快，"咚咚咚"一下又一下，像是要砸开什么。

季东楠站在农大公示栏前，从口袋里掏出一张什么展开了贴上去。

13级大四学生季东楠因不明原因殴打外教老师，其行为严重违反校纪校规，性质恶劣，遂记过处分，并留校察看，请同学们引以为戒……

这张崭新的记过处分旁边贴着一纸皱巴巴的警告处分。

那是他中午从隔壁工程学院也就是鹿久所在的学校摘下来的。

季东楠抱臂扬唇,懒懒散散地站着,看着两个人的名字并列粘在一起,笑了。

怎么说呢,真挺高兴。

她到底,在过什么样的生活?

1.

温柔舒爽的夜风从窗口钻进来,轻柔地卷起额前碎发,安人心神。

鹿久戴着口罩坐在教室里上晚自习,指腹在书本间摸过,逐一分辨出细小的突出点,再连贯成句。

这是她专程在网上定制的盲文教科书。

比起休学来适应失明的去年,现在她已经完全习惯阅读盲文。

鹿久完成了专业书的阅读后,收拾好东西等待下课。

教室里稀稀拉拉只坐了一半学生,鹿久能感受到这些人或好奇或讨厌的目光。

其实去年刚失明的时候她还是很痛苦的,不肯出门、不肯接受任何的安慰,但随着她对现实的逐渐接受,再有人好奇地像看怪物一样看她,

她也能无动于衷了。

最好的武器是漠视。

她从小便倔，就像现在，越是饱受议论她就越喜欢在显眼的地方接受议论，坦荡又大方地任人去议论，她的不理会会让对方的兴致迅速降温。

带着凉意的夜风将心头的燥热稍稍抚平，鹿久思考了一路，觉得很有必要跟季东楠提下外教的事情。

她给季东楠拨了个电话，很长的嘟声后那边才接听。

"呲——"

听筒里嘈杂的嬉笑声传来，还有呜呜的发动机轰鸣。

"喂？你说什么？"男生大着嗓门嚷道。

鹿久敛眉，又重复了一遍。

"我这边太吵了，有什么事吗？"季东楠还是没听清，他想了想，报上个地址，"我在百叶路铜兴广场这里，你能过来吗？"

看样子还是不得不去一趟，鹿久等不到他回来再去找他。

挂断电话，她心情欠佳地换了件外套出门。

小区的保安看到她的时候还惊讶了一下。

"鹿同学，这么晚了还出门啊。"

鹿久点头，叫了声陈叔。

自从搬家那天认识了陈叔，陈叔便对鹿久尤为关照，每次碰到都非得把她送至楼下才行。

"陈叔多两句嘴你别不爱听啊，这大半夜的没什么事就别出去了，要是别人撞到你或你磕到什么都不好。"

"没事，我会注意的。"鹿久礼貌回应。

陈叔啧啧几声，替她抱怨道："什么朋友这么没分寸，让你晚上出门，不知道不方便呀！"

鹿久顿了顿，她本就少外出，因为不便，夜里更是几乎不出门。

喊她出去的整个是一不学无术的小混混，救过她一次有些交集，说起来，她是不是有点过于相信季东楠了。

这么想着，鹿九谢过了陈叔往回走。

反正下次再警告他也可以。

刚到家，季东楠就来了电话。

"喂，鹿久你到哪儿了？要不要我来接你？"

"不用了，明天再说吧，我已经到家了。"

那边传来一片嘈杂，鹿久将手机挪远了些，听见季东楠在那头喊："什么？一定要说啊，那你赶紧来吧。"

"季东楠。喂，喂。"鹿久话未说完，就听到电话那头冒出个甜甜的女声，带着丝调侃的语气问。

"阿楠，这么晚给谁打电话啊？"

"你别管。"季东楠明显没好气地回，又对手机喊，"那我在这边等你啊。"

鹿久给自己倒了杯水，不知怎的就改了口："好。"

挂断电话，她把手机收进口袋，再次往小区外边走，陈叔正好换班，见她还是执意要出门便热心地开车送了一程。

百叶路是阪城比较繁华的街道之一，晚上的商业街人流如织异常拥堵。

倒是铜兴广场那块正在修地铁，没有跳广场舞和散步的市民，晚上

倒也清静。

鹿久下车谢过陈叔后往广场走去,远远便听到一阵阵摩托车的轰鸣声,她即使看不见也知道有无数白亮的车灯在周遭闪着,这里应该是在举办摩托车赛。

她十分不喜这样的环境,刚要打电话给季东楠,肩膀就被人拍了一下。

"来啦。"季东楠从背后钻出来,听起来心情不错的样子。

他抓过鹿久的手腕就往左走:"鹿久你来这儿。"

周围响起一片起哄声。

季东楠瞪了他们一眼,把鹿久带到机车旁边。

"季东楠,我来找你是有话要说的。"

"你先摸摸。"季东楠抓着她的手兀自放在车座上,"我前两天刚买的。"

鹿久刚碰到皮质的触感,他就迫不及待地问:"怎么样?"

她顿了顿:"挺酷。"

得到回答,季东楠挑眉一笑,跨坐上去,右手还扶在鹿久的胳膊上:"上车,先兜个风,再带你去吃消夜。"

鹿久站着不动,季东楠这才想起什么,开口问:"哦,你刚才说要跟我讲什么?"

"外教。"

季东楠恍然,撩了把头发:"你都知道了啊。"

他突然凑近鹿久,笑得不怀好意:"被人罩着的感觉怎么样,要不要考虑一直被我罩着啊?"

鹿久:"……"

"欸,你们俩能不能等会儿再腻歪,我们这么多人都在等着。"齐睿

老远喊了句。

季东楠头也没抬,盯着鹿久看不出表情的脸,竟然隐约对她接下来的回答有了期待。

"不需要。我的事不用你管,所以请你离我远一点,不要影响我的生活。"

她的声音不大,刚刚好够这周围一圈人听清楚,周遭一下就安静下来。

"你特意过来跟我讲这些的?"季东楠面色瞬间沉郁下来。

"是。"鹿久抿下唇道,"我讨厌你的处事风格。"

"我的处事风格?"

"我讨厌混混。"

话音刚落,鹿久只觉得周遭气氛都变了,她虽然看不见,但能猜想到盯着她的季东楠表情会有多难看,眼神会有多想戳死她。

也好,一次解决,总好过亏欠太多还不清。

她努力挺直腰背,准备好承受接下来的不管是谩骂还是嘲讽,或者拳头。

季东楠面无表情,就这样直直地盯着鹿久,黑沉沉的眸子里不知道涌动着什么。

姜磊不由得捏了一把汗,准备好随时阻止他做什么傻事。

哪知季东楠忽然眉梢一动,笑了。

季东楠轻哼一声,语气轻慢:"评价得很中肯嘛,看来接触过不少混混啊。"

要说的已经说完,鹿久也不想再待下去,她转身握着盲杖一边探路一边抬脚准备走,忽然有风从耳畔刮过,反应过来时口罩已经被季东楠

拉了下来。

一抹惊惶从她青青紫紫的脸上稍纵即逝,在一片白炽光下,她面色平静,黑瞳深幽。

季东楠的神色骤然冷下来,声音带着怒气:"怎么回事,你跟人打架了?"

那根本不像女生的脸,每个女生对于自己的脸都爱惜得不得了,不保养描画就算了,至少不会让它青肿得像个馒头一样。

他的视线在鹿久脸上巡回,落到她嘴角破裂处,心不由得一痛。

难怪她会突然戴上口罩,原来下面遮盖的是那么骇人的伤痕。

打架不可能伤成这样,如果不是打架就只会是被打了,而且看伤势还是被男生殴打了。

季东楠心底一股戾气横冲直撞,他一把扣住鹿久的手腕,咬牙问:"是不是那天那个男人干的?"

"季东楠,我说了不要你管。"

鹿久的手腕被抓疼了,她用力甩也甩不脱,只好说:"我想我刚才已经讲得很清楚了,我的事和你没有半毛钱关系。"

像被点了穴般,季东楠被噎得张了张嘴却什么都说不出,在看到鹿久那冷淡黑眸后,终是松了手。

挣脱桎梏的鹿久立刻转身就走。

"楠哥?"旁边的男生小心翼翼询问。

季东楠:"让她走。"

2.

"欸,你不会真看上你楼上那姑娘了吧?"姜磊走过来,拿手肘撞了

他一下。

季东楠从烟盒里摸出根烟点上:"说什么屁话。"

"你小子还想瞒我不成?也不知道是谁以前说,要是看上哪个姑娘就死都要罩着她。"

季东楠不吭声了,猛吸了两口烟后,才低低开口:"她的确很特别。"

姜磊笑得贼兮兮:"但看来特别的她对你不怎么特别。"

鹿久往广场外边走,虽然努力保持平静,但心里还是很慌张的。不熟悉的环境里被那么多人围着,她惹毛季东楠的时候,能清楚听到身边有男声问要不要动手,半点不加掩饰地大着嗓门,活脱脱是大型混混聚会现场。

心慌之下,她走得更快了,啪啪啪,盲杖点地的声音被突然打断,她的盲杖被撞开。

鹿久下意识就蹲下去,双手在地上来回触摸,她摸到个圆圆硬硬的东西,手感像摩托车头盔。

"欸,摸啥呢——"

故意用头盔把她盲杖打落的那人拉长音调喊。

然后又有人接了句:"眼瞎,体谅一下。"

众人哄笑。

扔头盔的齐睿偷瞄了眼季东楠,见他沉着脸看不出表情,于是大着胆子上前。

鹿久还没摸到盲杖,就感受到扑面而来的一阵疾风,伴着呜呜的轰鸣声。

机车在她面前停下。

"欸,小盲人。"齐睿下车故意将盲杖踢远些,"你要不喜欢季东楠,看看我怎么样?"

"让开。"鹿久冷下脸。

齐睿"啧"了一声:"你好歹犹豫一下啊。"

他没脸没皮地凑得更近了,鹿久都能感受到他的声音在面前不断放大。

"虽然你瞎,但我可不丑啊。"齐睿没等到她的反应,立刻讥诮道。

鹿久吐出一个字:"滚。"

"你一妹子讲话怎么这么不客气,欠收拾吧?"齐睿被鹿久怼得下不来台,当即变了脸色,开始推搡鹿久。

没轻重的手落在鹿久的肩背上,踉跄中鹿久的语气带上了些窘迫:"听不懂人话是不是,再碰我就报警了!"

季东楠低头吸了口烟,抬头的时候被吐出的烟雾迷了眼,也不知道看没看到,反正半点没有准备管的意思。

"脾气真糙。"齐睿被她吼笑了,斜吊着嘴角朝她伸出手。

鹿久被推搡得踉跄几步后终于站稳,没有盲杖在手她不知道周围环境怎样,只能站在原地等着,眼盲的人对周遭气流和声响感应反而格外灵敏。她感觉到有人靠近,脸色一变。

一双手才触及她的腰,她一把抓住那双轻薄她的手腕,屈起另一只手肘迅猛朝上撞去,击中齐睿下颌,撞得他磕出一声脆响。

齐睿脑子短暂地嗡了一声,捂着嘴骂:"信不信我抽死你。"

一股猛力袭来,鹿久被用力推到地上,齐睿骂骂咧咧,弯腰扬手就冲她的脑门挥了过去。

几乎是同时,季东楠将烟头狠狠往地上一摔,"噌"地冲上去,一脚踹在齐睿的侧臀上。

"都当我不在是吧!"

季东楠原本就使了大力,加上跑来的惯性,齐睿当即就被踹飞了一米不止。

齐睿的小弟们一看老大吃了亏,立刻挥着拳头气势汹汹地扑过来,季东楠也不躲,迎面而上。

齐睿一脸蒙地从地上爬起来,暴怒:"你居然为这个盲人打我,季东楠你是不是以为我好欺负?"

"你有种就冲我来,何必欺负个盲人。"

季东楠偏头躲过一记拳,碎发甩动间,有汗珠飞溅到鹿久手上。他拉着鹿久的手一直没松开,护着她不让她受伤。

齐睿被他噎得一愣,原本有些顾忌,现在被他这么一激,不得不硬着头皮上了。

本在一边看戏的姜磊一看这形势,一边腹诽着认识季东楠这货真是倒了八辈子血霉,一边也冲过来帮他。

广场上的气氛越加热烈,起哄的、叫好的声音此起彼伏,还有不断被拧响的摩托车的轰鸣。

齐睿本就顾忌着季东楠上面有人不敢下狠手,但季东楠完全没想那么多,该打打该踹踹,以肉搏肉毫不手软,齐睿接连吃了他几记闷拳之后终于跳脚。

他捂着鼻子恶狠狠道:"季东楠,你别仗着九哥罩着就这么嚣张!"

"呵,有本事你也让九哥罩着你呀。"季东楠挡在鹿久身前,伸手抹掉嘴角的殷红血迹,讥笑,"你缩手缩脚的就在怕这个?放心,我还不至于连这点小事都惊动九哥。"

齐睿脸上一阵红一阵白,梗着脖子喊:"谁怕了,给我把他往死

里打!"

本就蠢蠢欲动的混混们瞬间一拥而上,场面一度混乱,季东楠护着鹿久不得劲,干脆把人推给了姜磊,放开手脚肉搏。

齐睿一直处于被压制的一方,趁着人多气喘吁吁地退下来,其实心有余悸。

之前就听说季东楠狠辣,今天见了,才知道九哥为什么这么看重这小子。

季东楠拳脚没有招式但实在,一人单挑几个也全然不落下风。

警笛声隔着老远呼啸而来,齐睿等人一惊。

"谁报的警?"

广场上的人顿时作鸟兽散,纷纷上车逃窜。

齐睿跑路时还不忘放狠话指着季东楠警告他。

季东楠懒得回答,和姜磊对视一眼跨坐上车。

鹿久自然也听到了警笛,听到了混乱的现场四处喧嚣的摩托车轰鸣声,她不知道自己现在在何处,但知道站着不动是最好的选择。

一辆摩托车停在她面前,一双手牵在她手腕处,同时响起的还有季东楠的声音:"上车。"

鹿久只犹豫了一瞬,便回握住他借力跨上车。

待她坐稳,季东楠抓着她的双手环在自己腰上:"抓紧了。"

鹿久本能地想挣脱,下一秒摩托车就蹿了出去。

季东楠开得飞快,车身颤动,他驾着车左右摇晃,鹿久不敢随便松手,只能牢牢抱住他。

要不是身后警笛一直紧紧追随,鹿久几乎要以为季东楠是故意的。

和姜磊在十字路口分道扬镳,车流如潮,季东楠仍然速度不减,十

分娴熟地带着鹿久穿梭其中。

他特意往窄小的巷子里开,没溜几圈就甩开了警车。

身上的衬衫被风吹得鼓鼓囊囊,季东楠往下瞥了眼紧紧环在自己腰上的葱白手指不由得暗笑,真是身体比内心要诚实啊。

他故意加大了油门,果然明显感受到腰间的力道又收紧了几分。

"害怕吗,要不要我慢一点?"

鹿久心跳如雷却竭力保持镇定,语气冷淡:"不用。"

"什么?我听不见。"

夜风把季东楠的声音吹散几分,但吹不散他语气里泄露的几分兴奋。

鹿久在心里叹了口气,加大音量吼:"我没关系!"

"我建议你还是诚实一点好,"季东楠忍不住笑出声,"你都勒疼我了。"

鹿久:"……"

3.

到了楼下,两人沉默着一前一后进了电梯,季东楠按下楼层键,看了看鹿久,她冷静得看不出是刚从打架现场跑出来的女孩子。

电梯到了三楼,季东楠跟着鹿久进了她家,她并没有反对。她熟练地从餐桌抽屉里拿出医药箱,里面一众药物摆放得整整齐齐,感冒药、止痛药甚至受伤的药都齐全,都用透明的袋子装好,贴上了盲文。

"怎么准备了这么多?"季东楠讶异了一下。

"容易磕碰到,就自备了些。"

季东楠这才想起鹿久的眼睛,因为她太过强势,那双眸子显得凌厉,

总是让人忽略掉她失明的事情。

现在想来,一个眼盲的女生独自生活应该是非常不便的,可她也就轻描淡写带过,仿佛是习以为常的事情。

联想到她脸上莫名出现的瘀青,季东楠的神色变得有些难看。

她到底在过什么样的生活?

鹿久拿出络合碘和棉签,季东楠看到她手腕上有半干的血迹,应该是开始被推到地上蹭伤了。

鹿久平静地拧开盖子,将棉签蘸湿,凭着痛感往手腕上大面积涂抹,动作熟络且粗暴。

"我来吧。"

季东楠换了根棉签,蘸了药小心地涂在她的伤口上。

手腕处传来阵阵凉意,是季东楠轻轻在她伤口上吹气。

鹿久微微瑟缩一下,手腕处立刻传来更紧的桎梏,他说:"别动。"

鹿久低下头去,任他在手腕上继续上药。

屋子里一片安静。

季东楠替她处理好伤口,也飞快给自己贴了两张创可贴,挑起新的话题:"我饿了,有没有吃的?"

"没有。"

季东楠不信,女生不都是松鼠一样时常囤一堆食物的吗?

他起身去打开冰箱——

"哎,你是怎么活下来的?这冰箱空得可怕啊,这俩馒头硬得跟石头似的,放了多久啊,我帮你丢掉了啊?"

"不要!"鹿久忽然出声,声音很大,吓得季东楠手一抖,硬邦邦的馒头从塑料袋里滚出来,骨碌碌滚着绕了厨房半圈。

同时，鹿久杵着盲杖也走到了厨房，季东楠摸了摸鼻子讪讪道："你晚了一步，馒头先敬地板了。"

他把地上的馒头捡起丢进垃圾桶，看着鹿久明显不对的神色小心询问："既然已经丢了，那我请你吃消夜，当是赔你的馒头好吗？"

鹿久面色微动："不用了。"

她转身又摸索着拿了点药给季东楠："我想休息了，你回家吧。"

季东楠没再说什么，顺从地接过那几张创可贴，开门出去又替她把门关上。

他并没有真的离开，出来后他背靠在鹿久家的门边上，心里一阵阵堵得慌。

他想到那两个硬邦邦的馒头，又想到那空荡荡的冰箱，忍不住叹息。

他想过鹿久应该家境不好，每次见她总穿着那两件黑色长袖，甚至书包都用得磨出了毛边。那次带她逃出火场，他几乎被她浑身嶙峋的骨头戳伤。

这个女生，比他想象的还要独立、坚强，也比他想象的还要可怜。

心里闷闷的，他一拳砸在墙壁上。

一宿都没睡好，第二天，季东楠顶着黑眼圈去上课，回来后鬼使神差地居然来到了鹿久家门口。

他看到有个男人在鹿久家门前鬼鬼祟祟。

"谁？"

季东楠呵斥一声。

楼道里的声控灯应声而亮，门口猫着腰在捣鼓什么的人抬起头，和他四目相对。

季东楠立刻认出他是那天狂敲鹿久门的那个年轻男人，他手里还拿着根弯曲的铁丝。

陈扬见状不慌不忙地亮出裤袋里的小刀,恶狠狠道:"别多管闲事。"

话音刚落,台阶上的人却三两步下了楼,挡在了他面前,语气冷冽:"她脸上的伤就是你打的?"

## Chapter 07

如果没有这层身份，
你是不是也会喜欢我？

1.

"沐哥，查到了。"

门外的男人推门进来，把手里的资料袋恭敬地放到办公桌上。

"那小子叫季东楠，住在鹿久楼上。南九区的小老大李九罩的，现在管着他旗下的一个酒庄。"

躺坐在皮质长椅上的男人低低"嗯"了一声，睁开眼站起身来。

"沐哥，您这是要去哪儿？"

秦沐拍了拍西装腰间的褶皱，皮笑肉不笑："自然是接妹妹放学啊。"

车停在工程学院路边，下午最后一节课下课了，三三两两的大学生

从门口拥出。

年轻的学生们从车前经过,都要忍不住多看一两眼。

就算对车不熟悉,但看这辆跑车外观应该也属于顶级奢华品牌的。

这辆很贵贵的跑车在路边等了许久,在看到一个人影缓缓出来后,车里的人摁了两声喇叭。

人群中,杵着盲杖的女生顿了顿脚步,然后循着声音往跑车的方向慢慢走去,摸索着找到车门,开门上车。

车门关闭的同时,车身雷鸣般绝尘而去。

鹿久紧紧抓着安全带,疾驶的车速让她感觉自己整个人像是被拍在座位上。

好不容易遇到红灯停下,她开口:"我不是说我可以自己去吗?"

秦沐的嘴角勾起一抹嘲讽:"哥这不是看你眼睛不方便特意来接你吗?别想这么多。"

是吗?

鹿久勾了勾嘴角,并未再多说,思绪却飘到一个小时前。

她忽然昏倒,被路过的同学好心送到医务室,医师说因为营养不良。

鹿久知道,就是饿的。

她拒绝了吊水,在医务室喝了两杯热水谢过了同学往外走时,就接到了秦沐的电话。

刻意压低带着磁性的嗓音犹如海妖塞壬,抓人心神般充满诱惑:"很辛苦吧,哥帮帮你?"

鹿久有一瞬间都要怀疑,自己是不是被秦沐监视了。

但是,怎么会呢?她只是一个寄人篱下不讨人喜欢的……妹妹。

她有自知之明,想要从秦沐那里得到钱,不会太简单。

果然,秦沐轻慢的声音响起:"吃掉一根胡萝卜一万块。怎么样,很

划算吧?"

鹿久垂首暗自捏了捏拳,她对胡萝卜过敏,秦沐不会不知道。

良久,她抬头一笑:"划算。"

比起吃的苦,几根会过敏的胡萝卜又算什么。

被领到餐桌面前的时候,鹿久毫不犹豫,双手摸上桌子抓到一根胡萝卜就开始啃。

她吃得极快,随便嚼了几下便拼命咽下。

秦沐体贴地给她倒了杯水:"别急,慢慢吃,都是你的。"

"怎么不急,得在身体起反应前多吃一点啊。"鹿久努力咽下,带着自嘲的笑抓起第二根。

她那双不像是失明的有着光的眼睛直视着秦沐,竟看得他忍不住避开。

过敏反应很快就来了。

鹿久脸上开始一块块泛红,带着浮肿,随即这些红肿蔓延至脖颈、手臂,密密麻麻红成一片,甚是吓人。

她嘴上依然没停,忍住强烈的瘙痒感,更加大口地啃咬。

安静的客厅只剩下咯吱咯吱的清脆声响和弥漫在屋子里的胡萝卜的清香。

实在是受不了了,鹿久忍不住抬肩用粗糙的布料去蹭脸,手上和嘴里的动作依然不停。

反倒是秦沐忍不住了,他"唰"地站起来,冷着脸忍住满腔又怒又莫名痛苦的情绪,咬牙道:"够了!拿着钱给我滚出去!我可不想揽上人命。"

鹿久挤出一个难看的笑,脸上红肿一片惨不忍睹,她语带讥讽:"放

心,死不了,只是有点难看而已,哥你忍一下。"

只要把这些胡萝卜全部吃掉,就能还完借的高利贷,再也不用担惊受怕四处躲避陈扬而不停搬家。

她已经吃到了第五根,脖子上被她挠破皮,带血珠的指甲在一片红肿的映衬下格外恐怖。

"别吃了。"秦沐冷声命令。

她不肯放手。

秦沐怒极,从后面拽着鹿久的衣服把她拖离桌子。拉扯中,她后背衣领被拉下,衣服下的皮肤也是触目惊心的红肿。

秦沐心里颤了颤,扬手抢过鹿久手里的小半截胡萝卜,猛力扔开,拽起她吼:"我让你别吃了!你是不是想死!"

鹿久忽然笑了,那笑容恐怖极了也悲催极了。

想死啊,每天都想死,但是又不甘心这样死去。

这样活着,和死了又有什么分别?

不,有区别的,这样苟延残喘地活着,是为了赎罪。

她一阵天旋地转后再次跌坐回椅子上。她努力稳了稳心神,趴在桌子上说:"刚刚那根是你打掉的,算我吃完了,一共五根胡萝卜。"

秦沐又怒又气,他不知道整这一出折磨的是她还是自己。但是,一见到鹿久脸上那平静冷淡的表情,更是火上浇油,他咬着牙抓起桌上的一大堆钞票全砸在她身上。

"别在路上死了,滚!"

"我怎么舍得?"鹿久跪在地上,纤长细白的手指在地面上到处摸索,一沓沓捡起,五沓,仔细摸了摸厚度,强撑着扶着椅子站起来,"谢谢哥。如果还想看我吃胡萝卜,哥可以随时给我打电话。"

她仔细地把钱放进书包,摸过盲杖,一边点着地一边朝门口走。

秦沐这里她在失明前来过,如果没记错,她刚才被领进来时是背对大门坐着的。

2.

秦沐觉得嗓子眼里憋着一股气,下不去也吐不出,直到盯着鹿久关上了门,这才狠狠踹翻了面前的椅子,大声骂了句脏话。

为什么在处于绝对弱势的鹿久面前,自己永远这样狼狈?

他想起那段隐秘的、煎熬的、一直像根刺一般扎在他心头的过往——

年轻的男生满身酒气地出了电梯,有些紊乱的脚步直奔最里面那间病房。

鹿久安静地躺在床上,秦沐摸了摸她依然滚烫的脸颊,摇醒趴在床边的鹿清:"妈,回去睡吧,我在这里就可以了。"

鹿清迷糊着,点点头又嘱咐几句后就走了。

房间里安静下来,秦沐调慢了点滴才晕晕乎乎扶着床沿坐下,平静下来后只觉脑袋炸了一般疼。

一听到鹿久突发高烧的消息,他立刻从商务酒会上赶过来,此刻见到她才算稍微放心。

秦沐把被角提了提,放轻呼吸。

"为什么你偏偏是我妹妹?"酒后喑哑低沉的声音,带着不甘和痛苦,"孤儿院那么多人,为什么偏偏是你做了我妹妹?"

鹿久睡得不怎么安稳,皱着眉眼睛紧紧闭着,整张脸因为高热而泛着明显的潮红,破碎的哼哼声从嘴边溢出来。

秦沐盯着她粉嫩饱满的唇瓣,鬼使神差地伸出食指压了上去,滚

烫和柔软触感让他指尖一颤,他喉结上下动了动,贪婪地沿着唇形一路临摹。

"我居然会羡慕起你班上那群无知的小子,随便一个人都能轻易和你告白,但我不可以。"

酒精上头,以往绝口不提的话此刻像开了闸的洪水怎么都刹不住。

"凭什么,他们凭什么?"

手上的力道随着忽然提高的声音加重,病床上的鹿久不安稳地皱起眉头,秦沐顿了顿,放轻力道。

"如果没有这层身份,你是不是也会喜欢我?"他语气里夹着浓浓的痛楚,带着小心翼翼和几分不确定的执着,"鹿久,你会喜欢我吗?"食指在她唇瓣上轻柔摩挲着,眷恋每一寸的温度。

昏睡着的人忽然动了动,秦沐心里一惊,骤然收回了手。

鹿久缓缓睁开了眼,不确定地喊:"哥?"

秦沐的酒意顿时散了大半,"唰"地从床边站了起来。

反应过来刚刚口不择言说了什么,他的脸色立刻像吞了蜡般难看,他不敢去想那一番话鹿久有没有听见,又听见了多少。

"我去叫护士。"丢下句话,秦沐转身逃也似的冲出病房,一路撞翻几张凳子。

餐桌上,碗筷碰撞出的轻微声响被进门的声音打断几秒。

鹿清冲迎面走来的人敛眉:"你最近在忙什么,回家时间这么少,三天两头都见不到你一面?"

"就是生意上的事,你又不懂,问这么多干吗?"

秦沐特意挑个大早回来,秦泽倒是出去散步了,没想到正好碰上吃早饭。

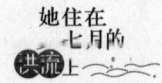

"正好你今天在家,叶阿姨生日,我晚上要和你爸去叶家,你去接鹿久放学。"

和往常一样,一旦秦沐有空,接鹿久的担子就落到了他身上。以往他接受得倒也坦然和欣喜,这次却忽然慌了一下。

他下意识就朝鹿久看去,她正入神地追剧。

鹿清还在唠叨放学那条路起码要堵个二十分钟,让他早早开车回来不准带着鹿久吃路边摊。

秦沐左耳进右耳出,看着鹿久神色如常的脸,轻吁了一口气。

——或许她什么也不知道。

——她应该是没有听见的吧,那些永远见不得光的龌龊心思。

这个侥幸念头,终于舒缓了这段时间来紧绷的神经。

总不能一直逃避,既然看上去一切正常,那就当作一切正常好了,她没听到,他也没说过。

秦沐整整衣领下车,给鹿久拨了电话过去,才知道她和朋友去了奶茶店。

"妈不是不让你喝这些东西吗,又不听话。"

话是这么说没错,但到了奶茶店他又跑过去把鹿久那桌小女生的奶茶钱都付了。

在前台就看见几个小脑袋凑在一起叽叽喳喳,一个两个不知道在八卦什么,走近了,女生们热烈讨论的声音钻进耳朵,秦沐脸上的笑也跟着脚步骤然僵住。

"这么刺激的吗?哥哥爱上妹妹?"

"天哪,好变态啊!"

他听见那个熟悉得不能更熟悉的声音附和说:"我也觉得好恶

心啊。"

秦沐的脸顿时失血一般苍白。

——她全都知道。

——那天晚上,她全部听见了。

——她说,恶心。

秦沐几乎是冲出的奶茶店,看着马路边疾驰而过的车辆,眼前升起一阵短促的眩晕感。

那些嬉笑着的一张张面孔在面前旋转挪移,这些人,也全都知道了。

他羞于启齿的卑微的感情像块烂布一样曝光于世,被扔在地上来回揉搓羞辱,任谁听了都可以耻笑点评。

惊怒和屈辱感一同从胸腔迸发,奔腾着流进血液冲刷到四肢百骸,凌迟着浑身上下每一个细胞。秦沐攥紧拳头,紧绷着的身体控制不住地发颤,但是他连进去责问的勇气都没有,甚至只能钻进车里落荒而逃。

所以他也永远不会知道,奶茶店里鹿久吸完最后几口珍珠奶茶,把桌上那本小说推开了些。

"我哥要来接我,等会儿我就不跟你们去吃东西了。这本书的设定太恶心了,我不看。"

"我也不看。"

"我也是。"

小说又回到了最开始拿出它来的那人手上。

鹿久再三往奶茶店外看了几眼:"奇怪啊,这店不难找啊,我哥怎么还没到?"

"呼呼呼……"

秦沐从痛苦回忆里抽身出来,喘着粗气,额头上满布的汗看上去像被浇了一盆冰水。

他神色逐渐清明,眸子里那点微不可察的软弱挣扎也渐渐变成了一丝狠戾。

3.

"师傅,麻烦你再开快一点。"

脱力的声音从后座传来,司机忍不住抬眸从后视镜中看了看这个奇怪的乘客。

她戴着口罩,但是口罩外的皮肤看上去又红又肿,看她那虚弱无力的样子,像是极力在忍着。

可怜啊,一个盲人生病了还要独自去医院。

司机同情地应了一声,用力踩下油门,直奔最近的医院。

鹿久原本想开了药就走,可门诊医生见了她这副样子吓得立刻把她转入急诊进行治疗。

她没人陪同,眼睛又不方便,护士便帮着挂号交钱。

被问到怎么过敏这么严重连一个家人都没有陪同时,鹿久也只是缄默不语。

最后,在医生的强烈要求下,她被迫住院。

喉头肿胀着,像有一只手紧紧掐着喉咙,戴着氧气罩的鹿久不得不连呼吸都小心翼翼。

夜里实在痒得睡不着,她就爬起来枯坐着,细细感受全身犹如被虫蚁啃噬的痛苦滋味。

人间地狱,活着为了受罪,或者为了赎罪。

她咬牙生忍着。

这样折腾到凌晨护士开始查床,她才逐渐起了困意。

虽然红肿没有褪尽,但总算不再奇痒难耐,此时鹿久也顾不上浑身都被冷汗浸湿便沉沉睡了过去。

在睡梦中,她只觉得身上越来越冷,凉意从四肢百骸袭来,让她不由得将身体蜷缩起来。

护士查房到鹿久这儿才发现吊瓶早就空了,小半根针管子都是回血,吓得立刻叫醒鹿久重新输液。

医院嘈杂,走廊上来回走动的声音无孔不入,同病房病友来了亲人探望,大刺刺的讲话声将鹿久那点瞌睡全数打散。

她终于待不下去,也没跟护士说一声,输完了那瓶水就拔针出了院。

站在路边好久,久到她几乎要站不住倒下,才拦到一辆出租车。

好心的司机是看她一个盲人才停下来的,扶着鹿久上了车,司机问起去哪儿时,她却犹豫了。

其实她应该回家的,然后找到陈扬还掉一半高利贷,再想办法把另一半补齐,继续过那种永远望不到尽头的日子。

太无助太绝望了,这样的日子。

"师傅,去江边。"


好心的司机反复确认她不是为了寻短见后还是离开了,鹿久站在视野开阔的徐江大桥人行道边,她虽然看不见,耳朵却十分灵敏。

她能听见身后川流不息的车流,脚下湍急的江流,还有呼呼的风声,她仰起脸能感受到太阳洒在脸上的温度。

她脑海里有一幅真实的画面,可眼前看到的却是一片白茫茫。

在失明后,她第一次有了放弃的念头,这个念头一经发酵就迅速

膨胀。

一下午形形色色的人从她身边路过,有好心的路人会停下来问她是不是需要帮助,而更多的是好奇地看一眼然后继续自己前行的路。

鹿久站在桥上,直到日落。

她抠着肩上的书包带子,包有点重,里面装着那五万块,估计任谁也想不到一个盲人竟然背着巨款独自跑出来吧。

桥上依旧热闹,车流如织,她能想象到在身后穿梭经过的各色人们,有疲惫下班的、期待接下来的约会的、赶着谈生意的……但唯独没有人会像她一样,看不到眼前,也看不到未来。

想要放弃的念头终于在这一刻冲出来,叫嚣着占据她的全部理智。

跳下去吧,迎接你的就是解脱。

鹿久麻木地鬼使神差地,抬脚踩在了栏杆的台阶上。

"叮叮叮,叮叮叮——"

口袋里的手机突然响起,鹿久一惊,她清醒过来,想到自己刚刚的行为,如果不是这通电话……

她突然生出些后怕,惊魂未定地接起来。

"鹿久——快来赎我!"

号叫从听筒那头嘹亮地传了过来。

鹿久敛眉:"季东楠?"

电话那头的季东楠应了,又报了个地址。

"鹿久,你快过来赎我。"

"不去。"

"鹿久!你不能见死不救啊!我可是救过你和你的奖杯的,你总不至于这样对你的救命恩人吧!"

理由还可以再不要脸一些吗?鹿久语塞了:"你朋友呢?"

"那些浑球根本不接电话,不知道死哪儿去了。"

见鹿久不吭声,季东楠哀求道:"鹿久,帮帮我,求你了,我现在也就只能找到你这么一个朋友了,你是我全部的希望啊!"

鹿久心里微动,希望?她有一天也成了别人的希望?她不是被厌弃的盲人,不是只会制造麻烦的废物,有人等着她帮忙,有人需要她……

混沌的脑袋像是被什么突然打破,鹿久也不知道自己怎么就问出来:"你犯的什么事?"

"啊!恩人啊,见面再说,你快来。"

鹿久沉默,季东楠还在电话里不断哀求:"鹿久你一定要来啊,记得带钱,要是没有……"

"我有。"

电话那头的人顿了顿:"那你快来。"


到警局的时候,季东楠已经录完口供。

都被抓到警局了,那货还有心思演戏:"警官,真的就是闹着玩而已,没那么严重,我不做大哥好多年啦。"

话虽如此,可他脸上的挂彩,还有大臂上被划了一道口子,草草包扎的醒目纱布怎么都不能让人忽视。这一副痞气十足的模样,怎么看都是重点怀疑对象。

面前给他做笔录的警员估计是被他气了许久了,这时候也懒得再多说,让他在文件上签了字收了文件就走。

季东楠坐在椅子上一派懒散,看到门口冲进来一个茫然无措的女生,赶紧喊:"鹿久,这儿。"

鹿久顺着声音走过去,就听见季东楠一副心情大好的语气:"你果

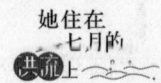

然来了,既然这样,我就原谅你了!"

鹿久听得一头雾水:"原谅我什么?"

"这么快就忘了?那天晚上在广场,你当着我那么多兄弟的面子让我下不来台。"

原来是那件事。

鹿久哭笑不得:"你还是继续记着好了。"

"不不不,我可是个很明事理的人。"季东楠难得一本正经,"孤独久了,生活里多出一个人都觉得是侵犯。你不是故意不给我面子,你是害怕欠我人情,我懂。所以我原谅你。"

——孤独久了,就连生活里多出一个人都觉得是侵犯。

鹿久一愣,将这句话咀嚼一番,心中泛起莫名的滋味。

他说得对。

这个人,竟然一语道出她这几年的全部心境。

鹿久眨眨眼,强行按捺住内心莫名汹涌起来的情绪,问:"要交多少钱?"

像是看出了她有什么变化,季东楠这货居然还在继续:"这么关心我啊?莫非我在你眼里,和其他人不一样?"

"你再多说一个字,我就让你睡警局。"

鹿久摸着盲杖作势要走,季东楠立刻闭嘴,连连保证再不多话,她这才语气生硬地转移话题:"你犯了什么事?"

季东楠撇撇嘴:"打架。"

他对打架的事情说得含含糊糊,把责任都赖给别人,显得他自己多么无辜多么良善。

鹿久撇撇嘴,又不是第一天认识他,装什么!

在办理手续的过程中,季东楠突然问她昨晚去哪儿了。

鹿久心里一惊,抿着唇不说话,好在季东楠也算是察言观色,没再追问。

交了保证金,又和季东楠一起聆听了一番教导,他们终于出了警局。

夜已经很深了,今晚月色明亮,月光下的鹿久打了个哈欠。

季东楠走在她身侧,走两步就瞄一下她,听着她的盲杖嗒嗒嗒地敲击着地面,生怕她踏错摔倒。

鹿久脸上带着明显的倦意,五官清秀的脸上永远都是一副表情,就是没有表情。

她让自己从活生生一个动态图变成静态图,会呼吸的静态图。

季东楠被自己的想法逗笑:"今天谢谢了,回去我就把保证金还你。"

"当然。但是下次不要找我了,谢谢。"

这略带苍白的樱桃唇里吐出的永远是拒人于千里之外的冰冷话语,对于这个,季东楠已经习以为常了。

他很快接口:"饿吗?请你吃消夜。"

"不饿。"

"知道你不会去,我也就讲讲客气。"季东楠赶紧给自己找了个台阶下,"走吧,送你回去。"

"等等。"鹿久忽然放缓了脚步,她压低嗓音,"你还叫了别的朋友来吗?"

季东楠下意识往周围看去,这个点街道上早已经关门闭户。深夜里空旷无人,白日里被菜摊占据的热闹拥挤的小道,现在竟显得分外宽敞。

"怎么了?"季东楠也警惕起来。

鹿久敛眉:"有人在那儿。"

昏黄的路灯将店面周遭打出一片阴影,季东楠还没开口,就听见"砰"的一声惊响,不知道从哪儿滚出个玻璃酒瓶,骨碌碌转到他们脚边。

窸窸窣窣的声音响起,阴影里大摇大摆走出一群混混。

季东楠往前走了半步将鹿久护在身后,直到看见从人群后头走出来的陈扬终于觉得不妙。

"嘿!浑球搞埋伏啊。"他迅速瞟了眼身边的鹿久,问,"你跑步快吗?"

鹿久点点头,她虽然看不见,但明显感觉到来自季东楠身上的紧绷情绪:"到底怎么回事?"

"跟我打架进警局的那个尿货叫了人报复。你相信我吗?"

鹿久只沉静了一瞬,郑重地点点头。

陈扬盯着头挨得极近的两人,他脸上的伤比起季东楠的更可怕,身体也不似平常那般板板直直,仔细看能看出右腿有些不能受力,他堵在前面的路上带着满脸青紫冷冷望着他们,十分凶神恶煞。

陈扬和季东楠的过节要从昨晚说起——

陈扬再一次准备开锁潜进鹿久家被季东楠撞上。

他拿出小刀威胁季东楠别多管闲事,没想到季东楠只问了一句话后二话不说冲上来就挥拳头。

楼道太窄,两个男人你一拳我一脚双双从楼梯滚落,动静极大。

陈扬心生退意,狠狠划了季东楠一刀想要逃跑,可那人竟不肯放手,不要命似的一拳接一拳往刀口上撞也面不改色,直至动静惊动邻居报了警,两人都被带进了局子。

两人皆对鹿久借了陈扬的高利贷一事闭口不谈，咬定是为小事发生斗殴。

"你听我说。"季东楠警惕地盯着前方，温热的手掌牵过鹿久的手，鹿久屏住呼吸。

"等会儿我数到三就一起开始跑。"

阴沉着脸的陈扬挥了挥手，身后的人一拥而上。

与此同时，季东楠轻声数着："1，2，3！"

下一秒，鹿久只感觉自己被一股巨大的力量拉着往前跑，她看不到来路，她不知道前面等着她的是什么，但是手上那股强大而温暖的力量仿佛是她的眼睛，她竟然如此信任地跟着他一起狂奔。

没想到他们竟然敢正面冲过来，陈扬一时惊住，反应过来时两人已经从旁边的岔路口跑走。

"追！"

四月的夜风从耳旁呼啸着刮过，鹿久死死抓着盲杖，脚步不停地随着前方人引领的方向奔跑，奔跑。

兴许是担心她看不见会害怕，一边狂奔季东楠竟还一边回头安抚："别怕，我不会让你摔的。"

后方嘈杂的脚步声传来，还有陈扬气急败坏的叫喊声："看我追到了不卸了你们一条腿！"

鹿久咬着牙闷头跑，用力深呼吸，心里有个声音不停说：相信他，相信他。

季东楠不断提示她前方的路况，两人配合默契，竟然在七拐八拐中没有出状况，也没有被追上。

许久没有剧烈运动，鹿久有些微的耳鸣，她喘着气说："在出小区

前要甩掉他们。"

季东楠挑眉,笑了:"你不怕吗?"

"不怕!"鹿久大声回答,眼中隐隐藏着笑意。

在空旷无人的街道上,夜风捧起她的长发和衣料,有力的手腕带着她,迎着清亮的月色奋力奔跑起来。

亡命一般的奔逃竟然让鹿久感觉到兴奋,压在心头的那些悲愁随着涌出来的薄汗被风吹淡。

她的人生从来小心翼翼,因为无人让她撒娇依靠,也无人站在她的身后做她后盾。

可如今像无头苍蝇一般狂奔着,把自己的安全完全托付在另一个人身上,她竟隐隐觉得有些痛快。

交握着的手不知什么时候变成了十指相扣,有力量从另一端输送过来,顺着指尖汩汩汇进跳动的心房。

黑暗中能清晰地听见自己的粗重呼吸,鹿久恍惚觉得,这一刻身边这个人正带着她拼命逃离她破碎不堪的人生。

跑出小区,很幸运地遇到辆出租车,两人钻进车中,气喘吁吁但都笑意盈盈。

鹿久靠在后座,一边喘息一边问:"不是要请我吃消夜吗?"

## Chapter 08

长得特别帅,不会让你失望的。

1.

两人选了个大排档,鹿久很少来这种地方,坐得直直的,手不知道往哪儿放。

季东楠挑眉:"你不会没吃过消夜吧?"

鹿久摇头:"从前家里管得严,现在眼睛不方便又没钱。"

"那今天就吃个够。"

季东楠扬手招呼了服务员,问了鹿久有什么忌口后开始点餐。

"一打生蚝、一打五花肉、一打牛油、一打牛肉、一打里脊,一份土豆、一份茄子、四串鱼丸和四串鸡翅。"

菜名报得真熟稔,鹿久咋舌:"太多了吧,够了够了。"

"不多,我们有两个人呢。"他咧咧嘴,"再加两份抄手。"

季东楠把面前的碗筷拆开，又用开水烫了递到鹿久面前，把筷子塞她手里。

鹿久用筷子戳着空碗，表情呆滞不知道在想什么，季东楠连叫了好几声她才回过神。

"我打了很久的工才凑齐大一上学期的学费，学校虽然暂允了我拖欠学费，但生活拮据，周末也需要打工来维持正常开销。因为眼盲，我能做的活少，大多数时候都会被拒绝，因此也偶尔吃不上饭。"鹿久突然兀自开口，她抬起头，漆黑的眸子望向他，里面却有莫名的情绪滚动。

她的故事讲述得让人猝不及防——

鹿久一直处于饥饿的状态被班上一个女生发现了，女生叫齐朵，是个热心并且交友广泛的人。

齐朵总是暗地里给鹿久塞吃的，有时候是一块小蛋糕，有时候是两个热乎的包子，那些东西总会偷偷出现在她的抽屉。

鹿久纳闷了许多天却迟迟找不到偷偷帮助自己的神秘人，终于在特意早到的一个早上发现了齐朵。

齐朵的开朗和热情让她无法拒绝，甚至常常主动借钱给鹿久来救急。鹿久被她感动，渐渐地，两人成了亲密无间的朋友。

"故事如果到此为止就好了，可是没有。"

那个寒假鹿久没有攒齐下学期学费，走投无路下鹿久找齐朵借，但齐朵最近拮据也拿不出，于是给鹿久推荐一个校园贷并教她如何借款，说她自己这样借钱买过包，分期长且利息极低。

出于对朋友的信任，鹿久不疑有他就办了贷款，手续都是齐朵帮她办的，贷款也如期到账让她交了学费。

鹿久对齐朵充满感激，可是开学后，齐朵忽然辍学。

鹿久问遍整个班级，没人知道齐朵发生了什么去了哪里。

然后,噩梦突然而至。

在那之后鹿久便三天两头接到催款电话,对方态度强硬且语带威胁。几番下来,鹿久这才知道自己是借了高利贷,而且除了她借的一万块学费外,齐朵竟然还以她的名义多贷了四万。

鹿久这才发现自己被骗,但那时候齐朵已经犹如人间蒸发。

……

季东楠也被小小震撼一下,他知道陈扬是放贷的,但是没想到悲催的鹿久竟然是被下套贷的款,真是屋漏偏逢连夜雨的小可怜啊。

他似乎理解了她为什么总是一副生人勿近的样子,为什么拒绝帮助、拒绝好心、拒绝同情。

"我一直在打听齐朵的下落,但一无所获。"鹿久自嘲地笑了笑,"其实就算她从我旁边路过,我都不会知道。"

"你有没有什么齐朵的照片之类的,或许我能想到办法。"

鹿久想了想,从书包的小隔层里摸出张学生证:"这是她走后,别人帮我在她抽屉里找到的。不过你也别费心思了,事情过了这么久,这笔钱我早没有能追回来的打算了。"

季东楠接过学生证看了眼,塞进口袋。

找人这方面他还是有点门路的,但又不想白白给鹿久希望,正好菜上来了,于是抓了把牛肉串放到她面前的碟子里:"不说这个了,吃吃吃。"

饥渴许久的食欲被眼前的肉香四溢勾起,再也压制不住,鹿久小心地捏起一根轻咬一口,肉香和油汁在口腔里一同迸发,她满足得眯起眼。

活着总会遇见一些美好,这时候就是美好。

这是季东楠第一次看见鹿久放松的样子,笑意跟嘴边沾的油渍一起

闪闪发光。

有什么柔软的东西趁机钻了进去,一下下动摇心神。

2.

窗帘未拉,八点的日光直射进来,鹿久伸了个绵长的懒腰。

仿佛新生一般,她觉得今天的心境已经大不一样。

昨晚,他们等到陈扬离开后还是回来了。鹿久从五万块里匀出一千块作为生活费,在季东楠的帮助下在二十四小时便利店里买了不少食材。

她往灶上的小锅里放了两颗鸡蛋,盖上盖子开到小火,站在一旁默数时间。

鸡蛋不能煮太老也不能捞太早,鹿久向来都会仔细数十分钟,但今天她走神了。

她想起了昨晚。

耳畔是呼啸的风声还有那人的呼吸。

温暖坚实的手牵着她,奔走在深夜,逃离这世间。

她听见自己问:"你长得好不好看?"

剧烈的奔跑让她的问话破碎而模糊,季东楠却听清楚了,笑出声来。

鹿久噤声,懊恼不已,她其实是想问:你长什么样?

没想到季东楠正儿八经地回:"长得特别帅,不会让你失望的。"

鹿久只觉脸上一阵火烧……

门铃忽地响起,惊得她扔了手里的锅盖,锅里的水正"咕噜咕噜"

烧得热烈,她慌乱地关了火。

"早啊,鹿久。"

打开门,就听见愉悦的男声。

季东楠笑嘻嘻道:"昨天帮你买了那么多食材,早餐应该有我的份吧!"

"进来吧。"

鹿久转身摸回厨房,用漏勺将鸡蛋盛进碗里,又拆了包吐司装碟。

"吃吐司和鸡蛋还是面?"

"面!"

她走到橱柜前摸出袋泡面:"自己煮。"

"那还是吃吐司吧。"

鹿久好笑地把面放回去,从冰箱里摸出两瓶牛奶:"拿自己那份。"

她自顾自拿蛋敲了下桌子,刚要剥壳,手中一空,被季东楠劫走。

"吐司、鸡蛋、牛奶?"

"营养丰富。"鹿久伸手,"给我。"

带着温度的大手在鹿久摊开的掌心一拍即离。

轻柔的、短暂的,鹿久却觉得像是有一面锣鼓同时敲在她耳畔,轰鸣久久。

"看哥给你露一手。"季东楠勾唇一笑。

鹿久没来得及说话,脚步声便嗒嗒嗒去了厨房。

"有没有火腿和芝士?"季东楠在厨房里喊。

鹿久迟疑了两秒:"火腿在冰箱上层右边,芝士没有。"

"等我一下,给你创造奇迹。"

他冲出厨房又冲出大门,没几分钟又冲回来,鹿久不知道他去做什

么了。

厨房里乒乒乓乓一阵响动,洗锅、开火、热油,鹿久仔细分辨着,不久有浓郁的香味飘出。

季东楠把碟子端上桌,挑眉嘚瑟,而后又想起她看不见,催促:"尝尝。"

鹿久手指往碟子里摸。

从他问的材料,她猜得出他做的是三明治,这浓郁的奶香大概是他刚刚冲出去临时买的芝士片。

吐司外面裹上蛋液微炸一下,夹上火腿片和芝士,做法简单口感丰富,但她一个眼盲的人是没法做的。

"怎么样?"

"还行吧。"

"啧。"季东楠一听就要炸了,但看着鹿久一口接一口地吃着,瞬间明白了。

哼!不跟口是心非的女人计较。

吃过饭,季东楠帮着鹿久把厨房收拾好,原本想送她去学校,但接了个电话后便匆匆走了。

鹿久抓着手机,想了片刻,按下"0"给秦沐拨了过去。

"哥不会忘记我还有五根胡萝卜没吃完吧?"她顿了顿,"那五万块我是一定要拿到的。"

"玩上瘾了?"电话那端的人发出一声嗤笑,"不过我改主意了,看你吃胡萝卜也没什么意思,新花样玩不玩?我的酒吧最近正好在招驻唱歌手,一次一万,来五次,比吃胡萝卜轻松很多吧?"

鹿久几乎不假思索就答应了:"成交。"


3.

夜深。

新开业的酒吧里喧闹热烈,男男女女贴作一团热舞。

年轻侍应生走到卡座前,弯腰恭敬道:"九哥,季东楠到了。"

卡座中间的男人展眉在桌上摁灭了烟,往后头招手:"阿楠来了,过来坐。"

闻言,里面的男女立刻往旁边挪了挪,给中间空出一大块位置。

季东楠坐到李九旁边,喊九哥。

李九拍拍他的肩,递过去一杯酒。

季东楠把杯口压得低低的,和他碰了个杯,仰头一饮而尽。

"我这次把你喊过来,是有个赚钱的活给你。"李九开门见山。

纵横老九区的男人正色起来,带着几分狠辣。

"我让肉子从国外走私了一批医药器材,对接的医院都找好了,你去帮我谈价格。"李九伸出三根手指比画,"要是成了,你拿这个数。"

季东楠抬眸:"这么贵?据我所知,这已经超出了市场价两倍。"

"进口的肯定要比国内产品的价格高啊,你现在怎么想这么多了。"

季东楠拿了杯伏特加,脑子里想起鹿久说起混混时反感的样子。

李九也不逼,诱惑道:"这次要是干得好,以后不愁机会。成天打架也熬不出什么名堂,有什么比来钱还重要?"

季东楠将手中把玩着的杯子扣在桌面上,低声应道:"好。"

李九拍拍他的肩:"好好干。"

季东楠没坐多久就离开了,李九来到隔壁另一间包间里。

昏黄的灯光在桌前打下一圈光影,秦沐靠坐在转椅上,盯着黑屏的电脑,看不出情绪。

李九推门进来:"小秦。"

"九哥来了。"秦沐抬眼,并没起身,"九哥坐。"

李九也不在意,拖过椅子坐在对面:"答应去了。"

闻言,秦沐弯了弯嘴角:"多谢九哥了,九哥喝茶。"

"哪里,小秦看得起他愿意给他这次机会,是他运气好。"李九顿了顿,试探道,"小秦向来不管道上的事,这次到底是什么货让你都出手了?"

"担心出事连累他?"秦沐目光扫过来,脸上还是挂着清淡的笑,眼底却阴郁深沉。

李九心中一沉,忙摆手:"怎么会?我就好奇一问。"

秦沐也不戳破:"该打点的地方都打点好了,只要他好好干,不会亏待他。"

"九哥对这个还是放心的,我的人就是小秦的人。"

秦沐淡淡一笑,微举茶杯:"先谢过九哥了。"

……

李九出来,在马路牙子上点了根烟,狠吸两口后身上的鸡皮疙瘩才消下去。秦沐那小子太阴森了,同处一室让他浑身都不舒服。

秦沐拨动了下鼠标,一直黑屏的电脑亮起,一个身形高大的男人在屏幕上显现,正是站在鹿久门前的季东楠。

秦沐并没说驻唱的时间，鹿久心想或许要过两天，她洗漱后准备休息，敲门声却响了。

门外站着来接鹿久去酒吧的司机，秦沐竟然难得体贴地叫人来接她。

自从去年出了那么大的变故，秦沐没有办法原谅她间接害死了他母亲，估计也无法眼睁睁看她在自己眼前煎熬。

一方面恨着她，一方面又想帮助她，所以他知道她欠了高利贷也知道她欠了多少，但是又做不到以关心的名义去给她，他也拔不出心里杵着的那根刺。

十七岁那次变故后，他们的关系就变得别扭又折磨。鹿久坐在车内这样想。

不管秦沐怎么对她，她都接受，那是她亏欠他的。但是，她忘不了十七岁前一直对她温和的哥哥，是她不小心毁了他们的关系，变成让他憎恶的妹妹。

4.

Young 酒吧。

鹿久刚下了车，便被等在门口的女生领去休息室换衣服。

场内鼓点强烈人群喧嚷，不管是四年前还是现在，酒吧里的面孔日新月异，热烈却永远如出一辙。

她被带领着下了两级楼梯，嘈杂声一下子小了。

"喏，今天穿的衣服。"领路的女生扬手把服装抛在鹿久手里。

鹿久的手在衣服上游走几遍，暗松了口气，还好不暴露。

"谢谢。"

休息室的门被推开,带鹿久来的女生恭敬地喊了声"姐",来人"嗯"了一声便再无声息。

任由粉扑和粉刷在脸上折腾,鹿久的心思却在来人身上,她一直没出声,但能感受到有双盯着自己的眼睛。

上完了妆就要上场,鹿久随着带她来的女生出去,门一开,劲辣的音乐声瞬间包裹了她。

那个人没有出来。

"先上五级楼梯,再走三步。"女生在旁边提醒。

直到领着鹿久走到舞台中间,女生才离开。

音乐骤停,灯光也暗下来。

"So we back in the club, That body's rockin' from side to side(所以我们回到俱乐部,身体的摇滚从一边到另一边)."

清唱后伴着骤然四起的背景音乐,一道光束打在舞台中央的鹿久身上,吸引了无数目光,包括正准备离席的季东楠。

这个声音很耳熟,他只是随意瞟了一眼便怔住了,竟然真的是她。

真可以啊,每天给他可劲儿刷新不同认知。季东楠紧了紧后槽牙。

不同于以往劲歌舞曲的热辣,鹿久的声音干净清透,歌声空灵惊艳。

季东楠不动声色地又坐回去,在舞台下方凝神看她。

她化了妆,不浓,随意几笔就让她原本好看的五官在炽亮的灯光下更为精致,长眉翘鼻,眼波流转间尽展清纯娇憨。

舞台下眼神灼灼的不只是季东楠一个,秦沐叠腿坐在 VIP 包间里,望着舞台中央的人也目不转睛,眸色暗淡。

他肩头伏着个浓妆的年轻女人,温顺娇媚。

正是在休息室一直盯着鹿久的被人喊"姐"的女人,和秦沐关系匪浅的刘玥。

"新情人?"刘玥撒娇,小嘴嘟起,"她一来你都不要我上去唱了,我唱得不如她吗?"

秦沐语气中带着些微不耐,敷衍:"让你休息还不好?她就唱几晚。听话,这期间都随你带朋友点酒水,多少都算我的。"

很会察言观色的刘玥也见好就收,娇笑着缠过来:"小心我喝垮你的酒吧……"

鹿久今晚需要唱四场,每场都有段休息时间,等到四场唱完已近深夜。

鹿久才换回衣服,秦沐便来了,一起来的还有个高跟鞋的声音,应该带了一个女人。

鹿久仰着脸等人卸妆,秦沐居高临下看着她精致却冰冷的脸,淡淡问:"怎么样,比吃胡萝卜舒服吧?"

"谢谢。"

冰凉的卸妆棉在脸上抹擦,鹿久闭着眼微微动了动唇。

刘玥不知道他们在打什么哑谜,只觉得有些威胁。她蛇一般扭过来钩住秦沐的胳膊,半个身子几乎都贴在他身上,在他耳边吹气道:"沐哥,我们走吧?"

秦沐不着痕迹地抽回手:"不着急,怎么说也得把我的小久送回去才行。"

刘玥自然是不肯先走的,她早就想把秦沐拿下了,眼见着来了个莫名其妙的人让秦沐这么在意,她自然是要使劲盯着。

一行人出了休息室。

刘玥钩着秦沐一边调笑着一边走在前面，鹿久杵着盲杖尾随，没走两步忽然听见有人叫自己。

她以为是错觉，结果那人又叫了声。

"季东楠？"她问。

一直等在门口的季东楠走过来："是我。现在回去吗？我送你。"

"小久，司机已经到门口了。"秦沐停下来，话虽是对着鹿久说的，阴鸷的目光却是直直射向季东楠。

季东楠毫不躲闪，迎面对视。

刘玥暗暗皱眉，今晚怎么这么麻烦。

其实，鹿久在听到季东楠的声音时是欣喜的，她正愁不知道怎么拒绝秦沐，季东楠正好来了。

她冲秦沐的方向道："不用麻烦了，你朋友不是一直在等你吗？我跟他一起回去。"想了想，又补充道，"他住我楼上。"

秦沐脸上写满不悦，却一动未动。

不等他说话，鹿久伸手拉住季东楠的衣服一角："我们走吧。"

秦沐就站在黑暗里冷眼看着两人走出酒吧。

刘玥倒是松了口气，也许这人的威胁没有她想的那么大吧。

两人坐上出租车，沉默间，季东楠突然问："你怎么会在酒吧？"

"赚钱。"

季东楠皱眉："这种地方太乱了，你不该来。"

"哪里能赚钱我就去哪里，只要能做。"

"那你还要去？"

鹿久"嗯"了一声，接着就是一路无言。

直到进门前，鹿久都要以为季东楠不会再说话了。关门的时候门却

被他抵住,头顶传来他略微低沉的嗓音:"下次再去叫我,我陪你。"

鹿久还在想如何拒绝,他很快补充,语速又快又不耐烦:"你眼睛不方便,我就当是做好事了。"

"嗯。"鹿久想了想,答应了。

"今天我听见你唱歌了,"季东楠顿了顿,"很好听。"

5月23日对鹿久来说是十分有纪念意义的一天。

深夜过后结束了最后一次驻唱,她拿到了余下的五万块,能还清借下的高利贷了。

她和季东楠走在回去的路上,心里有温暖回荡,虽然看不见他的样子,但她知道他是个好人。这几场驻唱他全都陪着,送她过来接她回去。她知道他一直在酒吧里等着自己的。

第二天一早,鹿久带着现金去找陈扬,敲门的时候在心里重重松了口气。

能和东奔西躲永远不知道下一餐在哪儿的日子告一段落了吧?

可是陈扬的回答让她大吃一惊。

"已经还了?"鹿久以为自己耳朵出了毛病,抱着书包愣在门口。

"真是开眼,追着要钱的事干多了,还能碰上抢着来还钱的。"陈扬点了根烟打量面前纤瘦的女生,"一个人过来还钱,就不怕我,还是伤好了忘记了?"

连温饱都顾不上的人还顾忌这个?不过反正陈扬也不会懂这些,鹿久追问:"是谁帮我把钱还了?"

"哟,活雷锋居然没告诉你?我说,你楼上那小子是不是暗恋你?你可得悠着点啊,那小子打起人来跟拼命三郎似的……"陈扬想到季东楠就恨得牙痒痒,"把我打成那样居然还敢来见我,算他有种,我也就

大人有大量不跟他计较了。欸,我可不是因为打不过……"

陈扬乱七八糟说了一堆,还请了贷款他也没对鹿久怎样。只是鹿久却一直处在季东楠给她还清了钱的震撼里。

她这破烂的人生里,居然还能遇到一个人替她打架、为她受伤、替她默默还款……

先前被人凿开的那道口子,又忽然被丢进了一颗火种,夏风鱼贯而入蔓延成灾,吞噬掉了曾以为没有尽头的荒草和荆棘。

鹿久站在住房楼下,抓着手机的手有些微颤。

她摸到数字"1",长按下去。

这还是那个人擅自设置的快捷键,鹿久第一次拨,心跳声还没有平缓,那头便接了电话。

"季东楠,你在哪儿?"

"怎么想起请我吃饭,不嫌弃我是混混了?"

季东楠抽开椅子坐到鹿久旁边,调侃。

她立刻想起之前自己说过的话,脸上热辣一片:"你怎么还记着这事?"

"我天蝎座。"

鹿久拿过背包递给季东楠:"里面是高利贷的数额,我已经凑齐了,你数一数。"

"你都知道了?"

"谢谢你,季东楠。"

鹿久的语气里带着小心翼翼的感激,真挚得让季东楠反而不好意思起来,明知道她看不见,但是在她那不含感情的注视下他硬是熬红了脸。

"也没什么,我就是看不惯那小子嚣张的样子。"他把背包轻塞回鹿久手上,"我不着急要,你先拿着用,以后别再借高利贷了。"

鹿久又执意推了回去:"不会再那么无知了,钱我会自己赚。无债一身轻,我现在可不想再欠钱了。"

说完,两人都笑起来。

这个女孩,在卸下了防备和敌意以后,第一次有了花季少女该有的鲜活模样,会大笑会开玩笑,任谁也想不到,那双清澈的眼睛竟然看不到光明。

季东楠心里有些堵,看着对面的笑脸只觉一阵窒息的难受。鹿久像是察觉到,也渐渐平静下来。

季东楠一慌,不知道此时该说什么好,幸好菜上桌了。

边吃边聊,季东楠观察到鹿久的口味,不停地给她布菜。

鹿久第一次对季东楠的生活有了好奇:"你一个大学生怎么这么有钱,我不会认识了什么土豪朋友了吧?"

"从小父母离异,都各自有了新的家庭,那可怜的赡养费被他们推来推去直到没了影。"季东楠喉咙里滚出一声自嘲,"不是忘记打钱就是打少了,我懒得问他们要,但日子总要过不是,只能自己想办法自食其力了。"

这种要人自揭伤疤的事鹿久不好再问,又因为实在不知道怎么接话而眨眨眼。

季东楠笑了,带着几分试探道:"你说我俩都这么惨了,要不一块凑合过得了?"

鹿久的心跳倏地停了一下,血全拥挤着冲向脑门。

季东楠说得如此轻松,像在说"你都吃饱了,这最后一块五花肉就让给我吧"一般随意。

　　那几个字像是变成了一堆鼓槌在她心上重重落下来,除了自己的心跳,她好像什么都听不到了。

　　见她不作回应,季东楠垂了垂眸,为掩饰那点儿失落刻意咳嗽一声:"我的意思是,以前那些糟心的事就让它们过去吧,以后我可以帮你。"

　　"好啊。"许久之后,鹿久抬起头,面向季东楠露出灿烂的笑容。

　　像是做了什么郑重的决定,她说:"我是说前面那句。"

## Chapter 09

我会追到你,牢牢牵住你,
就像现在这样。

1.

季东楠又重新活过来了,这其中姜磊没少因为老往他这儿蹿忽略了女朋友蒋晴晴而挨骂。

但让姜磊感到奇怪的是,季东楠从死一般的沉寂到如今一天到晚往外跑,这转变有点儿极端。这不,季东楠又跑去通信公司查号码,还去警局调一个多月前的录像。

一个多月前,正是鹿久出事的时间。

有时候姜磊都忍不住要怀疑季东楠是不是遇到什么灵异事件,比如被什么东西缠住了,九尾狐或者鹿久的魂魄?

季东楠不会命不久矣了吧?

重新走出来的季东楠还是很厉害的,他很快面试上了一家专业对口的宠物医院的工作。

收到通知那天,三人吃了餐饭,顺便把一直寄养在姜磊家的"太阳"接了回去。

"太阳"是一只金毛,是鹿久生前季东楠花了大心思买到的导盲犬,现在三岁半。

季东楠接它回去的时候,小家伙兴奋地围着他转圈圈直哼哼。

这种作息严苛的工作犬被蒋晴晴养了一阵子后,俨然像半只宠物狗了。

"太阳"不停摇着尾巴在季东楠身上乱蹭,季东楠沉闷多日的脸上终于露出些许宠溺的笑意。

"汪汪!"

要走的时候,小家伙忽然停住,仰头冲着季东楠吠了几声。

"你在说什么?"季东楠蹲下身来。

"太阳"又是一顿乱吠。

它蹲坐在地,湿漉漉的黑眸期待地看着季东楠。

季东楠怔怔开口:"你在等她吗?"

他自然不可能得到回应,鼻翼忽然就袭来一阵酸涩。

季东楠把成年体型的金毛犬抱起,把头用力埋进它蓬松的毛发里,喉间涌出几个不太清晰的字眼。

"不等她,我们走。"

季东楠买了一堆进口狗粮,又照网上的教程弄了个绵软的窝。夏天快到了,怕"太阳"热他还准备了张小草席铺在上面,俨然一副要好好补偿它的慈父样子。

上班的地方本就是宠物医院,"太阳"不乱叫不打架,季东楠又有独立的办公室,于是上班也就都把它带着。

宠物医院男生少,季东楠又生得好看,总是免不了被小姐姐们一顿调侃。

这天季东楠又被同事们拖着去吃烤肉,好不容易接到个解救电话,他立刻牵着"太阳"逃跑似的出了门。

电话是珠宝店打来的,售后人员在电话里亲切地提醒他两个月前定制的戒指已经到货,让季东楠及时去取。

他恍惚了一下,才想起确有其事。

——他曾经瞒着鹿久订购的情侣对戒。

穿着白大褂的男人坐在转椅上,把玩着手里的丝绒方盒,修长有力的食指拨开盒盖,露出对精美的银戒。

细细观察,还能看见内壁上刻的两个英文,Justice 和 Luck。

他特意按照自己和鹿久两人首字母 J 和 L 找的单词。

正义与幸运。

我希望你啊,入眼所见的都是正义,四季常伴的全是幸运。

男人嘴角扯起个弧度,挺好看的戒指,跟宣传视频里面一样,质地纯净,做工精巧。

可惜用不上了。

他微微垂着头,整张脸笼进阴影里,整个人散发出一种悲恸而沉闷的气息。

一旁的"太阳"仿佛感知到季东楠的不愉快,前腿一跃扑搭上季东楠的大腿。

被狗一扑,本就没拿稳的盒子骤然落地,那枚女戒滚落下来。

"'太阳',别闹。"季东楠轻斥一声,弯腰贴在桌边伸手往里面够。

呲!

一声尖锐的声响刺裂耳膜,身体往下一沉,他的手还保持着摸索的姿势,接着指尖一软,似乎摸到了什么温热的东西。

在彼此相撞的瞬间,擦出道细小静电,然后一瞬间归于平静。

季东楠一惊,猛地睁大眼睛,目光却一片发虚。

背脊不禁涌上一阵凉意,他喊:"谁在那儿?"

而后,季东楠听见"太阳"的狂吠,不同寻常的激烈。

都说狗的嗅觉比人类灵敏,其灵敏度超过人的1200倍,在那一刻,它闻到了无比熟悉的气息。

它狂吠着,像是感觉到什么。

季东楠从桌底钻出来,站起来时身体虚晃了两下,脑袋像是做了一宿噩梦般沉甸甸发胀。

短暂地扶了会儿桌角,不舒服的失重感才逐渐消散。

季东楠再次往桌底看去,里面空空如也。

怎么回事?他分明碰到什么东西——

带着体温、触感柔软的,像是谁的手。

"消失了……"

季东楠不敢再钻进桌下,他趴在地上往里面扫视,与那个奇怪感觉一同消失的,还有要送给鹿久的那枚情侣戒。

怎么会不见?季东楠将桌子用力挪开,白花花的瓷砖地板上一览无余遗,什么也没有。

"消失了?"

他错愕地盯着自己的指尖,心里一阵恐惧袭来,后背的毛孔密密张开。

眼神缓慢扫过办公室里的所有摆设,一张办公桌、一张大沙发、一个文件柜还有衣帽架,不可能藏下第二个人。

季东楠舔了舔发干的嘴唇,手里的温度尚有残存,他肯定自己刚才绝对碰到了什么。

2.
6月9日。

鹿久是被惊醒的,她做了个噩梦,猛地从床上坐起来后却想不起来梦到了什么,只是那种恐惧感还紧紧笼罩着她。

鹿久想要下床喝水,却碰到个带着温度的、有着柔软触感的东西。

她受惊般缩回脚,随后才想起来从昨天起家里就多了的这个成员。

是季东楠送她的导盲犬,叫"太阳"。

小家伙不知道什么时候跑到了床下趴着,沉默而执着地守候在她身边。

鹿久小心地贴着床沿下来,摸索到它的脑袋用手掌一下一下地轻抚,连带着被噩梦支配的惶然也逐渐消散。

最初失明的那段时间,鹿久也想过申请一只导盲犬,但中国导盲犬严重缺乏,加上申请的程序麻烦,如果正常领养至少需要几年才可能分配到她头上。

她索性就放弃了。

而季东楠为了给鹿久寻到合格的导盲犬,一声不吭地跑到了大连导盲犬培训基地亲自挑了只训练有素的空运回阪城。

这其中还有什么麻烦鹿久不得而知,就连这些都是季东楠哥们姜磊透露的。

绳子被交到她手上的时候,季东楠只是风轻云淡地说了句:礼物。

冰凉硬实的盲杖换成了导盲犬,牵在手里的时候感觉有多不一样,感受过的人才会知道。

绳子那头是活生生的会动会跳的生命。

她想起季东楠说的话,他说以后要像相信他一样相信这个礼物。

鹿久给这只导盲犬取名为"太阳"。

她有一只叫"太阳"的狗,还有一个送她太阳的人。

浴室里水声哗哗响了一会儿后停下,季东楠将浴巾系在腰上就走了出来。

上身的水顺着精瘦的肌肉滑下来,无声地滚落进浴巾里。

"麻溜的,快到点了。"饿了的姜磊瞥他一眼,半躺在沙发上抓了一把薯片塞嘴里。

季东楠"嗯"了声钻进卧室。

过了十分钟,姜磊晃了晃空落落的薯片袋子冲里面喊:"你好了没有!"

"磊子,你进来下。"

姜磊踩着拖鞋嗒嗒跑进去,看到季东楠还是裸着上身立在衣柜前犹豫不决。

"大兄弟我都要饿死了!你在干啥?"

季东楠拧着眉:"帮我选件衣服。"

"有什么好选的,你平常不都随便乱穿吗?"

季东楠的衣柜姜磊不是没看过,衬衫、西装居多,季东楠本就长着张高级脸,再戴上一副金丝眼镜就活脱脱是个"斯文败类"社会人士了,没少让他嫉妒。

现在一眼过去,衣柜里哪儿有还有什么衬衫,一排架子上清一色的全是新买的潮牌T恤,甚至大多连吊牌都没剪。

姜磊一拍大腿,啧啧咋舌:"老季,什么情况啊,装小年轻小鲜肉了啊?"

"还想不想吃饭?赶紧给我选一件。"

"啧!"姜磊摸了摸下巴,伸手挑了件白T,"这个。"

终于出门吃完了早饭,时间还算充裕,两人晃到超市选购了一些新鲜肉食和蔬菜、鱼丸之类的烧烤食材。

季东楠送到家就跑了,丢下姜磊一个人苦兮兮地串肉,许久之后才回来。

季东楠一进门,姜磊就放下手里的肉串,夸张地围着他啧啧:"你是不是有点夸张,只是去约个会吃个烧烤,你这把自己整得要去和总统会晤一般,啧啧,这头发精神的。"

季东楠挑眉:"怎么样?"

他穿着干净清爽的休闲服,头发剃得利落明朗,举手投足间冷淡又痞气的感觉一扫而光,像变了个人。

姜磊吐槽:"恋爱使人年轻。"

季东楠一拳打在他肩上:"收了东西走了。"

两个人提着大袋小袋下楼的时候,鹿久正好牵着"太阳"出门。

她依然穿得简单干净,白T黑裤,不过头顶戴着的草帽让她看上去比平常要显得生动许多,乍一看衣服还有点情侣装的感觉。

"如果不是亲眼见到,老季吹得再厉害,我也不相信这小子追到了你这朵高岭之花呀。"姜磊嘻嘻哈哈地开口,立刻被人捏住了后脖颈。

原本已经坐上了车,姜磊又在季东楠的死亡凝视下主动把副驾驶让

给鹿久，自己陪着饮料、烤肉以及"太阳"坐在了后座。

车窗开了三分之一，初夏的风越过玻璃挤进来。

鹿久轻闭双目，一片恬静。

驾驶座上的季东楠刚用余光偷看过去，就被后座上姜磊的咳嗽声惊了一跳。

"猛塞狗粮我已经不介意了，别让老子把命搭上！"

季东楠侧头朝姜磊龇牙，后者则一抱臂往后一躺，睡觉。


3.

两个小时后，三人到了风棉山顶。

风棉山最出名的就是远大庄园，卖点就是无土栽培的草莓。

大棚里白天的温度保持在20℃至25℃，晚上温度控制在5℃至8℃，昼夜温差大，种出来的草莓特甜。

他们先去摘了满满几篮子颜色鲜亮的大草莓，才前往烧烤区租用烧烤用具。

出发前季东楠特意百度了自助烤肉的步骤，刷油、烤熟后再撒上辣椒粉、孜然后装盘。

看上去简单，动起手来却犹如打仗。

火被季东楠引得老大，肉刚架上去还没刷油已经粘住了，手忙脚乱地刷油，油又加剧了炭火烧得更旺，火苗蹿起直接在锡纸上烧起来……

等把火弄灭，肉已经是一堆焦炭了……

一番折腾下来，一串能吃的成品没有不说，锡纸还烧了起来。

姜磊泄气了，饿得有些上火："不烤了，不烤了，吃烟都吃饱了。两个人根本搞不了啊，季东楠你也不知道多叫两个人一起出来，鹿

久又……"

他忽然噤了声,坐在一旁同样被呛得直咳嗽的鹿久脸上的表情也僵了僵。

她静静坐在那里,寻找着季东楠的方向轻轻说:"不如你们也分点事情给我做吧?"

季东楠狠狠瞪了姜磊一眼,控火、腌制、烤肉、刷油每一项都容易让她受伤,他故作愤愤道:"你坐着当裁判,我就不信了,两个大老爷们还整不出几串烧烤。"

他的意思鹿久懂,于是也真的就坐在那儿,认真地喊开始。

季东楠不断呼喝姜磊,姜磊也会时不时回怼几句,鹿久坐在不远处细细听着微微笑着。

但是,谁都知道,姜磊那句话说出来之后,气氛里多少都带上了一些小心翼翼。每个人都小心翼翼,姜磊明显话少了,季东楠很显然在努力调节气氛,鹿久努力维持微笑……

大家都心照不宣,却各怀心事。

就算无人提起,眼盲始终都是无法改变的事实。

她和季东楠,不知道未来还有多么艰难的一段路要走。

但是在决定开始的时候,不是早就做好承受的准备了吗?那么就咬着牙都坚持下去吧。


夏天的风卷着热气扑面而来,人往哪儿坐就往哪儿刮,季东楠确实热得有点躁动,但是这该死的肉得守着,要不就煳了。

正转身去拿孜然,他刚回头只觉脸颊一冰,两片湿巾覆在他脸上,湿湿润润的,带着水的凉意。

"我贴对地方了吗?"鹿久伸手触摸他的脸。

季东楠心里一软,扣住她的手扶着她坐在自己身侧,放低了声音:"这儿热。"

"我知道啊。"鹿久浅笑。

热啊,热得我心里的坚冰都融化了。

被热风吹着,被烟火熏着,坐在你旁边才觉得快乐和幸福原来这么真实。

季东楠看着微笑的鹿久一时怔住,有煳味传来,他赶紧低头去翻肉串。

对面在偷吃的姜磊也看了过来,眨眨眼睛,夸张道:"哟!小鹿久你笑起贼好看!"

季东楠不高兴了,倾身一掌呼在他脑门上:"去去去,离远点。"

等坐下来的瞬间,他几乎是贴着鹿久的耳畔,轻声说:"贼好看。"

"哎哟,今天的烤肉我已经尝了,狗粮味的。"姜磊举着烧烤签强调。

季东楠冲他哼了哼,话却是转头对鹿久说的:"以后少笑点也好,免得被贼儿子看了去。"

姜磊:"……"

闹着撸完串、吃了草莓,三人往风棉山上走着消食。

姜磊一看到山顶有蹦极就来了劲,抛下后面两人就往上面跑。结果跑到上面一看,被气笑了——两人八折。

"哟!现在蹦极都搞促销了?"

"就是!我们单身狗遍体鳞伤。"身后插进一个陌生的声音。

姜磊侧头,扎着高马尾的女生站在他身侧,白色的T恤、明黄的鱼尾裙,灿烂、明朗,带着少女的活力。

女生冲姜磊歪头一笑,姜磊只觉得自己心脏被一阵暴力碾压。

"拼个蹦极?"女生伸出手,"你好,我叫蒋晴晴。"

4.
季东楠的朋友圈沸腾了:

老大恋爱了,对象还是上次广场上当众甩了他面子的盲女!

上次那谁在江家饭店碰到他们,老大全程给她夹菜,冰块脸都笑出了褶子!

老大给她送了一只导盲犬,每晚必陪着在江边散步试用导盲犬!

今天又有人碰到老大,他居然拿着冰激凌在电影院卖萌!

……

关于季东楠的八卦最近频频刷新老九区的混混群,一群单身狗被他们老大的狗粮塞得嗷嗷叫。

跟季东楠最亲近的李豆、黄包子等人凑一块八卦了一番后,想着这得去送个恭喜啊。几人一合计,决定择日不如撞日,就今天去见见嫂子!

于是,工程大学校门口今天多了一道怪异的风景。

六个男生站成一排,黑衬衫、戴墨镜,杵得笔直得跟雕塑似的等在学校门口。

如果非要形容的话,大概就是,呃——凶神恶煞且满怀期待。

"哎,这还要等多久啊?不是说老大每天都会来接嫂子一起去吃晚饭吗?"

"急什么,都等了一下午了还差这点时间。"

"你们也知道等了一下午了,所以说为什么逮老大和嫂子去吃晚饭要从中午等起?"

"我这是早做准备好吗!"

"早六个小时?"

"欸欸欸,别闹了!你们看那是不是嫂子啊?"

李豆率先捅了捅旁边的人,大家瞬间安静下来,凝神看去。

远远地从操场那边走来个牵着导盲犬的女生,中等身高,穿着件宽大T恤仍然觉得很瘦,仙女姐姐似的仙气飘飘。

"嫂子长得好漂亮啊。"黄包子感叹了一句。

一行人点头如捣蒜。

"老大的眼光就是好啊,眼盲都这么有气质。"

"眼盲怎么了,嫂子身材多好。"

"嫂子走路好看。"

"嫂子的头发好黑!"

"呵,嫂子蹲在地上的姿势都好看!"

"傻子,嫂子摔倒了!"

……

李豆骂了一句,众人皆惊,顾不上保持队形,纷纷跑向鹿久。

冲在最前面的张核桃抢先开口:"嫂子,你没事吧?"

"没事,扭了下脚……"鹿久揉了揉脚踝,疑惑地抓紧了牵引绳,"你是谁?刚刚叫我什么?"

男生们互看一眼纷纷站直,对着鹿久整齐来了个九十度鞠躬,气势磅礴地吼:"嫂子好!"

嘹亮的一嗓子把路人们惊得一哆嗦,不知道啥阵仗于是纷纷绕开他们走。

"什么情况?'太阳',我们回家。"鹿久一脸蒙地站起来,动了动绳子,导盲犬就开始牵引着她一瘸一瘸地往前。

吓着了嫂子的男生们顿时慌了,辘轳轴似的围着鹿久的前后轮番解释。鹿久这才知道了他们口中说的嫂子是何意,尬聊中回给他们一个不失礼貌的微笑。

张核桃最为积极,挤在鹿久旁边献殷勤:"嫂子,我帮你背包。"

黄包子也不甘示弱,抢着拿走鹿久手里的轻飘飘的香料袋:"嫂子,我帮你提东西!"

"嫂子我帮你牵导盲犬!"

她哭笑不得:"这倒是不用了……"

鹿久正被人簇拥得团团转,季东楠的声音忽然传来:"你们在这儿做什么?"

"大哥!"

"老大!"

"老大,我们来看大嫂!"

鹿久轻吁一口气,天降救星。

"腿受伤了?"季东楠一眼就发现她的脚步并不怎么利索。

在一大片起哄声中,季东楠一把将拼命抗拒脸红到滴血的鹿久强行背到自己背上。

"季东楠,你快放我下来!"

"去吃饭还要走一截,你就老实在背上待着。"

担心再挣扎会更引人注目,鹿久老实了,把脸埋在季东楠宽阔的背上不敢抬头。她估计自己脸上这时候红得快滴血了。

季东楠旁若无人地背着她走了几步才想起后面还有几个人,他偏头问了鹿久一句什么,后者点了点头他这才转身喊:"发什么愣,一起过来吃饭。"

众兄弟高呼一声立刻跟了上去,一张张糙脸上兴奋极了,哎哟,和

"八卦中心"一起吃饭,明天有得聊了!

包厢里,鹿久把菜单往圆桌中间推:"谢谢大家来看我,今天都敞开了点,我请客。"

话虽这么说,男生们都还是小心翼翼地点单,六个大男生才选了三个菜,生怕点多了、点贵了事后被老大算账,选的几乎都是青菜。

鹿久仔细听着服务员报菜单,等他们"千挑万选"点完后,对服务员说:"选你们店的主打菜给我上十个。"

季东楠噙着笑替她烫碗筷,对众兄弟冲他使眼色挤得快抽筋的眼睛视而不见。

男生们赶紧要回菜单,加了几个荤菜,这才千恩万谢地求鹿久别点了。

这么一出闹过,包厢里的气氛松快不少,嫂子看上去和善又好打交道,在座几个糙惯了的汉子立刻放开了,一时间热闹一片。

季东楠还记得鹿久说过她讨厌混混,担心她不喜欢这样的场合,频频侧头去看她。

鹿久少话,听着大家笑闹她只是抿着唇笑,表情有些尴尬却看得出她努力想要融入。

季东楠的心几乎软成一摊水。

这样的鹿久,让他忍不住想要去靠近和保护。

一帮男生边吃边吹牛,菜端上来后没多久就空了大半,连饭都续了两桶。

眼看着芋头排骨只剩下最后几块,季东楠直接把盘子都端了起来,一股脑夹进鹿久的碗里。

见钢铁直男季东楠这么体贴,众人筷子都拿不稳了。

黄包子端起杯子:"我们吃狗粮,你们得喝酒吧!"

"来来来,我们敬嫂子!"

男生们纷纷站起来起哄:"敬嫂子!"

季东楠一把拦住:"她不能喝,我替她。"

往常季东楠这么说大家伙肯定都要听的,现在正是兴头上几瓶酒都下了肚,他们胆子纷纷大了,嘘声一片。

"大哥不是吧,你这么扫兴?"

"嫂子怎么能不会喝酒呢,多少意思一下嘛!"

"不喝就是不给面子!"

不知道谁先带头拍桌子,起哄声逐步合并成十分有节奏感的四个字——

"嫂子喝酒,嫂子喝酒,嫂子喝酒。"

鹿久对季东楠笑了笑,摸索着端起桌上的啤酒一饮而尽。

在众人的呼声里,她抹抹嘴角宽慰季东楠:"没事的,不醉人。"

有一就有二,难得热闹,鹿久不想扫兴,于是来者不拒,很快就有些上头的迹象。

季东楠见状,一个眼刀扫向闹得最厉害的张核桃:"想喝是吧,等送了你们嫂子回去,不喝到你叫爸爸算我输。"

老大发了话,大家伙一边吐槽季东楠太护嫂子,一边厌着见好就收。

临走前,季东楠出去了一趟,回来时塞给鹿久一个东西示意她发给这几个小子。

摸上去是硬纸壳,滑滑的,有些厚度,鹿久一时猜不出这是什么。

她分发出去才从他们嘴里知道是红包。

"我去,嫂子真是大方啊!"

"谢谢嫂子!"

眼看接着又要七嘴八舌好一通吹捧,季东楠受不了地把他们撵走了。

几个聒噪的家伙一走,终于清静下来。

鹿久已经有了些醉意,季东楠想要拦车回去,但接连几辆车都不愿意载导盲犬,鹿久便提出走回家去。

夏天的夜风带着燥热,没走多久脑门上就渗出一层薄汗。

季东楠牵着狗,鹿久挽着他,就这样慢慢走着。

走到一半她累了,两人便坐在马路牙子上歇脚。鹿久将晕乎乎的脑袋靠在季东楠肩上。她能想象,如果能看见,这时候马路尽头应该和暗蓝天幕连成一线了,磅礴又壮美,就像是他们的未来,遥远而色彩浓重。

"他们平常没这么闹腾,估计是见着你激动了。你要是不喜欢,我让他们之后不准再打扰。"

说完他低下头去看鹿久,却情不自禁被吸引——女生双颊绯红,唇色水润饱满,像颗诱人的樱桃,应该是没喝过酒,这时候有些上头。

她敛着眉哼哼唧唧的样子,让季东楠忍不住咽了咽口水,赶紧转开目光。

鹿久头发晕,在季东楠肩头来回滚动碾压,像极了恋爱中和男朋友撒娇的小女生。她意识还算清楚,但是酒后胆子和话都多了许多。她一边摇头一边说:"我今天太高兴了,季东楠。你不知道我今天有多开心。"

知道啊,他当然知道。季东楠偏头看着那颗靠在自己肩上的黑脑袋,鹿久有两个发旋,据说有两个发旋的人很倔强,他不知道她心底对于自己有什么看法,但是他看得出,她今天的笑容全部发自内心。

鹿久慢慢笑着:"你见过我哥你应该知道,他和他周围那群人看上

去西装革履,其实道貌岸然,本质上就是混混。我讨厌混混,但是我又渴望像今天一样的热闹和关心,所以我很害怕也很纠结。"

她潜意识里的反抗和警惕在无处可依的时候被激发出来,她冷漠、自私,其实伪装下的她敏感又胆小,她像只刺猬把自己武装成一团刺球,直到有个人温柔地打开她的内心。

鹿久慢慢地摸索着找到季东楠的手掌,慢慢地与他十指相扣。

她说:"我愿意为了你去试一试。可是,季东楠,如果有天我发现自己做不到,我就会从你身边走掉。我很自卑的,季东楠。"

季东楠忽然害怕,他加大了力道回握住她。她手指纤细,掌心却粗糙又布满老茧,他根本无法想象失去光明的日子里她是如何独自生活,哪怕只是想想他都觉得心疼。

还好,他来了。

"不着急,我们还有很多时间。一生很长,足够让我听完你整个故事。鹿久,我不会让你跑掉的。你在哪里我就去哪里找你,就算你跑到宇宙跑到另一个时空,我也会追过去,牢牢牵住你,就像现在这样。"

## Chapter 10

现在他和她在一起,
过去也变得不那么要紧。

1.

阪城最近新开了家网红甜品店,生意火红得不行,提前一天预订才能排上号。

季东楠非要带着鹿久去吃,早早订好位置,在校门口等她。

回想起来,他们俩待在一块干得最多的事似乎就是吃东西,他每天挖空了心思想着怎么把鹿久养胖点。

"不行,不行,我吃不下了。"鹿久仰倒在椅背上,撑得生无可恋。

"这两块你都没尝过,不试试多遗憾,乖,张嘴。"

他叉了一勺草莓芝士乳酪,弓腰伸长了手递到她嘴边,柔着嗓子哄着,直到她终于张口接下。

尽管不爱甜品,鹿久仍然在他的软磨硬泡下吃了两大块,甜蜜和无

奈被她一起吞进肚里。

晚上回家，从江边一路散步过去，"太阳"走在前面领她避开障碍，鹿久一手牵着牵引绳，另一只手也被人紧紧扣住。

左右两只手都有了归置，一下子被满满的安全感包围着。

生活还是原来的样子，上课下课，放学打工，除了季东楠来找鹿久，鹿久依然独来独往；可是一切又好像不太一样了，太阳明朗、奶茶香甜。

同班同学发现鹿久偶尔会和人说话了，甚至课堂上会主动提出加入小组做实验。虽然仍然不会参加任何社团活动，但冷若冰霜的眼盲少女鹿久，在慢慢改变。

这种改变让鹿久陷入矛盾，难得的、陌生的美好现状让她欢喜也让她忐忑，她感觉一下子从阴冷幽暗的泥地里被人带到了柔软温暖的云端，她隐隐有些不安怕下一步就是万丈深渊，但是又无比渴望这种现状能长存。特别是这几天，她患得患失的情绪格外明显。

或许是因为鹿清的忌日要到了吧。鹿久这么想着，跟季东楠提了一句。

鹿清是鹿久的母亲，秦沐跟父姓，鹿久随母姓。

这个季东楠是知道的，但也仅限于知道这点事情。

他很想知道她到底经历了怎样的变故才变成初见时冷冰冰的模样？她那奇怪的哥哥到底是怎么回事？

但鹿久不主动提起，他也不会刻意过问。

现在他和她在一起，过去也变得不那么要紧。

岁月悠悠，来日方长，他等得起。

鹿清忌日当天,鹿久起了个大早,季东楠带着她去超市买了水果和肉食,又去花店选了白菊。黄纸钱已经提前一天准备了满满一袋,全部拿出来再三张纸叠成一个装进袋子,做完这些一个上午也就过去了。

和季东楠约好下午三点一起去陵园,临行前他却被一通紧急电话叫走,他只好带着歉意地把鹿久送上出租车。

出租车到了陵园门口就不愿意上去了,鹿久独自下了车,从大门进去还需要走一段路,她提着几大袋东西又牵着"太阳",脚步慢慢悠悠。

身边不时有私家车疾驰而过,走到一半的时候,身后传来一声尖锐的喇叭声。

鹿久惊得驻足,往旁边侧了侧。可是,车子在她身侧停下,有男人说话:"你也是去祭拜的吧,我载你一段?"

她摇头刚想拒绝,敏锐地听到有车门打开的声响,随后是几个人纷乱的脚步声。她心里一慌,来不及喊叫就已经被人捂住了嘴拼命地往不知道哪里拖拽。

鹿久拼命挣脱,手上提着的用来祭祀的东西洒落在地,牵引绳也被人扯走。

"老大,狗怎么办?"其中一个男人问。

那头安静了两秒,那个叫"老大"的人说:"带走。"

然后挣扎中的鹿久后颈一痛,失去了意识。

李九找自己做什么,季东楠心里大概猜到了。

上次李九提到过的货已经到位,这次喊他过来应该是交代他时间。

不等李九开口,季东楠露出几分抱歉道:"九哥,这次我去不了。"

"阿楠,你可别嫌钱少,这个数已经是干这个最多的了。"

"九哥,我不是这个意思。"

李九面上纹丝不动,鼻子里却轻哼了一声,抬起一双阴鸷的眼就这么危险地盯着季东楠。

"我朋友被人骗借了高利贷,我找了她一段时间,最近有了消息,没办法分心做这个了,希望九哥体谅。"季东楠如实相告。

李九往老板椅背上一靠,嘴角噙着笑:"你这个朋友,就是鹿久?"

季东楠心中一沉,李九大概是暗中对自己做了调查,他敛着眉默认了。

"阿楠,我们出来混的最忌讳的是言而无信,现在忽然反悔让我不好跟人交代啊。"

"难不成有人指名让我去送?"季东楠似乎抓到了某个讯息。

李九不答,算是默认。

季东楠在脑子里飞快地过了圈能联想到的人,想不出来有谁会指名让自己干这个。

李九沉吟片刻,抬头:"这样,你的事情我去给你解决,你安心帮我把这生意做了。"

季东楠还是拒绝。

李九又劝说了几句,言辞之间隐隐带上了软硬兼施的意味了。可季东楠杵在办公室里一副油盐不进的样子,让李九越发窝火,从口袋里摸出烟盒。

对于季东楠,李九确实是有区别对待。

他看中季东楠身上的狠劲也看中季东楠灵活的脑袋瓜子,所以平时对季东楠也多方照拂和容忍。其实,这桩买卖,他也有点奇怪,秦沐这架势明显是和季东楠有过节。如果把季东楠送过去着了道,他丢掉的也许就是一员大将,所以这个事他也一直踌躇。没想到季东楠自己会拒绝,他在想是不是就这样顺水推舟还可以让季东楠对他感激三分。

见李九摸出烟,季东楠立刻机灵地凑上前,替他点火出主意:"九哥,只要这笔货归咱们的人送,既然我不去让别的兄弟去不就好了,钱也归他们。兄弟们不说谁会知道啊,你跟那人说我去了不就行了。"

见李九沉着脸没说话,似乎是动摇了,季东楠又追着小心翼翼试探:"是哪位这么看中我指名让我去干这事的呀?"

李九吐出几个烟圈,没好气地回:"说了你也不知道。那小子精得很,做生意从来都是擦着边,黑白两道都有点势力,反正没必要得罪。"

季东楠附和着点头,只要把这事推了,他就安心了,也就没有再细问。

走出写字楼的时候,季东楠长呼一口气。

齐朵有了消息是真的,但他也不是完全没有时间去办李九的事情。

季东楠说不清楚这种感觉,反正他一想起鹿久笑起来眼波流转的样子,就想着要努力从泥潭里出来。

2.

鹿久迷迷糊糊醒来的时候,车子已经开进了市区,车流如梭,喧闹声不时钻进耳朵。她继续装晕,旁边的两个男人说着话,时不时提起"秦沐""生意"几个词。

鹿久把这些词稍微一串心下也清明了不少。

绑她的人跟秦沐应该是有生意上的往来,估计是这次价格没谈拢,所以请她去"坐坐",以达到胁迫秦沐的效果。

她觉得很好笑。

为什么这么多人都认为拿捏到她就可以威胁到秦沐?事实上,她对

于秦沐而言,也许还不如一只养了多年的狗。

鹿久在心底笑出眼泪,疼啊,这么一想,心真疼。

她必须得自救。

这群人的目的只是要谈生意,应该不会真要她的命。

手机就揣在她的裤兜里,只要能联系到季东楠事情就好解决了。

鹿久打定主意,仍然闭着眼不动声色,等待合适的时机。

"石头剪刀布!"

"我去,又输了。"姜磊抱头哀号。

"去吧皮卡丘,我要陈记的剁辣椒白灼鸡和拔丝糖饺。"室友拍着他的肩,表情嘚瑟。

十次猜拳九次输,姜磊认命地关掉游戏踩着拖鞋出门。天气热到爆,柏油路简直像烧烤架,人就像是一根行走在炭火上的肉串。姜磊一边在烈日下奔走,一边在心里骂娘。

同寝室那个没良心的还特意打来电话提醒他别忘了买奶茶,还强调加奶盖和布丁。

一个大老爷们还加布丁,恶不恶心!姜磊翻了个白眼:"知道了,知道了,手机没电了。"

一通电话直接让百分之五的电量急速下降到百分之二,他以百米冲刺的速度跑到陈记,付款的瞬间,手机黑屏了。

白跑一趟!

姜磊站在付款码前万念俱灰,终于接受手机没电这个事实,苦兮兮地出了店门,却看到个熟人。

"蒋晴晴?"

对方转头看过来的瞬间,姜磊眼睛一亮。

叼着根棒棒糖蹲在路边玩手机的不就是前两天蹦极碰到的小姐姐吗？只不过她今天的装束有点酷啊。

一头长发高高束起，一条鲜黄的发带绑在额前，中袖雪纺衫里面是件黑色露肚脐吊带，下身棕色阔腿裤。哟！还化了烟熏妆，把俩眼圈涂得跟唱戏似的黑不隆冬，姜磊反正也看不懂，只是她像是在等什么人。

姜磊三两步跑过去："真的是你啊。"

蒋晴晴抬头："巧啊。"

"江湖救急，借顿饭钱给我。"姜磊双手合十，可怜兮兮地看着她。

"我从不借人钱。"蒋晴晴笑道，"催人还钱伤感情。"

"我绝对不要你催，微信、支付宝随便给我一个，回家充上电马上转你。拜托拜托，家里还有个小子嗷嗷待哺，空手回去会被打死的。"

蒋晴晴歪头看他："凭什么相信你？"

"那……我把电话告诉你？"

"不要。"

"把住址告诉你？"

"不要。"

姜磊犯了难，今天的小姐姐怎么不好打交道啊？上次看着蛮开朗的，今天整个人的气场开的都是生人勿近的模式。

正当他绝望要走的时候，蒋晴晴忽然叫住他。

"借顿饭钱也不是不行。"

姜磊立刻刹车，求生欲使他立刻凑上前去，巴巴等着小姐姐的"但是"。

果然——

"但你要陪我去蹦迪。"蒋晴晴上下扫了眼姜磊说，"准确来讲，是陪我去和前男友蹦迪。"

"那我怎么把饭菜送回去给我朋友?"

信息量太多,姜磊第一时间只想到了美食。

"啧……点份奶茶让外卖一起带去不就行了?"

聪明啊!姜磊一拍大腿:"蹦!"

姜磊好整以暇地坐在陈记里面,听蒋晴晴说那过去的事情……不,和男朋友之间的事情,好等会儿演起来有脚本。

蒋晴晴说今天是她那个劈腿前男友生日,他还恬不知耻地叫她一起过去玩,为了在一众朋友面前营造出一番和平分手的假象。

蒋晴晴心里那个气啊,当时就答应了,她倒想看看小三长什么样子。

姜磊嘴里塞满了鸡肉,"嗯嗯啊啊"点头附和,心里想的却是:小姐姐敢情是去拆台的。

不过他说话算话,吃了小姐姐的饭,就得陪小姐姐去找碴儿。

阪城的市中心有一条街都是酒吧,也逐渐变成了这座城市的一种特色文化,之前姜磊跟着季东楠没少来这里。

蒋晴晴走到一家酒吧门口站定,看了眼手机导航:"就这儿了。"

"走着啊。"姜磊扬了扬下巴。

正要进去,疾驰而来的黑色宾利在他们身后发出道刺耳的急刹声,姜磊回过头准备骂娘,却看见车上下来两个穿黑西装的男人,两人架着个明显昏迷了的女生就往酒吧里走。

"鹿久……"

姜磊拧眉,确认自己没有看错。

这架势……是绑架吗?

绑架！姜磊瞬间被震得浑身都哆嗦了一下，下意识地要跟上去，被蒋晴晴一把拉住。

"你去哪儿？"

"等会儿，等会儿。"他掏出手机给季东楠拨去电话，"章喜路，BAR旁边，快来，我看到有两个人架着鹿久进去了。"

挂掉电话，姜磊解释："我一个朋友好像出了点事，我得过去看看。"

"刚刚那个女生？"

"对。"

"你女朋友？"

"不是。"

"前女友？"

"想什么呢，我哥们心上人。"

"不行。"蒋晴晴斩钉截铁地拒绝。

姜磊看了眼灯红酒绿群魔乱舞着的酒吧，急了："她是个盲人，被那样架着进了这里还不知道会出什么事情。"

蒋晴晴目光微动，心中有些动摇，手仍然捉着姜磊的腕子不放。

"我去看看到底怎么回事，我哥们一到我就马上回来。"姜磊着急地去掰蒋晴晴的手，音量也不由得提高了几度，"你别闹了！"

蒋晴晴瞬间松手。姜磊走了几步回头看，她杵在原地没有动身，耷拉着头委委屈屈的。

姜磊叹了口气，小跑着回来用力握了握蒋晴晴的肩，许诺一般："相信我，我一定会回来。"

3.

劲爆的节拍律动从进门开始便铺天盖地地砸了过来，鹿久不适地甩甩头，一旦她想停下来立刻清晰地感受到抵在右腰侧的尖锐硬物。

"别耍花样。"男子沉沉警告。

她被架着七拐八绕，然后被人塞到一个座位上。她伸手四处摸了摸，感觉像是一个卡座。她一落座，旁边立刻有人贴着她坐下，几个男人把她围在中间动弹不得。

左侧的人开口道："鹿小姐，你好。"

鹿久面无表情地坐着，男人见她没有半点要开口的意思，提高了音量："把鹿小姐这样请过来也是迫于无奈啊，不过你别怕，我就是想请你来坐坐。"

鹿久冷着脸："坐多久？"

男子笑了："鹿小姐倒是和我见过的其他女人不同。"探究的目光在她冷漠的脸上游走，"十分有胆色啊。"

"我自然不能如你们所愿。"鹿久忍不住反唇相讥。

越是这时候她越要冷静，激怒他们也许是转移他们注意力的唯一方式，她右手慢慢摸索到挎包上，手机放在了第一层口袋里，伸进包里就能摸到。

心脏跳得有些激烈，幸好这里环境昏暗，无人注意到她眉眼间的不自然。

鹿久屏住呼吸，即将要碰到手机的那一刻，腕子却被人一把扣住，她瞬间惊得心都快爆炸了。

对方讥笑："鹿小姐，我劝你还是别耍花样，这里可有这么多双眼睛。"

鹿久咬牙不语，右侧的男人加重了手中的力道，大拇指用了巧劲，捏得她手腕生疼。

终于听到她忍不住痛呼出声后,男人才甩开手。

最早出声的男人轻笑:"阿华不懂得怜香惜玉,来来来,鹿小姐赏脸喝杯酒,就当阿华给你赔个罪。"

鹿久揉着手腕,苍白着脸拒绝:"我不喝酒。"

"如果我非要你喝呢?"

男人仍然笑着,声音里却带着不容拒绝的强硬。

立刻就有人钳制住她,捏着她的下巴往她嘴里灌酒。

鹿久拼命地挣扎,可是她那点力气在男人看来简直是可以忽略。冰凉的酒水洒在手背,有些被灌入喉中苦辣不堪,呛得她张嘴猛咳。

"鹿小姐好酒量。"男人鼓掌,"早就听说鹿小姐和秦沐兄妹关系不和,百闻不如一见,从接到你开始我就通知了那小子,他到现在都没给一个消息。鹿小姐,你哥他不会压根不管你的死活吧?"

男人的目光在鹿久身上来回打量:"可是张某从来不喜欢做亏本的买卖。"

鹿久咳了好一阵子才缓过来,十指紧紧扣着卡座边缘,拼命让自己平静下来。

她拿不准秦沐的性子,却明白再这么下去对自己只会越来越不利。

这里本就声响震天,她就算呼救也不会引起什么关注,渐渐地,她内心的恐慌越来越大。

季东楠,你在哪里?

不容她想到法子,下一杯酒紧跟着就来了。

"来来来,我们再喝一杯,在你哥来之前咱们好好玩。"

有人钳制住她的后脖子,她被迫仰起脸,随即冰凉的酒水就这么顺着喉管往下。

万念俱灰的时候,男人的动作骤停,接着身边一空,一众男人齐刷刷从卡座上起身。

没了钳制,鹿久飞快把酒吐了出来,扶着桌子咳嗽不已。

忽然,双方就起了争执,吵吵闹闹乱成一团。鹿久听不仔细,她心中一阵窃喜,刚想要趁乱摸着离开,肩上就被人沉沉压住了。

男人哼笑着凑在鹿久耳边:"鹿小姐最好不要想着趁乱跑掉,受个伤什么的可就不能算在我头上了。"

鹿久心中一沉。

男人的话音刚落,清脆的酒瓶破裂的声响就在她附近响起,几乎同时脸颊溅上几滴温热的液体。

来不及尖叫,周围人群逐渐躁动起来。

"鹿久,跟我走。"季东楠的声音清晰地闯入耳中,急切、微微喘着气。

他拉起尚在震惊中的女生拔腿就跑。

"闹大了,闹大了。"姜磊紧随其后,嘴里还念念有词。

出了酒吧,鹿久还晕头转向,突然被横空抱起。她知道是谁,于是配合地抬手圈住了对方的脖颈方便相互借力。

"别怕。"

季东楠将她小心地放在机车后座,和姜磊微一点头,分别上车飞快驶离这个是非之地。

机车在夜里飞驰,夏风拂面而来,汹涌热烈。

车子在十字路口停下来,季东楠回过头,双手一直紧紧揽着他腰的鹿久,笑得像只抱了满怀胡萝卜的兔子般满足和兴奋。

"怎么这么高兴？"

"跟你在一块总是很刺激。"

季东楠失笑。

姜磊紧随而来停在他们身侧："你还笑得出来，刚刚在酒吧闹出那么大动静，动手时还把人开了瓢，现在那边的人肯定满世界找我们，我们连他们的底子都不知道。"

季东楠耸耸肩："兵来将挡。"

姜磊这样一说，鹿久想起来，那群人是为了秦沐的生意而绑架的她，说明他们不怕得罪秦沐，或许势力相当。

她刚要开口，姜磊一拍脑袋骂了一声："忘了！我先走了！"

他当即掉转机车，飞速离去。

鹿久也蓦地想起"太阳"，着急地揪住季东楠的衣角："'太阳'还在他们的车后备厢里。"

季东楠皱起眉头，却载着鹿久往家里驶去。

他把鹿久送到楼下。

握住鹿久单薄的肩头，他严肃地说："你相信我，我会把'太阳'带回来，不要担心，乖乖在家等着我。"

鹿久知道自己这情况就算去了也是拖累，噙着泪努力点头，紧紧抓着他的袖子："你要注意安全，一定要注意安全。"

鹿久搬着凳子坐在门后面，可以第一时间听到楼道里任何响动。

季东楠走了一阵子了，她不敢打电话怕暴露他，就这么心急如焚又担惊受怕地等着。

楼道外一片寂静，连马路上的车辆声都越来越少，季东楠还没有回来。

实在坐不住了,她打开门想去楼下等。

门刚打开,季东楠回来了。

"你没事吧?没受伤吧?"鹿久一触到他,手就在他前胸后背、脑袋上四处抚触,指尖轻点生怕弄疼了他,甚至来不及去害臊。

季东楠看着她着急上火的样子,笑着把她的爪子拎开握住:"我完好无损。"

他把牵引绳放到鹿久手上,安抚她:"'太阳'也没事,你看。"

鹿久握着粗粗的绳,眼泪就随着放下的心一起簌簌而下,止都止不住,还没开口已经哽咽。

一滴眼泪落在季东楠的手腕上,他像是被烫到了心里,忍不住把鹿久轻缓地拥入怀中,手掌在她剧烈起伏的背上轻拍安抚。

他没有告诉她带回"太阳"的凶险,他砸开那辆车的后备厢以后,差一点就正面遇上那群寻他们的人,差一点点。

还好,他平安出来了,否则,不知道这个傻姑娘会做什么。

4.

接下来的几天,鹿久都过得提心吊胆。她知道绑架自己的那群人来头不小,要找到自己简直轻而易举,她担心万一他们找来,季东楠就要被自己连累了。

这么忐忑了几天,没有等来那些人,季东楠却带来了齐朵的消息。

原来齐朵并没有离开阪城,而是一直住在莲湖区。

季东楠讲,齐朵只找了个待遇一般的工作,租了套两室一厅的房子,最喜欢逛百货商场买奢侈品,但钱从哪儿来的就不知道了。

这个故人的消息,让鹿久迟迟难以平静。她面色难看,闭了眼轻叹

口气:"算了。"

算了吧!反正她们的人生不会再有一丁点交集,何必再去让彼此不爽?

"这样忍气吞声被欺负了的性格可不像你。"季东楠在鹿久身边坐下,"你还记得她对你的好,但你也别忘记了,你在啃馒头的时候,别人在买口红、包包。"

季东楠并不是要刻意挑起鹿久的伤心事,只是他了解她,她并不是个息事宁人的人,别人带给她的伤害她是肯定要还回去的,否则也会一直愤愤难平。

效果很明显,他的三两句话立刻让鹿久想起那段饱受饥饿困苦的日子,别人都踩到她头顶来了,那她何必装大度,假装放下。

比起钱,鹿久更想要知道的是她视为朋友的齐朵到底是怎么看她的吗?就算是被利用,她也想要得到对方一个明明白白的回复。

鹿久点头:"我去。"

每周日齐朵都要来逛奢侈品店,两人早早也来到这个商场,准备守株待兔。

季东楠领着鹿久来到一家银饰店,因为心里装着事,鹿久没有多想只随着他走。

"齐……她真的会来吗?"

"张核桃跟踪了她几周,每周日她肯定要来这里,你放心。"

季东楠一边安抚鹿久,一边伸出纤长的手指轻点玻璃柜台招呼售货员:"麻烦给我看看这对戒指。"

他要的是一枚女戒,小巧精致。取过戒指,他抓起鹿久的手,轻轻套在她细白的指头上。

鹿久完全是心不在焉的，任他在手指上套弄，她期待见到齐朵，又害怕知道真相。

她踟蹰着满腹心事，也没去管季东楠跟谁在聊些什么。

当季东楠牵着她走出来的时候，她感觉到他脚步一顿，随即拉着她往另一侧走，顿时心里一紧。

齐朵来了。她想。

季东楠扣住鹿久的手腕退回银饰店内，隔着远远的距离打量齐朵。

齐朵已经褪去当年证件照上的青涩，大眼睛、巴掌脸在淡妆的衬托下很有股白富美的气质，合身的连衣裙衬得她身姿曼妙，她背着LV包目不斜视地经过银饰店进了GUCCI专柜。

看着如此神采飞扬的齐朵，想想被高利贷压得苦不堪言的鹿久，季东楠的心里就犹如燃起一堆熊熊烈火。

季东楠把鹿久牵到一处，让她坐好在这儿等着，他会把齐朵带过来。虽然紧张，鹿久还是听话地点头应允。

该面对的，还是要面对，这几年的辛酸和糟心也该有个了结。

季东楠买了一支甜筒咬着进了GUCCI专柜，假装要买衣服在店里面瞎转悠。

他有意绕到了齐朵旁边，齐朵看中一件衣服正要拿起，季东楠抢先一步伸手过去，手中的甜筒正巧"啪嗒"一下砸在了齐朵身上。

齐朵瞪着自己沾着一大块奶油的衣服震惊不已，季东楠连忙装出一副歉意的样子，边道歉边慌慌张张往店外走。

齐朵怎么会容许他就这样走了，立马怒气冲冲地拔足跟上。

"你站住,你知不知道这衣服多少钱?喂!"

她追在季东楠后面,一路被他引到了商场后门出口。

见季东楠忽然停下来,齐朵赶紧冲上去一把抓住他,正要说话,抬头就看到门口安静站着的鹿久。

见齐朵一副见了鬼的样子,季东楠笑了笑,反手抓住她的手腕,将她往鹿久那边拖:"赔啊,当然要赔!你把欠她的还了,我赔你三件这样的衣服。"

齐朵脸色苍白,她挣扎反抗,却始终抵不过季东楠一只手的钳制。

在久违的、熟悉的声音传来的那一刻,鹿久努力控制内心翻涌的情绪,面朝齐朵出声的方向,挤出一抹苍白的微笑,咬着牙打招呼:"齐朵,好久不见。"

齐朵瑟缩了一下,随即强装镇定挺直腰板挥开季东楠的手,颤着声道:"什……什么还钱?你们是谁?我都不认识你们!大庭广众你们想干什么,装黑社会吗?"

"齐朵!"带着颤抖的尖锐声音打断了齐朵,鹿久黑漆漆的没有聚焦的眸子里带着无限的沉痛,她捏紧拳头,仿佛要凝聚全身的力气才能把话说得完整,泪水决堤,顺着她姣好的面颊汩汩往下,"齐朵,当时我的处境是什么样子你很清楚。我把你当成唯一的真心朋友,无比信任你,可是你居然利用我去借高利贷,把债务全转嫁到我身上。你知道我这几年是怎么过来的吗?你知道被高利贷追债的日子是多么可怕吗?你不知道,你当然不会知道,你逍遥快乐过着奢华的生活,当然想不到也看不到我在角落里啃着馒头躲着追债。"

鹿久哽咽得说不下去了,她抹去眼泪,闭了闭眼,继续:"所以,齐朵,趁我还能好好说话的时候把钱还了,不然我们就只能去警局了。"

齐朵强撑着气势,眼睛在看到一直盯着自己的季东楠时泄露出一丝怯意。她算准了鹿久没有证据拿自己没办法，但是这个看上去就不好对付的男人却让她心有余悸。

她梗了梗脖子，强装镇定道："你有证据吗？鹿久，就算借款的流程都是我帮你操作的，但所有的签字都是你自己签，你能继续上学不也是我帮你的吗？怎么，现在过河拆桥想反咬我一口？好啊，去警局啊，去警局你拿出证据是我坑了你啊！"

鹿久瞬间被激怒，她下意识地就想奔过去给齐朵一巴掌，被季东楠一把拉住。

季东楠紧紧拽着她，轻笑一声，忽然转移话题："我听说齐小姐最近交了个男朋友，对你很好还很有钱，房租他付的，包包他买的，就是年纪大了点、脾气大了点、爱吃醋了点，发起火来还打过你两次。"

齐朵脸色大变。

季东楠盯着她："我说得没错吧，齐朵小姐？"

"你居然调查我！"齐朵不敢冲季东楠发火，转而怒视鹿久。

季东楠打断她，厉声道："她要是有这心思还至于被你骗？重点不是这个，齐小姐。你那个暴躁的男朋友要是知道你最近一周下班后都在和男同事吃饭、看电影、逛街，你说他会怎么想？"

在齐朵逐渐崩裂的表情中，季东楠带着恶意冲她一笑，掏出一个信封丢给她。

里面有二十张照片，每一张都足够她被分手一百次。

之前还盛气凌人的齐朵像被扎破的气球瞬间瘪了，她带着惊恐的神色哀求季东楠："我……我错了。"

季东楠偏过头看鹿久，齐朵立刻顺着他的目光跑到鹿久跟前，抓着她的手哀求："鹿久，鹿久，我还你钱，但我现在没有这么多，我所有的东西都是男朋友买的，他怕我出去乱玩根本不怎么给我钱，我能不能慢慢还你？我跟那个男同事就是闹着玩的，不是真的啊。求你，求求你别告诉他。"

鹿久沉默地甩开她，只觉得今天这一趟来得十分不值："我真是看错你了，齐朵。"

齐朵听这话以为鹿久不肯罢休，继续慌张地去抓她的手，苦苦哀求："鹿久，我求你了，我真的知道错了，这几年我也过得不安心啊……"

鹿久再次甩开她，面上愠怒："我把账号发给你，一个月内把钱打过来。"

齐朵一喜，连连答应了。

她正庆幸着，却被季东楠的下一句话问得一愣。

季东楠挑起嘴角，脸上却丝毫没有笑意，他冷着声问："说吧，你的同伙是谁？"

齐朵不动声色地退后一步，有些慌张："什么同伙，没有同伙。"

"我可不像鹿久这么心软好糊弄，你一个刚进大学的小女生谁给你这么大胆子去坑同学？要么你是惯犯，要么就是一定有人给你出了主意，骗钱之后你能一声不吭地消失，怕是早就有所准备或者拿到了什么补偿，你可别说专门考个大学就是来骗这几万块的吧？"

齐朵瑟缩着往后退想逃走，可是季东楠一个闪身堵在了她身后，语气里已经带上十二分不耐烦，威胁道："你要在我面前说，还是要去警局说？"

鹿久心中一凛，在发现被骗后她蒙了好一段时间，实在想不出为什么齐朵会为了这几万块宁可中断学业，现在被季东楠这么一说，终于后知后觉地发现了疑点。

5.

不起眼的茶餐厅里,三人坐在了最不起眼的角落里。

在季东楠的紧逼之下,齐朵暗暗恼着,面对虎视眈眈的季东楠,她肯定跑不掉,只有硬着头皮说实话了。

"是他主动找我帮忙的,他说你单纯好接近,很容易上当。"齐朵抬头看了鹿久一眼,声音越来越小,"他教我怎么去对你好,给你买吃的、借钱让你感动,等到和你一步步成为朋友,骗了你就直接消失。"

"所以说,你骗钱不是临时起意,是从开学就有预谋了?"鹿久发出一声讥笑。

"他允诺我办好了这件事会把我安排进更好的大学,还给我出全部学费。鹿久,我也没有选择,如果是你,你也会答应的啊。"

季东楠一记重拳重重捶在了桌上,齐朵吓得立刻缩成一团。

虽然做好了心理准备,可亲耳听到这场黑心肠的陷害,还是让季东楠无比愤怒,他恨不得把眼前抱头缩成一团的女人揍一顿。

见他那暴戾的模样,齐朵心里大惊,死死捂住自己的脸喊:"罪魁祸首不是我啊,是秦沐!那个放高利贷的也是他的人,我亲耳听见他和放高利贷的说,在鹿久没还清之前,用什么办法威胁她都不算过分。"

像是有人拿着铁榔头在头上狠狠敲了一下,鹿久在听到"秦沐"这个名字的时候只觉一阵耳鸣,整个世界都被包围在那绝望又尖锐的轰鸣声中。

亏她不久前还以为秦沐逼她吃胡萝卜、逼她去酒吧唱歌最终是想帮助她,却万万想不到这一切的始作俑者正是秦沐。

鹿久一时间无法接受,苍白着脸和唇呆坐着,感觉快要窒息。

她僵坐着,抬手抓住季东楠,用力到指尖几乎要嵌进他的肉里:"送

我去……送我去找秦沐。"

"为什么？你为什么要这么对我？"

站在门口，鹿久因为气愤胸口起伏厉害，空洞的眼睛望向虚空。

打发走两个过来询问的保镖，秦沐微微扬唇，带着些愉悦仔仔细细欣赏鹿久脸上的绝望与愤怒："我以为你不会发现得这么快。"

季东楠拧着眉，警惕地盯着面前的男人。

秦沐慢慢地走近鹿久，看着感知到自己的靠近而越发僵硬的妹妹，脸上带着几分恶意的笑。

他说："鹿久，让你受点皮肉上的委屈，只是为了让你记得，牢牢记得，因为你造成的种种恶果。你现在受的也只是当时你带给我的万分之一而已。"

他俯下身，语气缱绻得像在说情话，吐出的话却像夹着冰刀："你不会现在就开始受不了了吧？"

他的气息轻轻喷洒在鹿久的耳畔，如疽附骨，让人头皮发麻。

鹿久面色白了白，咬紧牙龈。

"既然这样，你为什么还给我钱去还贷？怎么不让我死了算了，那样你不是更开心？"

"我怎么会舍得你去死呢？你是我的妹妹啊，妈最喜欢的小女儿，我不会让你死的。小九，哥会一直陪在你身边，时时刻刻提醒着你，你亲手造成的那段血淋淋的过去。你要是过得幸福偶尔忘记了，哥哥会摇醒你，帮你记起来，一辈子。"

秦沐说完，喉咙里蓦地发出一连串低低的、古怪的笑声。

季东楠警惕地上前几步，隔在他们中间。

"让你被朋友背叛欠债、忍着饥饿四处躲逃，又出手帮你看你求我，

看你吃让你难受的食物、看你去讨厌到想吐的酒吧，小九，你看你不是适应得挺好的。啊，看你这样，哥哥很高兴呢。"

小久。

这个鹿久听了十二年的称呼，现在她只觉得恶寒。

"变态！"季东楠再也听不下去了，往地上啐了一口，抡起拳头想要干架，手腕却被人拉住了。

是鹿久，她紧紧拽着他的胳膊，带着恳求轻声道："我们走。"

季东楠顺着鹿久发白的指尖往上看，鹿久脸色极其不好，一副摇摇欲坠的样子。

他看得出鹿久现在在硬撑着，于是也不再恋战，只是带着十足的戾气伸手指了指秦沐以示警告，便小心地牵着鹿久引领着她走了。

秦沐的目光落在那双紧紧相扣在一起的手上，脸色瞬间阴沉下来，按下呼叫键把小八召唤了进来。

小八才走近，秦沐便沉着脸朝他脑袋狠狠扇了一巴掌。

"你怎么办的事情，季东楠不应该在昨天送货途中被警察抓了吗？怎么他现在还好好地站在我面前？"

小八挨了打，委委屈屈着不敢抬头："沐哥，这不能怪我啊，李九说季东楠答应去了，哪能想到会李代桃僵，白抓了几个小喽啰。"

秦沐深吸一口气，眼中的狠戾一闪而逝："滚！"

小八面上纠结了一会儿，还是战战兢兢地问："秦老又往账号里汇了一笔学费，让您转交给鹿久，您看是不是还和之前一样操作？"

"还是照旧。"秦沐躺回皮椅，冷笑一声，"即使她害了人，爸还是对她这么好。可是，我不想让她舒心。"

这事儿一定还会更精彩,他等着守在鹿久身边的男人的反击。

秦沐勾唇笑了。

没想到才半天时间,秦沐的酒吧就出事了。

酒吧经理打来电话说不知道哪里来的一群混混,进来后随便找了个由头不顺心就开始一顿狂砸,叫嚷着要见总经理。

"我当是谁呢,有胆来砸我的场子。"秦沐从侧门进去,冷冷开口。

这群混混还真砸得彻底,场内一片狼藉,能砸的几乎全砸了,估计这段时间都得被迫停业。

"哟,沐哥。"从混混里走出个穿灰T恤的男子,像是这群的领头,"想必事情你都了解了,你妹妹带来的那个男人偷袭了我们老大,直接一酒瓶子把我们老大砸进了医院,现在还没醒呢。现在他俩跑得没了影,只好找到你这里来了。怎么着,表个态吧?"

听完他这一段,面无表情的秦沐忽然捂着嘴笑起来,直笑得弯了腰。

周围的人面面相觑,不知道他这演的是哪一出。

秦沐好半天才止住笑,慢条斯理地带着嗜血的眼神望过去:"原来是张鬼的人啊,可我怎么听说是你们绑我妹妹在先,才被人开了瓢。"

灰T恤男人本就是来挑事的,一见说破了,立刻嚣张地威胁:"你少废话!我今天来不是听你耍嘴皮子的。一百万医药费,明天中午之前要到鬼哥的卡上。"

"哟,威胁我?"秦沐扬唇,紧接着电话又响了。

"秦哥……河东河西的十二个酒吧,都被……被砸了。"

秦沐怒从中来,带着一脸的戾气甩手就把电话扔了出去。

瞬间灰T恤男人的气焰又起来了,得意道:"我听说秦少爷黑白通

吃交友广阔,但秦少爷毕竟是个底子洗得干净的生意人,跟我们不同。南七区的混混到底长什么样,了解得太清楚也不是好事。"

他一扬手,带过来砸场子的一群人便在他的带领下大摇大摆地出去了。

偌大的酒吧一下子空下来,碎了满地的各色酒水交织在一起散发出刺鼻的香味。

秦沐看着眼前的狼藉,沉下来的眸子眯了眯,忽然笑了。

Chapter 11

季东楠，真可惜啊。
最后也没能看到我喜欢的你，长什么模样。

1.

好不容易找到个开门的二十四小时便利店，季东楠就领着鹿久在店外的凉棚里坐下。

他递了一罐啤酒给鹿久："不准喝醉。"

鹿久接过，冰凉的瓶身让她稍稍冷静，拉开拉环，仰头大口大口灌下冰啤酒，内心烧得旺盛的委屈和怒火却无法被浇熄。她悠悠地说："依我的年纪，今年应该读大二，本该在美国 SAN 设计大学读我喜欢的专业。"

鹿久长吁一口气，仰头看向她看不见的并不明朗的夜空，和季东楠说起她奇怪的家庭："我高三那年才从秦沐那里知道自己根本不是秦泽亲生的，后来在一次激烈的吵架中，我故意抖出了这件事情并从家里跑

了出去。"

在此之前的许多年,她都是幸福而满足地生活在一个有父母疼爱有哥哥呵护的富足家庭,毕竟一对儿女一个跟父亲姓一个随母亲姓也不少见。

秦沐却告诉鹿久,是因为鹿清太喜欢女儿,而秦泽并不忍心让妻子再受一次分娩的痛苦,才把她领养进秦家。

被母亲捧在手里宠了这么多年的小女儿其实就是个从孤儿院领养的孩子。

这样的落差,让年轻冲动的鹿久耿耿于怀。

借着吵架,鹿久用恶毒的言语伤害了鹿清。

"我的母亲因为担心,跟在我后面追出来,结果被马路边忽然砸下来的店牌砸中,当场死亡。"

爱妻如命的秦泽再也无心工作,不久就搬离了这座和妻子充满回忆的城市,出国定居。

鹿久不肯离开母亲住过的地方,和同样不肯走的秦沐一起留下。

鹿久终日以泪洗面日日愧疚痛苦,她并不知道从那时候起,曾呵护她的哥哥的心里已经种下了仇恨的种子。

"半年后,我收到了美国 SAN 设计大学的录取通知书。

"出国那天,秦沐一改对我的态度,请我吃饭饯行,还亲自开车送我去机场。我酒量浅,两杯之后已经晕晕乎乎。我在车上睡着了,醒来已经躺在了医院。

"秦沐说去机场的路上出了车祸,我因为受到剧烈撞击导致视网膜脱落。

"主治医生当时就说我的眼睛再也好不了。也就是说,从此以后,我就是个盲人。"

时隔两年,鹿久淡淡说起这些往事,像在说别人的故事。

在这之前,夜夜噩梦让她本能地想要回避那些过往和伤痛。

或许是啤酒中好闻的麦芽味,好像闻着这味道,故事也不太苦了;又或许是身边这个人给了她新的勇气,总之,当她再次说起这些往事的时候,没有那么撕心裂肺难以面对。

"我花了一年适应眼盲的生活,才开始在国内上大学。上大学只是为了以后能自食其力,我断了从小的梦想,也算是对自己的惩罚,因为我有罪。"

鹿久轻轻说完,这几年黑暗的光阴仿若一句话就翻过了,那个咬牙熬着想要放弃生命的人仿佛不是她自己。

季东楠说不出话来,只觉得一阵揪心的疼。

他怜惜地望着眼前颓丧的女孩,他无法想象,盲着眼带着绝望独自生活的鹿久是怎样熬过来的。

片刻后,一双有力的胳膊从她后背穿过柔软的长发环抱住她,一点一点地将瘦弱的她拉进自己的怀里。

现在的他多么感谢上苍,让他有机会遇到她,让她挺着等到他。

"很辛苦吧?"他低头亲吻她的发,眼里有浓浓的疼惜,"都过去了,从今以后,你有我。"

仿佛有羽翼庞大的巨鸟席卷过来,撩起了滚滚黄沙,迷住了眼睛。

鹿久再也控制不住,伸手回抱住季东楠,号啕着哭出来。

在季东楠快要被她哭得心碎的时候,鹿久终于止住哭泣,哽咽着趴在他肩头,说:"我不需要你保证永远,你给我当下就好了。"

就此刻、现在、当下爱我。

话既然已经说到这个份上,鹿久想了想,还是把肚子里那个更煞风景的顾虑说了出来。

"我的眼睛是好不了,如果你哪天后悔了就告诉我,我会放你走。但你绝对不可以把我蒙在鼓里,一定一定跟我讲。"

鹿久的爱清醒又独立,她蜷缩在他怀里,鼻头红红,下眼睫缀着清凉水渍,莹黑的眼珠湿漉漉地看着他,比平常多了几分惹人怜爱的软弱。

情不自禁地,季东楠低下头附唇上去。

怀里的人轻轻一颤,眼帘上多了道温热。

她紧紧闭着眼不敢动弹,任由着那温软顺着眉眼一路往下,密密麻麻轻啄过大片的肌肤,辗转碾上了唇瓣。

那人含糊着应了"好"。

这一吻热烈绵长又轻柔,所有的心疼和爱意都卷于唇齿,直到两个人气喘吁吁地分开。

鹿久两颊绯红不敢抬头,即使绷紧了唇,嘴角还是止不住地往上翘着。

"我不会跟你保证永远。但我能坦诚说,此刻、现在、当下我喜欢你,非常非常喜欢你。"季东楠郑重其事地许下承诺。

2.

这一晚,两个人都失眠了。

鹿久抓着夏被死死闷住脑袋,她激烈的心跳充斥了整个世界,盖过了楼下的喇叭声,盖过了"太阳"的喘气声,盖过世间一切杂音,一下一下敲击着耳膜。

楼上季东楠也在翻来覆去,紧锁着眉头想的全是鹿久从前的那些事情。

秦沐是他忽视不了的存在。

可是,他总觉得有什么不对劲。

次日一早,天刚蒙蒙亮,季东楠就来敲鹿久的门。

"你是说,我可能没有失明?"鹿久差点把手里的水杯扔掉,她疑惑地问。

季东楠"嗯"了一声:"秦沐恨你心切,当时怎么就突然给你钱行送你去机场,出了车祸又在医院照顾你,怎么想我都觉得不对劲!最大的可能就是,他为了折磨你,隐瞒你的病情骗你说是永久失明。看你痛苦一辈子这种变态的事,也许他真做得出来。"

这个大胆的推测犹如平地惊雷,让鹿久足足蒙了半个小时,惊疑逐渐变成希冀。

鹿久猛然记起,两年前诊断结果从来都是通过秦沐转述的,她沉浸在悲痛和绝望里,同时也沉浸在失明就是对自己的惩罚和赎罪的执念里,慢慢接受了……

但是,现在不同了,她有了想重获光明去见的人。

如果,她真的还能再看见。

这个念头像是发酵般迅速膨胀,她开始动摇。

"如果能够康复自然是意外之喜,如果你不能康复,我也不会觉得失望,重新回到现在就好了。从头到尾,我在意的只有你的感受。"季东楠趁机继续鼓励她。

是啊,最差也不过如此,最重要的人也还是会在身旁,她还有什么好害怕的?

他们提前挂上了号,站在医院走廊里排队。

怕鹿久紧张,季东楠前一晚背了好多不好笑的笑话,倒也让鹿久逐

渐放松下来。

轮到鹿久了,看着她被护士慢慢牵引着走进检查室,季东楠牵着"太阳"坐在走廊上反复深呼吸自我调整。

只有鹿久不在身旁,他的紧张和担心才敢微微显露。

所有检查全部做完下来,一天快过去了,两个人拉着手坐在等候区,静静等待着命运的审判。

坐着坐着,鹿久突然开口:"季东楠,检查结果能不能由你告诉我。如果结果和从前一样,我就当是做了个普通检查;如果结果是好的,那我希望告诉我这个好消息的人,是你。"

因为带我重新走到光亮面前的人,也是你啊!

鹿久听见他低沉好听地回应"好"。

季东楠独自进了教授办公室。

老教授把排查报告推到他面前,开口就是他听不懂的专业术语。

季东楠敛着眉把排查报告仔细看了几遍,聚焦在失明原因"甲醇导致失明"上,问教授:"是不是说,鹿久不是因为视网膜脱落失明的?"

"视网膜脱落是分不同情况的,有些当即做手术或者进行药物治疗可以恢复。但是今天这小姑娘检查出的是甲醇过量,这是直接损伤视神经细胞导致她失明的根本原因。"

季东楠抓着检查报告,震惊得说不出话来。

"甲醇中毒,永久性失明。居然不是什么视网膜脱落……"他紧紧扣住两张薄薄的检测结果,追问,"真的治不好了吗……"

老教授把钢笔插进口袋,双手交叠放在桌上,认真地回答:"甲醇进入身体后产生的伤害是永久性的,摄入几毫升就能引发双目失明,而且患者耽误治疗这么长时间,要是能恢复也算是个奇迹……"

听到这里，季东楠整个人都颓了下来。

老教授扶了扶眼镜，继续补充："幸好她摄入甲醇的剂量不多，刚好在失明的范围，要是超过了十毫升，那生命都堪忧了……"

鹿久一直坐在走廊的长凳上等着，心里紧张、惶恐又带着期待，紧紧抓着牵引绳的手，用力到把关节捏出青色。

许久之后，她听到熟悉的脚步声响起，由远及近。

熟悉而有力的手臂从背后抱住她，浅淡的烟草味钻进鼻子，鹿久皱皱眉："你怎么在里面待了这么久？抽烟了？"

季东楠不说话也不松手，把头埋在鹿久的肩头，遮掩住情不自禁滚落的泪水。

在来医院前，季东楠连续几天在网上将关于撞击导致视网膜脱落的案例几乎翻了个遍，一一读给她听，进行对比，结合多数案例来看，确认了有较大的康复可能。

但期望越大，这时候的打击和失望也就越大。

鹿久明白了，瞬间白了脸色。

她强忍住心头刀割般的难受，挤出一丝笑，拍了拍季东楠的肩膀："没事的，我已经做好了心理准备。我们开始说好的，谁都不准不高兴，就当是做了次体检。"

季东楠执意不肯放开鹿久，紧紧地环抱住她，在她肩头闷闷回应："嗯。"

季东楠一连几天都泡在网上，查找的全都是和摄入甲醇过量相关的新闻和各种案例以及医学常识。

甲醇有毒，误饮5～10毫升能让人双目失明，大量饮用会导致死亡。

秦沐为什么要对鹿久谎称是车祸导致的失眠？唯一解释得通的，就是他别有目的。

毋庸置疑，甲醇一定是秦沐投放的，季东楠能想到的就是那杯伐行的红酒，也许酒里面就掺进去了过量的甲醇。

为了报复鹿久，但是他为什么不一劳永逸地解决了她，反而要这样曲折变态地折磨她？

在鹿久失明住院期间，秦沐只是告诉她出了车祸，可是对自己的情况却从未提及，为什么？

为了阻止鹿久出国，为了把她留在身边，为了……不想失去她。

季东楠越想越心惊，抓起衣服就冲了出去。

在饭店找到秦沐的时候，秦沐刚用完餐正悠闲地坐着。

饭店经理面色涨红着解释自己如何努力都阻止不了季东楠的硬闯，秦沐只是微微一笑。

"刚想找你，你还这么体恤，自己送上门了。"秦沐拿起纸巾轻轻揩揩嘴，挥挥手让大气不敢多出的经理出去了。

季东楠面色铁青戾气十足，站在门口："我长话短说。"

"好说。"秦沐靠坐在软垫上斜眼看他，"我也不想长久地看着你这张讨厌的脸。"

季东楠讥笑："彼此彼此。"

他走到秦沐跟前大手一扬，将一张揉皱了的诊断书拍在桌上："害她失明的是不是你？"

纸张一点点被展平，等到看清楚上面的字后，秦沐居然扑哧一声笑了。随即他正了正颜色，一本正经地冲季东楠道："你知道得太多了。"

季东楠拧眉，不懂他什么意思。

秦沐笑得更大声了,戏弄地抬眼看向季东楠:"开个玩笑嘛,这么玩不起,没意思。"

怒极的季东楠突然扬手一扫桌面,满桌瓷器碎了一地,色泽鲜艳的菜肴溅洒四周。

秦沐还是噙着笑,看着怒发冲冠的季东楠一点儿也不怯。

季东楠双手撑在桌面上,带着压迫的姿态望着秦沐:"那天是你开车送鹿久去机场的路上出的车祸,虽然过了两年,但高速公路上这么多监控,真要查也不是做不到。当天是和什么车相撞、在哪条路上、你的伤势又如何?你自己心里很清楚。但是,"他俯下身,死死盯着秦沐,"鹿久一直把这一切当成意外。"

"多好。"秦沐慢条斯理地将飞溅在自己身上的东西拍去,"像她这样糊涂点活着多好。小子,提醒你,好奇害死猫。"

要不打死算了吧!

季东楠看见秦沐那张精致又冷漠的脸,脑子里冷不丁就钻出这么个想法。

"的确是我把甲醇放进酒里,骗鹿久喝了。"

猜想是一回事,亲耳听到真相又是另一回事。

按在桌上的手掌缓缓弓起,指尖逐渐泛白,手指骨节间的软骨处都因为用力而过度弯曲着。

季东楠听见自己咬牙切齿的声音:"讲下去。"

"收起你要吃人的样子,鹿久如果不是想讨好我讨好秦家,何必要应下那顿饭?"

"她的内疚和自责在你眼里看来竟然是讨好?"季东楠再也忍不住,越过桌子一把揪住他的衣领,"老子保证,你会受到法律的制裁。"

秦沐用力甩开他,嗤笑:"什么时候一个混混都开始讲法律了?"

看他一副阴恻恻笑得让人毛骨悚然的样子,季东楠没忍住,一记拳头挥了出去:"笑你大爷!"

拳头还没触到秦沐那张精致狂傲的脸,季东楠就被身后两个保镖架住了。

秦沐理了理被季东楠抓出褶皱的衣领,淡淡道:"年轻人不要这么嚣张。"

被架住的季东楠忽然笑起来,他边笑边说:"秦沐,你是不敢承认你喜欢上鹿久了吧!喜欢一个害死自己妈的妹妹,多么龌龊多么痛苦啊!你不敢承认又不肯放开,只有靠折磨鹿久才能让你觉得舒坦。秦沐,你真是一个让人可怜的禽兽。"

秦沐瞬间变了脸,牙关咬紧,忽然过来朝季东楠胸口就是一脚。

季东楠被踢得歪倒一边,一阵剧痛后有铁腥味从胸口一路蔓延到口腔。他死死憋住,挣扎着爬起来又被俩保镖重新架住。

他狠狠咽下满嘴血腥味,带着嘲讽的讥笑就这么望着秦沐。

秦沐黑着脸,居高临下地看着他:"在把你扔出去之前,跟你分享一个好消息。上次你开瓢的那人闹了我的场子还要求赔偿一百万,我把这事转告给了鹿久,让她在还一百万和交出你之间做个选择,你猜她怎么选?"

季东楠抬起头,奋力挣扎起来。

很快又是一脚踹下来,他闷哼一声跪坐在地。

"她写了欠条,并哀求我不要告诉那群人你的消息。好难得啊,她居然对你如此用心。时间还很长,我有的是法子折磨她。"看着季东楠挣扎的样子,秦沐满意地勾起嘴角,"扔出去。"

3.

季东楠被架出去了,小八不解地问:"这小子既然全都知道了,您怎么还让他这样回去……如果他告诉鹿小姐……"

"你以为他和你一样傻?告诉鹿久只会让鹿久痛苦,他当然舍不得。"秦沐嫌弃地扫了小八一眼,"他完整地在监控里进了这家饭店,当然要让他毫发无损地出去。"

小八恍然。

"原本我还考虑把他收过来,毕竟这小子还有点能力,可惜啊,他是没有这个福气跟我了。"秦沐叹口气,看上去像真的惋惜的样子。

"找人跟着他,找到机会后下手干净利落点,别留下烂摊子。"他顿了顿,"上次那群人可以用用,去办吧。"

"是。"


"小八哥,您怎么来了?"

齐睿一看到门口进来的男人,球也不打了,球杆一扔就巴巴地迎上前去。

"小八哥,您来我们这桌球室真是蓬荜生辉啊。"

小八不动声色地避开他搭上来的胳膊,虚伪地打了招呼后直奔主题:"听说你前阵子跟季东楠有不合?"

齐睿一愣,在不知道对方用意之前只是支吾着。

"放心,不是来找碴儿的。"小八掏出串车钥匙丢给他,"你替我收拾他。李九那边我知会过了不会插手,你放大胆子去办,做好了有钱拿,也给自己出出气。"

"九哥真的不管季东楠了?"齐睿眼睛一亮,其实他对上次的事一

直耿耿于怀。

"什么时候我的话这么没有可信度了?"小八不满。

"不敢,不敢!"齐睿讨好地笑着,恭敬地收好钥匙,一脸跃跃欲试的模样,"终于能往死里收拾这个臭小子了。"

小八笑了笑,秦沐说得没错,反而是这样的泼皮无赖,动起手来是最没轻重的,只要稍微提点一下。

七月的阪城摊开在烈日底下,像是火力全开的烧烤场。

季东楠忍着痛行走在烈日下,不躲不停,惹人注目。

从秦沐那里出来以后,他的神经一直处于防备状态。

只要把刚刚秦沐承认的那些事情一点点找到实质性的证据,就能合法地收拾了他。

一定能找到一些有利的蛛丝马迹的。

他现在急切地想要见到鹿久,可是她不在家。

情急之下,季东楠一个电话拨过去。

电话那边,鹿久大概在上课,她压低嗓子问:"我还在上课。"

"有急事,我不方便去你学校,你想办法回来。"

鹿久愣了愣,随即答应了。

挂了电话,季东楠在门口瞎转了两圈强迫自己镇定下来。

一会儿见了鹿久,半点破绽都不能显露。他抚了抚胸口,那里的疼痛感清晰又绵密。

覆掌揉了揉,他仰头深呼口气。

头顶上刺目的黄灯晃得人眼花,黄灯旁是个火灾报警器,看上去有点怪怪的。

但是哪里奇怪,季东楠又说不上来,不由得多看了几眼。

楼梯处传来脚步声,季东楠立刻抻长脖子往下望去。

鹿久眼睛不便,不与他同乘电梯的时候一般都会走楼梯回家。

拐角处慢腾腾上来个女生,却不是鹿久,脚踝两边各绑了两个自制沙袋,应该是为了减肥。

女生爬得气喘吁吁,经过季东楠的时候也好奇地打量了两眼这个长得好看但神情明显焦灼的男人。

季东楠不耐地寻了个角落想去抽烟,脑子里猛然一炸,他像是想到了什么,毫不犹豫地拔足往自己住的楼层走去。

他家门口并没有火灾警报器。

再上一层,也没有。

巨大的不安笼罩着他,季东楠一口气爬了半栋楼,每一层的火灾报警器都装在住户与住户中间的楼道处。

只有鹿久的是装在她家门口。

季东楠冲进家里,一言不发地沉着脸从阳台扛起扶梯就往楼下跑。

他把短梯架在灯下,眯起眼大力扳开了后盖,探头过去,一点红光兀自闪烁。

……

看着屏幕上逐渐放大清晰的脸,秦沐露出惋惜的神色:"啧,被发现了。"

下一秒,屏幕上的画面开始扭曲,然后只剩一片雪花。

秦沐挥手叫来小八:"去吧,赶在鹿久和他见面之前,做掉他。"

4.

季东楠握着从火灾报警器里掏出的微型摄像头,忍不住咒骂出声:"真是丧心病狂!"

他心里接着一惊,跳下扶梯冲出小区,往鹿久回家的必经小路拔足狂奔。

微型摄像头被他紧紧攥在手里,这无疑是个能把秦沐送进警局的证据,虽然不够拘留很久,但至少能以不伤害鹿久的方式揭露出秦沐的嘴脸。

只是他这点心思,已经被秦沐发现了。

才到巷子口,他看到齐睿等人的身影,心里一滞,本能地闪身躲起。

齐睿向来不在南九区出没,现在这么鬼鬼祟祟地出现在这里,一定有问题。

事出反常必有妖。

季东楠猫着腰换了条小路疾走几步,边走边拨鹿久的电话。

她迟迟不接,季东楠暗暗焦急,齐睿那行人已经离他越来越近,甚至听得见齐睿断断续续的声音:"仔细找,他肯定就在这一带。"

果然是来找自己的。

季东楠沉下眸子,听到动静慢慢远去后从巷子里跳出去,往相反的方向跑去。

按理说,鹿久应该快到了的。


咚咚当当的铃声响起来,鹿久停下脚步,从包里掏手机。

左手正摸索着,右手一空,攥着的牵引绳被人劈手夺走。

她来不及呼喊,下一秒就被人用湿巾一把捂住口鼻,接着那人连拖带拽地把她塞进停在路边的车里,车子随即发动。

这条巷子白日里本就少人，所以鹿久这么凭空被掳走，也无人看见。

包里的手机还在响着，车外"太阳"狂吠着追着越来越远……

"你们是谁？绑我做什么？"鹿久很平静，被绑架得多了，都被逼出经验来了。

旁边有人发出恶劣的笑声但并不作答，鹿久知道问不出什么了，也就不再说话。

车子一直在往前行驶，她暗自默算着红绿灯和间距，发现有些不对劲——车子右拐了三次，中途经过不少于七个红绿灯，街边贩卖切糕的声音频繁重复出现。

他们根本没有带她去什么地方，而是一直在这一块绕圈！

脑袋一蒙，鹿久完全猜不出他们这么做是何用意，但是想起之前季东楠那通让自己立刻回家的电话，一个不好的猜测隐隐冒出头来。

"是不是和季东楠有关？你们要把他怎么样？"

绑架者终于说话了，是个大烟嗓："鹿小姐很聪明，我们绝对不会伤害你。所以你乖乖的，大概过个半小时就能放你回去了。"

"什么意思，你们什么意思？"鹿久大惊，也忘记了害怕，一把抓住那人的胳膊，厉声问，"你们要把他怎么样？季东楠在哪里，他现在在哪里？"

见对方不再搭理自己，估计只是想拖延时间，情急之下，鹿久扑身往侧边，冲着车窗玻璃就是一阵猛拍。

车子正好遇到红灯停在十字路口，她激烈地拍打着玻璃，祈祷这声音能引起外面的路人关注。

见她如此不管不顾，车上两人也吓了一跳，有执勤的交警注意到这辆车的异动，已经朝他们走来。

烟嗓男骂了句脏话，从身上掏出把小刀抵在鹿久的腰间威胁道："老实点！"

"什么事？"交警敲窗询问。

"你要是敢多说一句，我们就一起死。"在司机开窗之前，烟嗓男在鹿久耳边再次威胁。

司机放下车窗，朝交警递烟讨好地解释："没事没事，小两口吵架。"

交警拒绝了，转头朝后座看过来，问鹿久："是不是啊？"

烟嗓男立刻点头："对对对，我女朋友脾气不好。"

鹿久想跳起来求救，但是腰间的尖锐硬物却抵得更深了，刺痛隔着衣料传来，她被迫点头。

交警查了司机的身份证和驾驶证后就走了，随着汽车重新启动，鹿久心中渐渐升起一阵无力感。

下一秒，一个很重的耳光就甩在她脸上，她被打得偏过头去，左耳嗡嗡作响。

烟嗓男骂了一大堆，等耳鸣声渐息，鹿久只听到他说"你这贱人差点害死我"。

"适可而止吧！"前头的司机看不过眼，插了句嘴。

"那又怎么，我们又不归秦沐管。"烟嗓男的声音里透着得意与讥讽，"就算下次打了照面，她一个盲人也认不出来。"

被打了一巴掌后，鹿久反而冷静下来。

如果猜得不错的话，有人要对付季东楠，还特意找了人把她支开。

她一个盲人就算在他身边也只会是拖累，那么这个要支开她的人，竟然是为了不让她掺和进这件事？

她能想到的只有秦沐。

季东楠极有可能遇到危险了!

交警走后,烟嗓男明显紧张了,小刀抵在鹿久腰间,催司机:"你打电话问问那边事情办好没有啊,这要转……要开多久啊?"

"你脑子有坑吧!现在打电话,万一正办事呢?"司机回骂。

趁两人拌嘴,鹿久悄悄抬手从大腿往后腰挪去。

在触碰到金属的冰冷后她猛地握住了小刀,顾不上割破掌心时那钻心的疼,拼了命去抢刀。烟嗓男被这股突然袭来的力道扯得一头栽到座位上。

电光石火间,鹿久迅速去摸车把手。

可是捆住的手极大地限制了她的行动,她瞬间被烟嗓男抓着胳膊扯了回来。

"你是不是找死!"烟嗓男惊魂未定,扬手就准备抽下去。

没想到鹿久竟然不要命般直接往刀上撞去,烟嗓男吓得立刻缩手。

鹿久扭动着拼命与他对打,企图弄出些大动静引起车外人的注意。

司机也慌了,赶紧把车往人烟稀少的地方开去,顾不上后座打成一团的两个人。

鹿久死死抓着刀刃,疼得心颤,但不敢松手,鲜血从掌心汩汩流出。她顾不上其他,只是一边抓着刀刃一边拼命踹,也不管踹到哪里,只求能有人关注到车里的动静。

烟嗓男见抽不出小刀,发了狠往前一送。

刀子扎进皮肉发出的"扑哧"一声让车内安静了……

一切发生在一瞬间,鹿久的手还保持着握着刀的姿势。

烟嗓男脸上恶狠狠的表情逐渐转化成了惊愕,似乎也没想到事情会演变成这样。

司机惊恐之下踩了急刹车，愣怔着的烟嗓男的脑袋猛地磕到前座又弹回来，鹿久则弓着身体滑坐在软垫上。

烟嗓男显然是吓蒙了，一把扔开手里攥着的小刀，浑身哆嗦着无助地望向司机。

"怎……怎么办？我……我捅了他妹妹……他不会放过我的，肯定不会放过我的！"

司机也吓坏了，踩着刹车扭过身来："快看看她死了没有？"

听到司机说话，烟嗓男这才抖着手探向鹿久的鼻下，牙齿上下磕碰着说："没……没死，她握住了一半刀刃，只捅进去了一半。"

司机叹气："没死比死了更难办。"

"叔，你可要救我啊！"烟嗓男惊恐得发出一声号叫。

司机一下也举棋不定："现在只能把她送到医院再通知沐哥了。"

小车启动后疯了般往医院的方向驶去，烟嗓男像被抽光了浑身力气瘫软在后座哀号："不行啊叔，沐哥一定会弄死我的！"

秦沐的手段，他根本不敢想。

痛啊！感觉浑身的血都在朝着一处奔涌，要流多久才会感觉身体冷？季东楠，你到底怎么了……

沐哥？秦沐？

鹿久痛得直抽气，果然是他。

司机只知道开着车往医院奔，也是六神无主的样子，哆哆嗦嗦地安慰烟嗓男："说不定没你想的这么可怕，沐哥不是一向不喜欢他妹妹……"

话没说完，烟嗓男又发出一声绝望的哀号："叔啊！你难道看不出来沐哥他喜欢他妹妹吗？我这次怕是死定了啊！"

5.

鹿久脑子里轰地一片空白。

那人刚刚说什么？秦沐，喜欢她？

是在开玩笑吗？

鹿久觉得失血中的自己，理解力似乎都超负荷了。

好在她在脱力中还一直记着季东楠，她虚弱地问："季……季东楠呢？他在哪里？"

她的声音太弱，那两个陷入惊恐的人又无暇顾她。

烟嗓男忽然直坐起来，一脸狠厉的样子说："老子不能这样等死，不如一不做二不休把她丢下车，到时候问起来就说是她自己要跑下车被撞的。"

鹿久心里发苦，这是要弄死自己了吗？

一只手把她提上后座靠着，扯到她的伤口疼得她忍不住发出一声呻吟。

她被推送到车门边。

咔嗒——车锁打开了，烟嗓男咬着牙在她耳边说了句："我也是被逼的，你不要怨我！"

行驶中车门被打开，一股力推着鹿久从疾驶的车上栽下去。

她来不及做任何的挣扎和思考，只听到一声刺耳的鸣笛和随之而来的紧急刹车声……

季东楠一路躲着齐睿走到巷子口，刚出巷子只听见前方不远处传来一道急刹声。

他随意看过去,那一眼几乎让他全身的血液瞬间冻结。

熟悉的人影被撞得在半空中翻滚一轮又重重砸在滚烫的柏油路面上。风卷起她翻飞的衣衫和长发,轻抚过她的脸颊。

季东楠只觉得心脏都哆嗦了,来不及思考,他本能地冲着那个方向狂奔而去。

"鹿久!"

钝痛从心脏蔓延到四肢百骸,鹿久躺在地上一动不动,手指微微抽搐着。

恍惚中,她好像听见谁撕心裂肺的声音,她努力想抬起手感受一下,可她什么都没摸到。

季东楠横冲直撞跑到她身边一屁股跪坐在地,颤抖着喘息着几次想去扶她,却又手足无措得不敢触碰。他只看到他的姑娘像一个破碎的布娃娃般躺在马路上,渐渐失去生命。

他整个人抖得像筛糠,摸出手机想打120,几次手机都滑落下去,好不容易用力握住了,拨号的手指却哆嗦着总是使不上力。

"你坚持一下,鹿久,救护车……救护车很快就到了……"他嘴唇拼命颤抖,不知道是在安抚鹿久,还是在安慰自己。

身边陆续围上不少路人张罗着打急救电话,季东楠被这突如其来的巨大的绝望给笼罩。

鹿久微弱地呼吸着,她能想到眼前的季东楠现在是什么样子。一定吓坏了吧?自从和她在一起,他就三番五次要被吓一跳。

脑海里纷飞过许多杂乱无章的过往,一帧帧黑色的页面,如同只有声音的盲人电影。

最后那幕,是她带着遗憾的语气说:"真想知道你长什么模样?"

季东楠的声音十分自信:"当下流行的那种模特脸知道吗?"

鹿久摇头,听见他补充说:"总之很帅就是了,便宜你了。"

——季东楠,真可惜啊。最后也没能看到我喜欢的你,长什么模样。

## Chapter 12

你见我是初遇,
我看你是重逢。

1.

天干物燥,蒋晴晴从玻璃果茶罐里倒了两杯自制的蜂蜜柚子水出来,又加了几坨冰块。

她把拖鞋踩得啪嗒啪嗒响,走到客厅递给姜磊一杯,在他身边坐下。

姜磊一手接过蜂蜜柚子水,另一只长臂一伸,把蒋晴晴搂到身边。

姜磊低头灌下一口,夸张地抬头眨眼:"怎么这么好喝!"

蒋晴晴被逗笑:"我等会儿再做点,给你兄弟拿去,别说我老对他不好。"

"你说季东楠啊,他最近忙得很啊。"姜磊放下水杯,"那小子最近越来越奇怪,上次他自己发晕把送鹿久的戒指弄丢了,老跟我说他那办公室奇怪。工作频频出错,一周被投诉三四次,还差点把一只送来寄养

一阵子的牧羊犬当成送来做绝育的哈士奇给做手术了。"

蒋晴晴扑哧一声,不小心水呛进气管,一通猛咳。

姜磊拍背替她顺气:"好在他领导知道他之前的事,体恤他是哀思过度给放了一个月假,只是不知道他又在瞎忙活什么。"

"阿嚏——"

季东楠凭空打了个巨大的喷嚏,莫名揉了揉鼻子,直奔银行里的咨询台。

"请问兑换外币怎么办理?"

"如果是用现金兑换必须到银行柜台办理,需要携带本人有效身份证件到柜台填写购汇申请书方可兑换;如果钱在银行卡里,可以先在ATM机上自助兑换……"

穿着制服的前台正面带标准的微笑说着,忽然被"砰"的一声巨响打断了。

所有人同时往声源处看去——

门口站着两个穿着普通T恤的高大的男人,背着巨大的迷彩包,都用黑色的头巾蒙脸,握着装了消音器的手枪。

一看就是抢劫的标准装备。

抢劫?

众人反应过来,尖叫着抱头乱窜。

"都不许动!蹲下,全部蹲下!"稍高一些的男人用别扭的中文喊,"谁动就打死谁!"

这一下,银行里所有人都乖乖照做,有女生控制不住恐惧地小声呜咽。

一个劫匪一边呵斥着要所有人上缴手机,一边将人赶到一处;另一

个劫匪则持枪威胁保安锁门。

季东楠蹲在人群中,暗骂自己运气"太好"。

他偷偷抬眼往大厅看去,两个劫匪举动十分粗暴,进门就连开了两枪,如果继续待在这里恐怕很危险。

一定得想办法自救。

大门肯定是不能硬闯的,傻子都能想到外面一定会留有接应的同伙。

什么金库破译的,还有不知道在外面哪里接应的。

他努力不明显地抬眼打量银行内的路标,斜后方是通往仓库的,仓库里肯定会有逃生门。

他蹲的地方是咨询台处,算比较偏。

大厅里的人被逐渐驱赶聚拢到一处,很快劫匪就要走到他这边来了。

季东楠一边盯着劫匪,一边往仓库位置小心蹲着挪动,抱头蹲在身边的咨询小姐大概猜到了他的意图,惊恐更甚但又不敢出声,只是瞪大了眼充满绝望。

季东楠一边小步小步地挪着,一边仔细地关注着劫匪的动静。

很奇怪的事,虽然此刻他心跳如鼓,却并没有想象的那么惶恐,甚至有些隐隐的期待。

至于期待什么,他并不知道。

门已经离他很近了,他强迫自己凝神静气,眼神在防火门和劫匪之间游走。

有女生吓得移不动腿,劫匪暴躁地弯腰去提溜她。

趁着这时刻,季东楠忽地站起来拔腿冲向防火门,推开门冲了进去。

门被推开的一瞬间,他像是从黑暗中来到万丈光芒里,一束刺目的白光让他不由得闭上眼睛，随即脑袋里一阵眩晕，巨大的耳鸣声让他无法集中精神，然后胸膛像是磕到了什么硬物——

"哎哟！"

眩晕中，季东楠听见一个女生的叫喊，他大概是撞到了正要出去的人。

他下意识扑过去，一手按住她的脑袋，一手用力捂住了她的口鼻，同时伸腿踢关身后的门，听到"啪嗒"的上锁声，他才松了口气。

神经绷得很紧，他并没有意识到为什么防火门会有上锁的声音。

女生在他怀里拼命挣扎，季东楠死死地搂住她，低吼："外面有劫匪！"

女生瞬间安静，季东楠以为她吓到了就放开了她，下一秒就被她狠狠一脚踢在腿骨上，当即痛得"嘶"了一声。

"你！"

"你在说什么鬼！"

两人同时出声。

季东楠扶着门，弯腰捂着被踢痛的右腿愤怒地指着对方。

这里面实在太暗了，他只能凭声音来源处来判断对方的方向。

几秒钟后，随着"啪嗒"一声，仓库里骤然亮了。

季东楠扫视四周一圈，蒙了。

这哪里是什么仓库，分明是个二三十平方米大小的办公室。

这是哪里？

他脑子貌似有点不够用了，下意识就回头去看进来的门，白色沉重巨大的防火门居然变成了教室的钢门。

从这办公室里的窗户往外望出去刚好是操场。

稀稀拉拉几盏昏黄路灯孤零零地杵在操场边，勉强能看清这所学校的样貌。

应该是很晚了，一个走在外边的学生也没有，几栋高楼立在对面，楼体上写着教学楼。

季东楠张了张嘴，不知道该作何解释，他明明刚刚还在银行里做人质，怎么眨眨眼外边的天就黑了，还跑到了学校里？

这是做什么梦了？季东楠的思绪发散得厉害，他不会被劫匪一枪崩了吧？

他赶紧低头往自己身上看，视线下移，看到摊开在地上的几本漫画书，他记起来刚刚好像撞到了人。

"喂！你到底是怎么进来的？"

同时，一个女声响起。

季东楠抬起头。

比他矮一个头的女生穿着肥大的蓝白色校服，整个人像是被装在一个大麻袋中显得很瘦弱。季东楠的视线转移到她的脸上，瞬间表情都变了，他的瞳孔急剧收缩，嘴唇不由自主地哆嗦，只觉得眼眶里冲上来一股热流……

"果然是做梦啊。"他愣愣地盯着眼前怒视他的女生，喃喃出声。

思念成疾吧！不然面前这个人，怎么长着那张他到死都不会忘记的脸？

这还是鹿久去世之后，他第一次梦到她。

他望着鹿久，迟缓地伸出手想要触碰，又在空中顿住，因为怕惊醒了梦境而生生止住。

鹿久哼了一声，弯腰捡起地上的漫画书防备地瞪着他。这个男人长

得挺英俊,但这个时间点出现在办公室,穿着、行为不像保安也不像巡夜的老师。

她不由得联想起新闻里那种跑到学校作恶的人,瞬间汗毛倒立。

"你……你要干吗?"她带着几分害怕往后退了几步,抱着漫画书挡在胸前警惕地问。

季东楠怔了怔。

说话了!她在梦里说话了?

见他没有什么动作,鹿久贴着墙壁往门边挪:"我……我要出去,你让开一下……"

她硬着头皮在季东楠紧盯着她的灼热目光中挪到门边,看他没什么反应猛地打开门往外跑。

"别走!"季东楠回过神来立刻跟着追出门外。

前面的女生本来就处于高度紧张的状态,听到他这一声,一边惊声尖叫,一边不要命一般狂奔。

不认识自己?

季东楠跟在后面追过走廊,看她往楼下跑去,嫌下楼太慢便纵身往下一跳。

梦中坠落的那种失重感没出现,倒是一阵头昏眼花后,后背重重落地引发了一阵钝痛。

季东楠昏倒前骂了一声脏话,喃喃地开口:"这不是梦吗?"

然后,脑袋一歪,不省人事。

2.

秋天昼夜温差大,晚上比白天低了十来摄氏度。

被冻醒来的季东楠爬坐起来,天色已经开始泛白,而他还是在学校里。

他迷迷糊糊地嘀咕:"难道我还没睡醒?"

他从口袋里掏出手机,屏幕在亮起的瞬间有一丝光一晃而过,他没有太在意,这时候是 05:32。

浑身钝痛,不像是做梦。他揉了揉太阳穴,想着先回家,再去想自己怎么到了这里。

他爬起来,路过学校保安室的时候,保安正趴在桌上睡觉,他本能地收了点脚步声小心开门出去。

出校门抬头看,哟,一中。

街上一片冷清,沿街的店铺都关着门帘,他在马路边吹了一会儿风,还是没明白自己怎么到了这学校,于是扬手拦了辆出租车先回家。

"师傅,去广茂小区。"

司机扭头问:"广茂小区在哪里?"

季东楠只当司机入行不久路不熟,解释道:"百叶路铜兴广场那边,拐过十字路口往前开就是了。"

"好咧!"

头还是昏昏沉沉的,季东楠靠在后座上微微闭上眼。半梦半醒中,一个急刹车,他顺着惯性往前栽去,额头刚撞上前车座就被安全带勒住。

"你正好醒了,已经到十字路口了,现在怎么走?"司机问。

季东楠边往窗外看边指路:"笔直开然后右拐一下就⋯⋯"

话音戛然而止,他惊讶地发现,十字路口前面的铜兴广场只剩伶仃几个超市,整个一条商业街不见了?

他下意识地看向司机,司机却仿佛没觉得半点不妥,哼着歌往右

拐弯。

季东楠暗自咋舌，带着万分心惊看着窗外的景象。

平常烂熟于心的那条路，现在犹如改头换面。

那些统一整顿过的门店牌面还在，只是全都是多年前的原貌又老又旧地挂在那里，街道是整改前的样子，窄窄的、脏脏的。

他现在根本分不清自己到底是在现实，还是在梦里？

司机一边开一边疑惑："小伙子，你不是说右拐就到了吗，这都右拐多久了？"

季东楠开口时声音有些发虚："我再想想。"

广茂园他是记得的，过了铜兴广场往右一拐就到了，现在这里却成了一片杂乱的建筑工地，到处堆着水泥，钢筋就这么裸露在水泥地面上。

"师傅，麻烦在这里停下！"他从口袋里摸出张一百元往前面一塞，跳下车，"不用找了！"

呼呼呼——

喘气声和风声合二为一，在耳朵和胸腔里奔腾撞击着，季东楠疯跑在家附近的这条大路上。

阪城还是阪城，可完全不是他记得的样貌。

季东楠兜兜转转了一大圈，再次跑回广茂园，建筑工地已经开工，他走到一个正翻铲水泥的大叔面前小心开口："请……请问这里不是公寓楼吗？"

大叔奇怪地扫了他一眼，手里的动作没停："小伙子没睡醒吧？走错地方了吧，这块儿工地都建了半年了。"

季东楠道了谢，接着又问了几个人，得到的都是一样的回答，这是片正在建新公寓楼的工地。

瞬间鸡皮疙瘩密密麻麻爬满了一片手臂，喉头艰难地上下滚动，他站在空旷的工地上，茫然无措。这种玄幻的感觉让他觉得异常不真实，但是抚上胸膛，那温热的跳动不已的心告诉他，这不是梦。

他在工地上发了会儿呆，终于想起当务之急应该报警或者联系朋友。

他掏出手机却发现没有信号，正想关机重启，却赫然发现锁屏上躺着一组让他毛骨悚然的数字——

2014年10月9日。

"2014年？"

手机犹如烫手山芋般被季东楠一把抛开，隔了好一会儿他又颤颤巍巍地捡起来。

一定是手机出问题了，一定是。

他重启又重启，时间还是2014年10月9日。

他惊惶地在马路边拦下个过路的人："请问现在是哪一年？"

路人奇怪地望了他一眼："2014年啊。"

这下，季东楠再也忍不住给了自己一拳。

嗷——疼！

那这不是做梦！

路人被季东楠突如其来的动作吓了一跳，用看神经病的眼神看了他一眼，随即匆匆避开。

季东楠在路边独自蒙着。

如果是三年前的话，那么刚刚这一路在出租车上看到的也就有了解释：商业街是2017年新修葺的，广茂小区也是在2016年初才建好做成公寓楼……

所以，他这是穿越了？

季东楠下意识地伸手在口袋里掏烟。

手里有根烟才能让他冷静思考，但他只碰到一个硬硬的戒指盒和一张百元钞票。

手机没有信号无法扫码付款，只好打散了一百元买了烟，这时候他才懊恼方才打车没让人找钱的傻瓜行为。

微涩的感觉在口腔里弥漫开，一直处于混乱的脑子稍微清明了些。

一切似乎是从那个梦开始变得奇怪的，醒来居然就是在梦里的学校，再然后坐出租车时发现自己穿越了。

等下，好像哪里不对。

季东楠皱起眉来，他明明是在银行兑换外币时遭遇了劫匪，怎么会做梦穿越？

难不成是他推开防火门去仓库的时候被劫匪一枪崩了？

防火门？

脑海里炸起一道响雷，更合理的解释应该是他推开防火门就已经在学校的办公室里了！这也就是为什么他从楼梯上跳下来追鹿久的时候直接摔晕，因为从那时候起他就穿越了！

那也就是说，鹿久根本不是在梦里见到的！

他见到了真实的鹿久，她还活着，就在这座城市里，在那所高中里。

而他穿越回三年前，在这个平行时空遇见17岁的还未曾失明的鹿久。

季东楠被自己的推测弄蒙了，带着火星的烟灰掉下从他手指上滚了一圈才落地他都没有察觉。

他不可抑制地抖着，呼吸急促而慌乱。

片刻后，他冲到马路边疯狂拦车："出租车，出租车！"

"去一中!快!"

季东楠握着手机,反复开关,一再确认上面的"2014"没有变成"2017",才稍稍定神。

然而,要再进学校就没这么容易了。

不出意外,他果然被保安拦在门外。

季东楠周旋半天,假装学生家长都编造出来了,然而他根本说不上来鹿久是哪个班的,只能凭着年份猜测她正读高三。

"砰——"

保安关上了铁门,懒得跟他废话。

季东楠没了辙,徘徊了十来分钟后动起了翻墙的念头。

学校侧门和正门十分开阔,四个角落都装着摄像头,监控室也立在保安室对面,他稍微往伸缩门靠近了些就立刻被虎视眈眈的两拨人注视上。

折腾了一阵子,季东楠终于死了心,老老实实找了个阴凉地等放学。

已经十月了,虽说天还不冷,但穿短袖的也就他一个;在这学校门口杵着,既不像家长又不似学生,倒有点像拐带小女生的不良少年,格外惹眼。

3.

"你想好了,真要这么跳下去?"

单琳咬着奶茶吸管,瞪大了眼睛看着旁边的人。

"你小声点!"鹿久骑上墙头,压低声音一阵咆哮。她小心翼翼朝周围扫视一圈,松了口气。

好在她们坐得高，看台上稀稀拉拉休息的人也没谁注意到她们的动静。

鹿久把目光收回来："你不都说了吗？6班张涛放学要当众向我表白，还在年级里大刺刺地张扬排场怎么好怎么多的，我都知道了还不跑啊！"

"可是，"单琳胆战心惊地看了一眼下面，"从这里往下跳会摔伤的。"

"我有这么傻吗？都计划好了，放心吧。等会儿呢你先下去，然后还有两个高阶的时候，我就叫一声往下跳，老师看过来的时候只会正好看见我往下掉，你蹲在下面掩护我，免得落地露出破绽。"

"你要装……"

"嘘！"

两个脑袋又凑在一起嘀咕了一阵。单琳站起身来往下走，鹿久和她对望一眼才慢慢动身。

"哎哟！"

鹿久按照计划叫了一声立刻跳了下去，等到老师走过来紧张询问的时候，她用手捂着脚踝，只顾着哇哇喊疼。

"赶紧的，来两个人送她去医务室。"

耶！成功了！

鹿久一阵暗喜，和单琳交换过眼神，配合地被两个男生搀扶着一瘸一拐往医务室去了。

没几分钟，鹿久拿着讨要成功的假条跟跟跄跄往校门处跑去。

"谢谢了，谢谢了，你们回去上课吧！"鹿久站在校门口热情感谢了送她出来的两个男生。

蹲在拐角树荫底下的季东楠听见这声音僵直了身体,动作迟缓地站起来。

从学校里走出的那个一瘸一拐的女生,穿着宽大的蓝白校服,高高扎起的马尾在脑后来回甩动。等送她出来的两个男生掉头回去后,那只受伤的脚一下子正常了,步子十分稳当地朝季东楠这边走过来,她的嘴角挂着得意的笑容。

季东楠的脚仿佛生了根,一下子站在原地不能动弹。

她在笑。

她居然在笑。

笑容明媚,眼睛里有着亮闪闪的狡黠而快乐的光芒,她的脸上看不到冷漠,看不到曾经那些悲伤的岁月刻上去的绝望。

现在的鹿久弯着杏眼,面上是毫无防备未经世事的纯真模样。

季东楠几乎是喜极而泣,有泪水滚落下来。他多想冲上去抱住她,但终究不敢。他怕吓坏她,只敢站在一边悬着脆弱而激动的心脏小心翼翼地独自欣喜着。

失明前的鹿久原来是这般样子。

"是你。"

季东楠沉浸在激动里,听到声音再抬头时,鹿久已经站在了面前。

她眉眼清晰地站在他触手可及的地方,让他一瞬间把心揪了起来。

"你认得我?"季东楠问得小心翼翼又充满惊喜。

光天化日下,鹿久全然没了昨晚的尿包样子:"你不就是昨晚办公室的那个人?"

季东楠松了口气,带着些自嘲和失望:"你逃课?"

话刚出口,他就暗道糟糕,这语气实在过分熟稔了。

果然，鹿久皱起眉，疑惑又警惕地问："你又是谁，怎么会半夜三更出现在老师办公室？"

季东楠咬了咬牙。

鹿久上下打量他："看你的样子既不像保安又不像学生的，总归不是去干什么好事。"

见他不答，她冲保安室努努嘴："你要是说不出来我就大喊，让保安把你抓起来。所以你老实点别耍花样啊。"

季东楠忽然有点想笑，鹿久果然是这个世界上最可爱的生物。

不管什么时候。

笑归笑，对于穿越这种没人信的荒唐理由季东楠也说不出口，他偷换概念："你不也是那么晚去办公室偷拿被没收的漫画书。"

"这不一样！"鹿久果然被转换注意力了。

她心里一虚，把书包带往上提了提，葱白食指上戴着的那枚银戒落到季东楠眼里，他脸色骤变。

原来无故失踪的戒指是被她捡到。

隔着三年时光和茫茫生死，重新物归原主。

又或者，更早之前？

那通声音相似的电话和时不时冒出来的短信，全都是冥冥注定。

原来他们早就有了交集。

有生之年，狭路相逢，终不能幸免。

"这枚戒指，你戴着和我想象中一样合适。"季东楠失神地盯着那枚戒指，脱口而出。

鹿久惊诧地拢手遮住戒指："你什么意思？说得好像这是你的似的。"

季东楠心下一沉，又说错话了……

他踟蹰着想说些什么才能补救，忽然后腰被人狠狠踹了一脚，他没稳住往前扑了出去。

随即是鹿久的惊呼："张涛，你干什么？"

季东楠往地上栽下去的瞬间手肘撑地，腰腹借力挺身站起，回转身抬脚就朝来人回敬了一脚。

打架太多，几乎是本能的反击。

偷袭的男生就没这么好的底子了，被季东楠一脚狠狠踢在下腹，痛得挣扎了半分钟才爬起来。

这半分钟里，坐在地上的那男生还抽空和鹿久拌了几句嘴。

"你明知道我要跟你表白，话都放出去了，全年级都知道了。你倒好，请了假和这个小白脸私奔。"

信息量有点大啊！季东楠拧眉。

小白脸是什么鬼？他一个快一米九的人哪里像小白脸了？

季东楠感受了一下衣料里蠢蠢欲动想要露露脸的腹肌，还是克制住了想要证明自己是铁血真汉子的想法。

很快他从这个叫张涛的男生嘴里知道了所有事情。

原来张涛是鹿久的追求者，还是个死要排场又喜欢勉强人的追求者。

如现在季东楠看到的，校门口站了一排激动且散发八卦光芒的同学，都是张涛为了表白喊来撑场的。只不过被鹿久提前洞悉了企图跑掉，随后得到消息的他也从学校里冲了出来。

理清了这个，张涛从地上爬起来张牙舞爪再挑衅时，季东楠便护着头不还手了。

旁边的起哄声越大，下手就越重。

娘们唧唧地揪头发挠人不说,还晃得他两眼发晕。

五大三粗的肉掌劈下来,还是十分痛的。

季东楠象征性地抵抗两下,多数时候一咬牙,忍了。

鹿久试图上前拉开两人,但是张涛的力气太大了,只能眼睁睁地看着季东楠挨打。

见无计可施,鹿久冲到张涛面前举起书包就往他后脑勺一砸。

张涛被砸蒙了,这才终于终止了这场闹剧。

"你撒什么泼,凭什么打我朋友?"

对于张涛的死缠烂打,鹿久已经拒绝不下八百遍了,可惜此人油盐不进,她放狠话:"你这样以后看都别让我看见你!"

张涛看鹿久是真的急眼了,这才堪堪收手想要补救。

鹿久却推开了张涛,拉着季东楠快步走了。

"不好意思,我本来就是为了躲开他提前出来,不知道他怎么就知道了,还误会了我们的关系,连累你了。"鹿久很诚意地对季东楠道歉。

虽然这个人不管是来历还是言行都很奇怪,但是因她而遭受这飞来横祸,这脸上青了几大块的,她看着也还是很过意不去。

季东楠打初中起就是打着架长大的,刚刚是带着目的不还手,多数都避开了要害,专挑能显眼卖惨的部位挨着。

现在看来,效果还是十分明显的。

看他那一脸凄惨沉默的样子,鹿久就更愧疚了,再三道歉,把他昨天莫名出现在老师办公室的事情瞬间抛在脑后。

季东楠忽然打断她:"我饿了。"

鹿久一愣,倒也爽快:"你想吃什么?"

他已经饿了一天,张口就答:"分量多的。"

"行。"

4.

鹿久把季东楠带进家特色火锅店。

店面在光秃秃的街角处,没有大门,要扫门口的二维码后,那面海贼王的彩绘墙才开出一条缝,门后露出一截楼梯。

季东楠这才看到墙角随意立了块木牌,上面写着:姚式火锅。

"我呢,是不会让你平白无故被人打一顿的。这可是阪城最贵的火锅店了,看看这设计这风格,扑面而来的档次感……"

季东楠捧场地点头称是。

两人找好座位。

鹿久点单的间隙,季东楠去调制酱料,她的口味他记得清清楚楚,麻酱、蒜泥、香油、腐乳、花生碎一样不少都舀了,然后等到鸳鸯锅煮沸后,浇一勺在酱料上,香气四溢。

鹿久看得一愣,他怎么动作熟练得仿佛做过许多次?

事实上也确实如此,每回和鹿久去吃火锅,都是季东楠伺候她,所以对她的喜好也就十分清楚。

只当是巧合,不疑有他的鹿久夹了块羊肉卷在辣锅里一涮,蘸酱尝了一口,惊喜道:"你的口味跟我一样哎,很少人吃火锅不放香菜和葱的。"

"原先我也是不吃葱的,后来被人带得习惯了就这样了。"季东楠笑了笑,隔着雾气腾腾看她因高兴而异常明亮的眼睛。

真好啊!

和她说话,看她笑,在一起吃火锅,看她吃得满头大汗而他轻轻递

过去一张纸。

连做梦都不敢这样大胆想象的场景,居然真的就实现了。

见季东楠带着那种欣慰的眼神一直盯着自己,鹿久也有些别扭了,抬起头问:"你怎么不吃?"

"吃!当然吃!"季东楠赶紧拿起筷子夹了些牛肚下锅。

鹿久边吃边随口问:"你方才说这戒指,真的是你的吗?"

话音刚落季东楠脸色微变,也不知道是被烫到还是什么,一通猛咳。

鹿久推了桌上的水杯过去,手掌托着下颌看他。

季东楠饮下几大口水,顿了顿才说:"字面意思,这戒指很配你。"

"哦。"鹿久撇撇嘴,只当这又是一波无脑男人的吹捧,也没再多问了。

入秋后的天气多变,时而热辣时而凉爽,还有突如其来的急降雨。

等到这场临时大雨停下,鹿久和季东楠才从火锅店里出来。树梢挂着雨水,地上不平处积蓄着浅浅的水洼,倒映着半晴半阴的天空。

太阳的金芒大力穿透过层层叠叠的积云,漫天光辉,异常绚烂。

一场大雨结束,一片晴空再次登场。

鹿久请了假,不用再去上晚自习,走到了十字路口便不愿意再让季东楠送了:"你家往哪边走?"

季东楠胡乱指了个方向。

鹿久挑挑眉:"我正好和你相反,那就拜拜了。"

季东楠赶紧为下次找她做了铺垫,他说:"我呢,被女生请吃饭是一定要请回来的,下次见。"

他装出一副若无其事的样子,双手插兜转身就走,毫不留恋。

但是等走到一个转角,他一个闪身躲进去,赶紧回身趴在墙角去找

鹿久的背影,然后猫着腰小心尾随。

穿过体育场,再沿街走了两个公交站的距离,到了柳上小区。

这一带季东楠还是有些印象的,算是富人区。

他看着鹿久刷卡进门,想跟上去时被拦了在小区外边。

5.
天渐渐黑了。

从见到鹿久的喜悦中回过神,季东楠终于开始考虑起现实问题。

目前的他只有一盒烟、一枚男戒、一张身份证以及一部没信号的手机和七十块钱。

找个能暂时安身的地方,成了当下头等大事。

节约起见,他去了网吧。

许多年没来过这种乌烟瘴气的地方,没坐一会儿季东楠就被各种味道熏得频频皱眉。

他点击鼠标开始浏览各大招聘网站。

半宿过去了,从网管那儿借来的一张白纸被他洋洋洒洒写满了大半页。就在季东楠打着哈欠准备在这一堆招聘里择出最满意的一个时,他发现了一个更严峻的问题。

他的学历文凭证书和奖状全都在未来世界,甚至连身份证都是2015年补办的,有也等于没有,搞不好还会被认为伪造身份证被举报……

能想到的词语已经无法形容季东楠此刻的心情。

这怎么跟想象中的穿越不一样啊,不应该自带金手指什么的,再来个未卜先知,然后当上CEO迎娶白富美从此走上人生巅峰吗?

现在这情况……呃,他更像是来渡劫的吧?

焦躁了半夜，天渐亮。

随之而来的困意也上涌，季东楠起身去卫生间洗了把脸。

冰凉的水让人瞬间清醒，赶走了瞌睡他决定去附近看看。

乱走一阵绕到柳上小区，在鹿久住的小区周边漫无目的地晃荡，遇到写着招聘的店子就进去问询一番，本想着没有身份证应该没人敢聘用自己，也不知道是不是金手指作用，结果还真撞上个合适的店。

更巧的是居然是他专业对口的老本行——宠物店。

这家宠物店离柳上小区很近，门口随意架了块黑板，上面大字写着应聘要求：临时工，长得帅。

季东楠心里一乐，真是不才，居然满足所有应聘条件。

店面看上去小，但进去后发现里面挺大，是套复式公寓，一层是出售的猫狗，第二层是寄养区。

没有嘈杂的狗吠声和脏乱感，走进去让人觉得干净舒服。

"欢迎光临。"一个女声打破宁静。

季东楠顺着声音看过去，敞开的卫生间镜子前站着个正涂口红的女人，她背对着他，腰细、腿长、屁股挺翘，穿着淡粉色缎面衬衫，白色高腰大摆裙，卷着大波浪。

女人看上去与他年纪相仿，这复古的着装让他联想起看过的书里说到的奇妙小镇里神秘杂货铺的老板娘。

"请问有什么需要？"老板娘涂好口红踩着软拖妖娆地走出来。

季东楠看到了她的面容，心里暗叹一声。这个老板娘简直是从老电影里走出来的，娇媚慵懒充满复古气息，是个美人。

不过也就只是一感慨，他目前最需要的是一份工作。

抱着搏一搏的想法，季东楠开门见山："感觉自己十分满足应聘条

件,来试试。"

"有胆色,除了工作外还有什么要求吗?"

"我还需要一部新手机、一间房。"说完,季东楠心虚地垂下眼帘,又忍不住抬头打量女人的神色。

正想着自己是不是要被打出去了,没想到听到一声娇笑后,老板娘露出意味深长的笑容:"谁都有困难的时候,你说的要求不是不可以,但我也有两个条件。"

季东楠眼睛一亮:"请说。"

"手机可以给你买,但必须放件东西在我这儿抵押。东西要比手机贵,等你赚了钱什么时候想把这东西赎回去了就把手机钱还了拿走。"

"押东西?"他两袖清风正发愁,手指碰到口袋里硬硬的盒子,犹豫一瞬还是把戒指递过去,"这个专门定制银饰店的品牌你应该知道,我这款是一万二千块。那么住宿的对应条件呢?"

"爽快。第二个条件就有点困难了,在一个月内,把我这店的营业额提升三成,并且持续保持不掉,做到了这点房租免费,并且也会分给你相应的提成,具体事宜拟合同再详谈。怎么样,敢不敢答应?"

季东楠几乎没怎么犹豫,对于赚钱的能力季东楠向来很自信,况且提前洞悉了未来三年的互联网经济发展,这一方面倒是让他多了几分把握。

深思熟虑了一下,他慎重地点头:"好,我答应你。"

好像料到了他会这么回答,老板娘勾了勾嘴角,接过戒指。

"今天就开始上班吧。我叫江怙,欢迎你。"

"你不问我用什么方法吗?"

"我更看重结果。"

季东楠微微一愣,看着老板娘要走远了立刻跟上去了解工作流程。

就这样,他稀里糊涂地在这里安顿下来。

后来,有一次他突发奇想去问江怙当时招聘为什么非要"临时工"?

江怙拢了拢波浪卷无奈地摊手:"再帅也经不住每天看啊,会腻的。"

早上六点半,鹿久从小区走出来。

"吃吗?"

一个纸袋挡在她面前,季东楠从她身后钻出,和她一起并肩走。

鹿久被吓了一跳,刚转回头,手里就被人塞了个三明治。

见是季东楠,鹿久没说什么,大大方方地接过了。

一晚未见,季东楠再次见到鹿久,还是不敢置信,眼神始终无法从她身上离开。今天也是校服,鹿久扎着高高的马尾,素面朝天,清爽又充满生机。

"便利店正好买一送一。"季东楠抢白说,"这么巧你也走这条路?"

鹿久显然不信但也没揭穿他:"对啊,你往哪儿走?"

"人民路,一中后面,去上班。"

"我们学校后面?"鹿久打量他,"你这突然冒出来,害我差点还以为你跟踪我。"

季东楠目光微动,低头拆包装袋:"我一大好青年为什么要跟踪你啊?"

鹿久咬了口三明治:"培根不错,哪家便利店买的啊?"

"在我住的楼下,挺绕的,你想吃明天给你带啊。我每天都是这个时候去上班。"

鹿久不信:"你每天都这个时候去上班,我们又顺路,为什么我以

前没见过你?"

"噢,以前住玉安区,这是新换的工作。"季东楠早就准备好答案,笑着揉了揉鹿久的刘海,"看样子以后要天天看见我了。"

鹿久顿了顿,白他一眼,拨了拨自己的刘海,啃着三明治大步往前。

一直到目送着鹿久进了学校,季东楠保持的上扬嘴角终于放松下来,他摸着小心脏暗道:还好没露馅。

他一边心有余悸地抚着胸口,一边因为撒谎生出些内疚。

Chapter 13

看在你刚刚拯救了三个甜品的分上,
勉强分你一个。

1.

季东楠原路返回,去宠物店上班。

说起这个宠物店老板娘真是十分有意思,随性得有些不像话。

上班时间全看当天心情,起得早就开店早。

而所谓的包住,就是把季东楠带回了自己家分了间房给他,一点都不担心他来历不明会不会有问题,反倒把他给吓了一跳。

只是非常时期,他穷得没有别的选择,只好就此先在江怙家里住了下来。

他客客气气地道了谢,把原来那些个随地脱衣服扔东西的坏毛病强制改掉。

江怙虽然奇怪,但做事十分细心和高效率,帮他备齐生活用品后又

选好了手机。

宠物店的工作风格也和江怙的性格很像,都很佛系。

佛系打扫,佛系接单,给宠物洗澡超过二十单剩下的就推掉,寄养超过五单也推掉。

一天下来,季东楠竟然觉得比在宠物医院上班还轻松。

但是要完成应聘时夸下的海口,就隐隐有些打脸的趋势了。

俗话说压力产生动力,简单回顾了一下电视剧小说里那些混得风生水起的金手指主角,顺其套路,很快季东楠找到了一条新的致富路——宠物吃播(即宠物吃饭、吃水果零食的直播。因为可爱有趣,被广大喜爱猫狗,又没有时间条件养宠物的人士喜爱和观看)。

猫狗都是现成的,套路却是新鲜的,成本低、效率高。

在很安静的室内,季东楠抱来只江怙的柴犬投喂。短视频里,他只露出了一只递西瓜的手。原本还兴奋地围着他蹭来蹭去的小家伙一闻到食物的味道,立刻安静下来,大口大口地咬着西瓜,发出"咯吱咯吱"的声响,水渍声和沙沙的咀嚼音听上去十分舒服。

季东楠用手机录了三四个视频,从里面选了一个不错的剪出来,又写了个文案发在了微博上试水。

此时他的粉丝才三个,一个微博小助手,剩下的两个还是僵尸粉。

想了想,他又将这个视频发在了类似于抖音这种快节奏的短视频平台上。

现在各种网络吃播都还没流行起来,或许效果不会太好,但不管怎么说,先看看效果吧。

弄完这些下午季东楠又忙了会儿宠物店的事情,晚饭前才出门。

到一中时刚巧赶上放学，蜂拥而出的穿着蓝色校服的小花小草像一股洪流，季东楠顿时看花了眼，也顾不上偶遇不偶遇的，踩在花坛上眺望找寻。

幸好，他看到了。

不管是三年后还是现在，他总是能第一时间找到鹿久。

"我要两个！不，三个榴梿味的雪媚娘。"鹿久挤在冰激凌车前踮着脚喊，高马尾在脑后晃啊晃。

她两眼放光地盯着老板从冰柜里拿出打包好的三个雪媚娘，一点都没注意到脚边的碎石块，提着甜品转身的时候一脚踩歪往旁边倒去。

来不及惊叫，她第一反应就是要护住甜品，准备用肉身去垫着。

预想中的疼痛没有到来，她被一双手稳稳托住。

鹿久睁开眼，撞进季东楠含着笑意的眼睛里。

他打趣："我们见面一定要这么惊心动魄吗？"

鹿久不好意思地赶紧借力站直。

两人并肩走在路上。

"今天要上晚自习吗？"

鹿久点头，问："你下班了？"

"还没有，要到晚上九点，出来吃点东西。"

鹿久感同身受地叹道："和我一样惨。"

她掏出一个盒子递给季东楠："看在你刚刚拯救了三个甜品的分上，勉强分你一个。"

季东楠愣了两秒，眼底全是笑意："明明救的是你。"

很快到校门口,两人挥手再见。

看她活力四射地跑进去,和同龄朋友笑笑闹闹走远的背影,季东楠心里不由得酸了酸:唉!在她眼中,他现在恐怕是个老男人。

惆怅半晌,他转过身小跑着往宠物店里赶回去上班。

宠物店其实就在柳上小区附近,但他骗鹿久说是在学校后面,一早等在小区门口佯装去上班顺路送鹿久,再原路返回宠物店;晚饭时又跑到学校假装吃饭偶遇,再返回去上班;下班时又跑去接她下晚自习。

一天要绕三趟路,麻烦得不行。

他恨不得缝上当时胡说八道的嘴。

但是,没办法,总想见她,时时刻刻都想见她。


2.

今天天气不热,晴。

我又看到了那个男生,第三次了。

我觉得他有些奇怪,每次见我一双眼睛都像是粘在了我身上,可我又感觉不到他的恶意。

今天放学,他站在校门口的花坛台阶上张望。

明黄色的T恤,黑色板鞋。

他站在了风口,身后是整个世界即将从清明褪至晦暗的交界处,T恤的颜色让他看上去如一团火云。

像是什么光。

胸口忽然微微发闷。

我不知道这样的心痛感从何而来。

就像莫名觉得我们之间有过故事。

鹿久趴在课桌上埋头写着,讲台上老师已经忍了许久,见她还是没反应,直接点名了:"鹿久,你来回答一下这个问题。"

鹿久惶恐地一下弹起来,第一时间想到的是盖住自己的日记。

她惶惶地站在教室里,根本不知道老师刚才讲的是什么,问的又是什么。

正准备跟同桌使眼色求救,老师怒其不争地一拍讲桌:"不会?不会你还走神,给我站着听这节课!"

晚自习下课,鹿久浑浑噩噩地顺着人流往外走,恍惚间听到有人叫自己的名字,回头,是季东楠。

他看上去状态不怎么样,淡青色的黑眼圈浮在下眼睑,眼里布满血丝,一看就是休息很少又疲累过度的样子。但是,他眼底的亢奋和欢喜是掩盖不住的。

他挤到她身边,忍不住又撸了撸她的刘海:"巧啊,又见面了。"

鹿久扬唇,拨开他在自己头上作乱的手,翻了个白眼自顾自地走。

巧才有鬼!一天能巧遇四次,也是可以去买彩票的手气了。

季东楠赶紧跟上她,两人并肩往回家的路上走。

这个时间路灯已经亮起,两个人的身影一会儿变长一会儿变短,但是始终都连在一起,高高个子的男生,背着书包的娇小女生。

季东楠忍不住捂嘴打了个哈欠。

"看样子被老板压榨得很厉害啊。"鹿久抬头。

"还行。"季东楠眯了眯眼,强打起精神,在便利店门口停下,"我进去买杯咖啡。"

"等等！"鹿久拉住他，把他往便利店门口的座椅上推，"你在这里坐着，我帮你去买。"

季东楠听话地坐下，看着那个娇俏的身影蹦跳着去了便利店。沉重的眼皮耷拉下来，疲累至极的意识渐渐涣散……

鹿久提着纯牛奶从便利店出来，就见季东楠闭着眼靠在椅背上休息。

"你有几天没睡觉啦？"她走近，开玩笑地随手戳了戳他的肩膀。

她还没使几分力呢，没想到季东楠随着她推的方向"扑通"就倒在了座椅上。

鹿久瞬间惊出一身冷汗，带着哭腔手足无措地去拍他："喂！季东楠！"

季东楠一动不动，鹿久这下真的吓傻了，眼泪都逼出来了。她正准备找路人求救，忽然听到轻微的鼾声响起。

她一愣，转回头贴近季东楠的头，男生呼吸平缓鼾声微起，他居然……睡着了。

一时间，鹿久觉得又好气又好笑，找了路人帮忙好不容易把季东楠抬到附近诊所。

看了看天色已经很晚，怕鹿清担心，她打了一通电话回去解释。

挂了电话，病房骤然安静下来。

鹿久调整了下葡萄糖的输液速度，在床边坐下，望着季东楠一阵无语："这是多少天没睡了，打针都没醒。"

……

季东楠这一觉睡得十分沉，连翻身也没有。

如果不是被越来越亮的光线刺醒，他大概还能再睡上一整天。

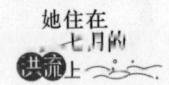

他缓缓睁开眼,伸了个舒服的懒腰,原本沉重疲累的身体现在只觉得神清气爽。

身体才拉长到一半,他突然顿住。

睡觉……他睡着了?

季东楠猛地弹坐起来,一脸惊恐,他现在是在2014年还是2017年?

正七手八脚想找东西佐证,床边传来一声带着浓浓睡意的嘟囔:"你醒了?"

季东楠身形一顿,低头看去,这才注意到了趴在一旁的鹿久。

她"嘶"一声轻轻动了动压麻了的胳膊,抬头,和季东楠四目相对。

她清秀面庞上被压出了带着纹路的红色印子,季东楠不动声色地咬了咬舌头。

嗯,疼!

来到2014年后一直紧绷的神经终于慢慢松弛下来,他缓缓吐出口气,内心只觉一片欢喜。

鹿久没说她怎么把他弄到诊所的过程,他也没问,想来一个小姑娘大概也被当时的情形吓坏了。

"昨晚没回去?"季东楠问。

"可不是,我还以为你死了呢……呸呸,以为你休克了。"鹿久眨着大眼睛歉疚地拍了拍嘴,然后邀功,"唉!我昨晚跟家里打电话说晚点回,结果我竟然也跟着睡着了,手机静音了一晚,回去以后怕是得被三堂问审了,惨哟!"

季东楠低低地笑:"我负责,我去你家跟阿姨好好解释。"

鹿久见他如此顺杆子上,赶紧拒绝:"别别别,你不去我还能解释清楚,你去了估计我得脱层皮了。"

很少见到如此活泼的鹿久,季东楠只觉心中涌上一阵愉快的情绪,

若从此能这样下去，该有多好。

一时间两个人都不知道说啥，恰好鹿久的手机又响了。

不知道是谁打来的，就看到她接了电话大吃一惊，一拍脑门整个人蹦了起来，喊："我一定准时到。"

"怎么了？"

"我真是脑袋生锈了，要不是单琳打电话过来，我都要忘记今天是学校中秋晚会了，高三的也要求出两个节目。"鹿久一阵手忙脚乱收东西，抽空回话，"我和几个同学被选中参与其中一个节目，要提前过去和搭档走一遍彩排。小组表演要用的服装也还在家里，啊！我现在得先回家一趟。"

季东楠明白过来，他这是给鹿九添麻烦了，她昨晚碰到了自己，又一夜未归，只能跑回去拿了服装再赶去学校。

看了看时间，已经快要到早自习了，他点头："给你添麻烦了，快去吧。"

鹿久重重"嗯"了一声，背起包小跑了两步，到了病房门口又折了回来。

她头上的马尾被手臂压得有些乱，脸颊上还有刚睡醒的两团红润，此刻她站在床前支支吾吾地问："晚上你要来看文艺晚会吗？"

愣了片刻，季东楠笑起来："当然愿意。"

日头渐暗，季东楠忙完宠物店的事，点了份黄焖鸡米饭，在沙发上坐下来。

此时他才想起来视频的事情，点开微博，消息那栏右上角出现个"65"，转发和评论有二十多条，点赞37，涨粉5个。

至少是有人喜欢的,季东楠这么想着又点进短视频网站,没想到点赞数居然有七千之多,评论也有几百条,粉丝数量从"0"一下变成了"237"。

他心里一喜,一条条消息仔细看过去,里面点赞最多的两条评论是:

和几千个人一起看狗子吃西瓜,我怕是疯了。

手不错。

季东楠点开手不错的那条评论头像,里面多数都是点赞,唯一的一个作品是五六个穿着校服的女生一起互搭着肩膀大摇大摆地走路,只拍摄了背影,清一色的马尾在空中高高晃着,配上首小清新的背景音乐,青春的活力扑面而来。

季东楠盯着中间那个格外眼熟的背影,眯了眯眼。

嘴里食不知味,他的注意力全放在手机屏幕上,正回复着评论和私信,微信叮叮响了两声。

季东楠点开看,是鹿久的最新消息。

每个班级都有一个热衷于八卦的同学,鹿久班也如此。季东楠很轻易就找到这个人,几下就买到了鹿久的所有八卦,甚至连近几年的成绩排名都有。

季东楠几乎是立刻就转移了注意,看着成绩单上漂亮的数字,心里一片欣慰。

从前就知道她是十分优秀的,如果不是失明,前程又是另外一种样子。

但此时季东楠也没有过多惆怅,他回到了三年前,要花时间归置的

事情还很多,当下血液翻滚着,好像浑身有用不完的气力。

季东楠换了身清爽的运动装,去拐角的花店看了看,在店员的推荐下买了一束香槟玫瑰。

大气的黑纸包裹着二十朵浅橘色的花,像极了朝阳的颜色,拿在手里好像握住了一天之中最美的光阴。

第一眼看见,季东楠就觉得和她十分相配。

他抱着花,凭鹿久给的晚会门票进了学校,在一路上收割了无数注目礼后终于进礼堂坐下。

票号在第四排中间,和评委席只差两排,主持人大红礼裙摆脚上的蕾丝花纹都看得一清二楚。

旁边的座位开场后也迟迟没有来人,季东楠便把花从膝盖上小心放到座位,翘首以待。

读书的时候学校常有这种活动,文艺晚会就是在五四青年节、校庆等各种各样的名头下组织起来的。

每每这个时候季东楠都会弄个去看节目的名额来躲开晚自习,然后回寝室大睡。

此刻想起忘记问鹿久第几个出场的季东楠,只好一个个节目都看着,以免把她漏掉,倒是因此重新过了把当学生的滋味。

街舞、走秀、相声、大合唱,一张张年轻生动的面孔在舞台上活跃,是他回不去的学生年代。

不知名的情绪被翻搅起来,松松垮垮地坐着的季东楠在一个又一个节目过后慢慢直起身子,目光里多了几分投入和认真。

也不知道看了几个节目了,看着往台上搬道具布置场地的学生们,季东楠打了个哈欠,有些困倦。

刚用手撑着额角想眯眯眼,前方一记重鼓惊飞了瞌睡。

手肘擦着脸蹭了下去,他蒙蒙地抬头忽然看见穿着青色汉服、梳着大垂髻的姑娘从舞台两边鱼贯而出。

鹿久在左边那排的首位,言笑晏晏,眉心一点鲜红花钿和一身青衣形成鲜明对比,弓着腰身,水云袖挥动间身姿摇曳。

季东楠盯着前面,不知不觉就看呆了,直到旁边的人推了推他。

"同学,这束花是你的吗?"

3.

季东楠没想到演出都快结束了还会来人,手忙脚乱接了花冲他歉意地笑了笑,却在看到那张熟悉的脸后,心里重重"咯噔"了一声。

是他。

来人的相貌一点没变,眉眼张扬凌厉,只是往旁边一坐就和周围的环境形成强烈反差,但仔细看看又是有点不同的,眼神少了些阴鸷沉郁,手里捧着把雏菊,倒添了几分少年间的柔软慵懒。

"同学。"

那人伸出手在季东楠面前晃了晃。

季东楠回了神,尴尬地收回视线,节目却怎么都看不进去了,千回百转的心思都在旁边男人的身上。

秦沐,秦沐。

季东楠默念着这个名字,深呼了口气。

"听小久说她还邀请了朋友,就坐我旁边,是你吧?"

听到他发问,季东楠收了思绪冲他微微点头,尽量表现出淡定:"你好,我是季东楠。"

"秦沐。"秦沐的目光带着几分探究扫过季东楠,试探问,"我还以为小久身边都是和她差不多大的学生。"

季东楠笑了笑,没再接话,故意留下大片遐想给秦沐。

果然,秦沐微不可察地敛起眉,拿出手机不知道在敲什么。

又是两声重鼓响起,两个人的目光一同被吸引过去。

乐声加快,台上人的舞动也跟着节奏明快起来,学长们的喝彩声纷纷加大,为台上翩翩起舞的女生卖力鼓劲。

季东楠抱着花束起身,秦沐顿了顿,抓着捆扎处的手紧了紧,随后偏开腿示意他过去。

一舞结束,掌声雷动,季东楠捧着花束朝舞台走过去。

有眼尖的男生看到这一幕立刻笑着起哄,其余人也跟着闹作一团。

季东楠长腿一跨,借力跃上舞台,准备谢幕的女生们一个个停了下来睁大眼睛看着走近的高挑男生。

他笔直朝鹿久走过去,双手将花捧至面前,扬唇浅笑:"鹿久,'月饼节'快乐。"

鹿九直愣愣看着他走到跟前,面红耳热地飞快接过花,声音细若蚊蚋地回了一句:"谢谢。"

他送了花再次跳下台来,看她捧花谢幕,依然低眉垂眼,一双葡萄大的眼睛滴溜乱转就是不肯直视前方,仿佛台下的不是季东楠而是什么獠牙鬼怪。

季东楠在台下也笑得如沐春风。

秦沐低头看着自己掌心这束白色的雏菊,脆嫩的根茎上多了几道不

明显的掐痕。

他之所以买这束花,是在选花的时候听花店店员说,雏菊花语是"深藏心底的爱"。

多么像他,他见不得光的感情只能被深深藏起来,那就是洪水猛兽,释放不得丁点,却压得他彻夜难眠。

不要说走到台上送花的季东楠,就是在场任意一个人都可以肆意表达自己的感情,但是偏偏他不行。

他连堂堂正正都做不到。

心里那份沉甸甸的不甘,又开始蠢蠢欲动。

鹿久回后台换了身衣服,捧着玫瑰出来。礼堂里活动已经结束,隔着老远鹿久看见季东楠冲她招手,秦沐手捧雏菊与季东楠并肩而立。

鹿久蹦蹦跳跳地过去接了花,抱着两束花冲秦沐甜甜一笑:"谢谢哥。"

两个男生不约而同分别站到了鹿久的一侧,三人边说话边往外走。

"你们俩已经认识了吧,我就不多介绍了。"

"刚刚已经互相认识了。不过,他是你哥?你们俩姓氏都不一样啊。"季东楠故作惊讶,又越过鹿久看向秦沐。

秦沐在他直勾勾地注视下点头"嗯"了一声,语气生硬:"兄妹俩分别跟着父亲和母亲姓。"

"真好啊,你都不知道我从小就想有个妹妹,可惜只有个厮混到大的兄弟,每天不是互坑就是互打,没一天安生过。要是我有个妹妹,特别是像鹿久这种,我肯定把所有的钱存下来给她买小裙子和小零食,给她梳最好看的头发,舍不得她受任何一点点的伤害。"

一番话说得没头没尾,旁人只当是感慨,季东楠却紧紧盯着秦沐,像是话里有话。

鹿久"哇"了一声,拽了拽秦沐的衣袖,打起了小算盘:"哥你听到没有,看看人家这觉悟,你是不是要做点什么?"

秦沐一听就知道她动起了花花肠子:"你就直说吧,想要什么?"

"索尼新出了副蓝牙耳机……"鹿久小声说完,又怕秦沐反对,立刻跟着列举出了一长串耳机的好处,音质如何如何好,防噪功能怎么样诸如此类。

秦沐被她闹着,脸上的笑容却隐隐快要溢出嘴角,一连应了几声"好",这才终结了话题。

此时此刻,他们看上去确实像对亲密无间的兄妹,尤其秦沐那宠溺的神情怎么瞧都无比真诚。

但是,参与过他们三年后那段人生的季东楠很清楚,不是这样的。他永远不能忘记,失去光明的鹿久被秦沐折磨成什么样子。

秦沐就是鹿久的劫难,甚至他要很努力才能压制住想要暴打秦沐的冲动。

出了校门,秦沐提出要顺路送季东楠一起回去被他再三婉拒,鹿久只好上了车。

副驾驶上的车窗摇下来,鹿久冲季东楠用力挥了挥手。

## Chapter 14

逃课翻墙,飙车去看"爱豆"的演唱会,
人生圆满。

1.

周二阳光不错,客人也不多。

季东楠啃着只剩一半的苹果坐在店外的小院子里休息,江怙的柴犬豆丁听着声音就跑了出来在他旁边坐下,晃着小尾巴"哈哈哈"地喘气。

在它不断传达过来的火热眼神中,季东楠咬下块果肉递过去,手心被温热湿漉的触感扫过,那豆丁没嚼几下又重新坐好了看着他。

季东楠失笑半晌,啃掉手上的半个苹果,又专门给它洗了一个,切成小块放进碟子里。

江怙睡了个午觉醒来,一出门就看见这样一番场景。

男生盘腿坐在院里的草坪上,装着苹果的碟子放在膝盖上,一边举着手机录视频,一边将苹果一块块喂给豆丁,侧脸挂着淡淡的笑意。

她不由得感叹一句:"果然没有招错人,真是养眼。"

录完了视频,季东楠去厨房洗手。江怙跟了过去,懒懒地靠在门边:"这是你提高营业额的办法?我怎么看不懂?"

"你可以理解为看别人吃东西会产生代入感,达到视觉满足食欲。"

"这么弄能提高营业额?"她仍有疑惑。

"目前来说,这是比较好的方法了。你不是也有网店吗?等粉丝慢慢多起来之后,我会在视频中附上购买网址。"

季东楠耐心地把自己的计划告诉江怙:"随后添加些其他萌宠的视频,每天观察它们的生活,收录不经意间的有趣瞬间,甚至培训猫狗做简单的指令,然后把这些制作成小视频放到网上,供许多没有猫狗又喜欢猫狗的人远程撸猫撸狗,进一步……"

"懂了,懂了,我大概知道你的意思了。听你这么一说我也算是放了心,行了,你忙吧。"听到一半江怙心里有个准数,一刻也不多停留,大手一挥就出门遛狗了。

有了不错的开头,季东楠也把这次试水正式归入计划中。

他上网搜了一些训练猫狗的攻略,又学着宠物博主那一套开始尝试自己运营微博,每天至少发布一个精简的短视频。

虽然暂时做不到背后有专业团队操刀的效果,但粉丝也日渐有了小幅度的涨势。

"鹿久,他又回复你了!"

安静的自习课上,一直低头刷手机的单琳突然号了一嗓子,激动地转过来把手机递到后桌的鹿久跟前。

她一看，果然在"这只布偶软乎乎的"评论下多了一句博主的回复。

——没错，撸起来手感超好。

"你看你就这么随便评论一句，博主就回复你了，前面一万多赞的评论都没回！嫉妒使我面目全非！"

鹿久瞥了一眼手机，语气恹恹的："评论得好不如评论得巧呗，他肯定一打开软件正好收到我的评论。"

单琳翻了两页视频："不对啊，他好像每次都回复你了……而且我都没看到他跟别人互动过，似乎只评论过你的留言。"她抬头怀疑地盯着鹿久，"其实你根本就和他认识吧？"

网红博主认识我，怎么可能？鹿久横了单琳一眼，懒得回话。

"你还在为没抢到门票的事烦躁啊？"单琳收起手机，胳膊肘捅了捅她。

"你不提还好，提起来我崩溃！"鹿久把脑袋直直栽到课桌上，重重叹了一口气。

事情还要追溯到昨天，2014年亚洲顶级男团 TEN 再次刷新票圈奇迹，跨年演唱会门票 9 秒售罄。

那一万三千个对外销售的座位里，鹿久同志一个没有抢到。

"我的人生从此失去一切色彩。"

她丧着脸跟季东楠抱怨得十分真挚，但面前的人笑得止都止不住，受了她一个大大的白眼。

可能之前卑微得看不到生机和活力的鹿久形象太过深刻，所以当这个世界里的鹿久以如此鲜活生动的面貌出现在他面前时，季东楠丁点都不想错过。这才是鹿久，是活生生的鹿久。

就算是如此绝望地唉声叹气的鹿久，在季东楠眼里都无比可爱，他

忍不住安慰她:"没事的,总有去不了要转票的。"

如此苍白的安慰换来了鹿久一个哀怨的白眼,一想到今天早上还被日常手残的单琳炫耀抢到票的短信,鹿久更丧了。

跨年当天,两个穿着肥肿校服的女孩子在校门口拉拉扯扯。

鹿久盯着单琳冬季校服里面露出头的应援服羡慕得面目全非。

"放心吧,手幅、名片、贴纸,只要是他们发放的我都给你领一份回来。"

"还有,还有……"鹿久委屈巴巴地求她,"你手机可千万不能静音,到时候我给你打电话,让我也听听现场的声音!"

"知道了,知道了,我会替你好好看他们,多拍几张照片的!"

依依不舍又做作地告别了好友,鹿久拖着无力的步子滚出去吃晚饭。

天不作美,想找人诉苦可是居然连季东楠也没碰到,逛了圈小吃街,想以美食填补内心的空虚,可是稍微好吃点的砂锅菜几乎都是两人份的。

太欺负人了!

气愤之余,鹿久这才想起来,认识季东楠以后他们几乎每天都一起吃饭,一天能偶遇三次,而这期间她居然从不觉得奇怪。

鹿久拨电话过去,很长的嘟声以后也没有人接听,她只好回家吃饭。

她盯着时钟发呆,长针一点点走动着,无比漫长又拖拉,终究会抵达晚自习上课的时间点。

——七点半 TEN 的跨年演唱会。

鹿久百无聊赖地躺在沙发上刷短视频,就连最喜欢的宠物博主今天都没更新,真是无聊。

一进教室,就有眼尖的女生来问鹿久。
"你这件衣服好帅啊,背后是什么字?"
"亚洲天团 TEN 了解一下。"
鹿久把冬季校服叠好塞进桌肚里,露出前胸写了大大字母的白色卫衣,就算是到不了现场也要有应援的觉悟!
前座单琳的位置空着,手机就只能以更完美的姿态隐藏在两本书的夹层之间。
她手掌撑着脸颊,以一种极其认真查资料的模样等待演唱会直播。
上课铃声打响,班主任捧着卷子踩着加绒的高跟鞋进教室,心里仅剩的那点期待终于也落了空。
她撇着嘴,点开对话框准备询问单琳场内情况,不料一个电话进来,突如其来的巨大振动吓得鹿久差点把手机扔出去。
她紧张地往讲台看了看,班主任正无知无觉地埋头理卷子,她这才抚着狂跳的心将头埋到桌子底下去接通电话。
"鹿久,快出来。"那头,季东楠呼吸粗重像是在奔跑,"到校门口来,我弄到门票了。"
心里狂跳了一下,鹿久猛地站起来,头磕到桌膛,椅子被撞开在地上摩擦出刺耳的声响,吸引来整个教室的目光。
班主任的凌厉眼神扫过来,鹿久连害怕的时间都没有,大喊一声:"老师我拉肚子!"说完抓着手机就往教室外狂奔,一副下一秒就拉裤子里的急切感。
7 点 11 分,距离演唱会开始还有 19 分钟。
她在心里悲号着赶不上了赶不上了,脚下却没停一下。

跑到了校门口通亮的保安室,手机里来了条季东楠的短信:
"到侧墙来。"

"季东楠,季东楠!"

鹿久仰着头,在两堵她那么高的红白墙下小声地喊着,下一秒就看见墙头搭上一只有力苍劲的手,随即季东楠那张英挺的脸也出现在墙头。

"去,找点什么垫在脚下,我拉你上来。"

鹿久低头在周围一阵寻觅,但都光秃秃一片,顶天了也是几根树枝。

季东楠叹息一声,灵活地翻下墙在鹿久身边蹲下,两只手圈过她的小腿,用力一举将她整个人举起。

离开地面的失重感让鹿久差点失声尖叫。

"安静点,招来保安就走不了了。"季东楠用力将她举高。

鹿久艰难地去够墙头,可是小腿处那不容忽视的呼吸喷洒下来的温热,让她心慌气躁使不上劲。

"7点19分了。"季东楠的声音在身下闷闷传来。

犹如一道雷劈下来,鹿久拼了命地扒着墙头,铆足劲撑了上去。

"现在打车过去也来不及了啊……"话还没说完,坐上墙头喘着气的鹿久就看到了十米外停着的一辆锃亮的银灰色机车。

围墙内的季东楠退后几步,一个冲刺轻松翻身上墙,稳稳跳下:"十分钟内能把你送到体育馆。"

"季东楠!你简直是我的福星!"

下来的时候鹿久几乎是整个人扑进了季东楠怀里,来不及害羞,她踩着小碎步围着机车连转了两圈,啧啧感慨:"逃课翻墙,飙车去看'爱豆'的演唱会,人生圆满。"

季东楠宠溺地笑了笑，把扔在后座的棉袄拿起来给鹿久穿上，拉链一直拉到鼻子那儿，把她整个包在衣服里。

"你校服都不穿还敢骑机车，不冻死你。"

鹿久嘿嘿笑，裹紧棉袄一瞬间回暖。

"你不穿棉袄啊？"她看着他的单薄大衣问。

季东楠跨坐上车："我习惯了，赶紧上车。"

一路上鹿久才感受到不穿棉袄会冻死这个说法真的毫不夸张，冷冽的风一阵阵刮在脸上，风打得眼睛都睁不开。等红绿灯的间隙，她才有机会开口问门票的事。

季东楠微微偏头，语气淡淡："我不是说过肯定会有人不去转票嘛，我就正好碰上了。"

鹿久心里突然涌出一种奇异的感觉，心里就像长了枚冻疮，小小的，一点点逐渐变大，发红发痒，一旦长了就会延续一整个冬天，直到气温回暖才能渐好，且年年复发。

绿灯亮了，季东楠发动车，忽然后背一暖。

偏头看去，鹿久突然敞开衣服趴在了他的背上，纤细白嫩的小手非常努力地往前拥裹住他。

季东楠心头一热，随即踩下油门。

验票通道即将关闭，鹿久终于踩着点成功进去。

季东楠目送着她入场，脚步轻快的女生到了门口停下来，回过头高高蹦起朝他挥了挥手。

夜色中，少女如花的笑颜如烟火点亮了他的整个世界。

过了一会儿，里面隐隐传出震天的叫喊。

对于十七岁的鹿久而言,以这样一种方式去看演唱会,实在是一次疯狂又难以忘记的经历。

这导致她两个半小时后出来的时候还精神饱满,情绪显得比进场前还要高亢,见着等在外面的季东楠便不停絮絮叨叨:

"你都不知道这虽然是A区的票,但前面还有几排人,她们一站起来我们就得跟着站起来,我起码有两个小时都是踩在凳子上的!

"那种弧形有靠背的塑料凳子好滑呀,站不稳!我在上面站了两个小时,下来的时候腿都是软的。不过还有更拼的,我前排有两个妹子自带小板凳,凳上加凳,跟耍杂技似的,太牛了!"

为了配合她说话,季东楠把机车开得极慢,甚至身边陆续有自行车都超过了他们。

少女在后座叽叽喳喳热情不减,季东楠安静听着,时不时勾起嘴角。

说了挺久后,鹿久也累了,卸下力气趴靠在季东楠背上,下巴搭着他的肩,声音也变得轻轻的:"他就在我前面,可真近啊,发着光似的。走路说话、擦汗微笑我都看得清清楚楚,可我连手机都不敢掏出来,觉得这就是我离他最近的时候了,得多看看。"

"谁说这就是最近的时候了?"季东楠打断她,"下次买更近的票,提前抢两张,我陪你去看。"

"好!"鹿久一拍大腿,又亢奋起来。

"饿不饿,撸串去?"

"走起!"

十一点的时候,两人坐进消夜摊,点了一大堆吃食。

为了逃课逃得彻底,鹿久干脆把手机也关机了,枯燥的读书生涯都

渴望鲜衣怒马。

2014年的最后一天,鹿久吃着烤肉串,心里开满了冲动恣意的花草。

"倒计时3,2,1……"

砰!

头顶上炸开一朵又一朵绚丽五彩的烟花,把广场映照得五光十色。

"季东楠,快许愿!"鹿久飞快闭上眼,双手合十许愿。

季东楠一直含笑望着她。少女默许着自己的愿望,那一脸虔诚的样子让人觉得神圣而纯洁。鹿久睁开眼就撞进他黑亮的眼眸里,他的眼里只有她和盛大的烟花。

"新年快乐,季东楠。"

"我很快乐,鹿久。"

鹿久回去之后自然少不了一番惊天动地,秦家夫妇焦急坐在客厅里等着她回来,秦沐更是已经外出找了她三个小时有余。

鹿久疯归疯,道歉态度还是无比端正的。

本酝酿一顿狠批的鹿清在主动深刻认错的鹿久面前顿时熄了火,鹿久只说自己手机不小心关机了,和同学去吃了点东西就忘记了时间。

鹿清看着她关上的房门,忧心忡忡地问秦沐:"这孩子最近有点反常,晚自习也比平时回得晚,你知道她是怎么了吗?"

秦沐正脱外套的动作一顿,眸子闪了闪,脑子里出现了某个人。

他把围巾取下挂在了衣帽架上,给鹿清宽心:"小久这个年纪爱玩也正常,她也很少这样,我想应该是最近认识了什么新朋友。"

"什么新朋友?你也认识吗?会不会把她教坏?"这样一说,鹿清更担心了,"这孩子不会谈恋爱了吧?"

秦沐笃定地笑了笑:"想什么呢,妈。你放心吧,过几天就不会这

样了。"

2.

打开车门,冷空气扑面过来。

季东楠缩了缩脖子,小跑着去后备厢里提出两大袋刚批发来的狗粮,锁了车抄近路走了条小巷子,往宠物店的方向赶。

一路上安静得有些异于寻常,季东楠心里没由来地多出几分不好的感觉。

他保持正常的走路速度,眼神却格外关注周围的风吹草动。他的目光停在不远处半截废旧的空心钢管上,立刻走过去放下狗粮蹲下装作系鞋带的样子,结果就看见自己身后出现了一双休闲拖鞋。

他蒙了两秒,等他再伸手去够钢管的瞬间,后面的人已经冲到面前。

季东楠反身挥出一棍,被那人侧身躲开,没想到偷袭他的是三年后他熟悉的面孔,如果没记错的话,这个人叫小八。

发愣的空当,下腹一痛,弯下腰的一瞬下巴又被膝盖狠狠顶起,季东楠只觉脑子一阵嗡嗡作响,身体还没来得及反应,脖子上便又遭了一记手刀。

下手真狠!

季东楠两眼一闭,假晕过去。

"他怎么还没醒?"

熟悉得不能再熟悉的声音。

"您不是说,可以下手重点吗?"旁边的男人小心回答。

"行了,你出去吧。"

秦沐从沙发上起身,端着茶水走向瘫软在地的季东楠。

房间里只有他们俩,季东楠也不再装晕,躺在地上慢慢睁开眼睛,眼神一片清明,看着秦沐的目光安安静静,没有任何情绪起伏。

秦沐盯了他半晌,确认了几遍都不见他眼中有惊慌的神色后,将手上的杯盏一扬,把茶水泼到一旁的地上。

"有意思。"

季东楠站起来,边拍身上的灰尘边打量四周。

这里应该是个包间,中间有张很大的玻璃桌,上面摆着三排小酒杯。

打量间,秦沐开口了:"你好像一点都不惊讶我会找你。"

"就算你不来找我,我也会去找你。"季东楠在沙发上找了个舒服的位置坐下来。

秦沐饶有兴致地看着他:"那你应该也猜到我的目的了?"

"除了鹿久,我想我们之间也没什么别的牵扯。"

"既然你都知道了,我就开门见山。今天请你来就是警告你,从今往后远离鹿久。"

他话音刚落,季东楠从喉咙里挤出一声轻笑,好像听到的是什么好笑的事情:"凭什么,你这个哥哥管得也太宽了吧?"

他特意把"哥哥"两个字咬得极重。

果然,秦沐脸色一变,快步走到沙发前,双手重重撑在桌上,发出一声脆响。

"我讨厌她身边围绕着像你这种乱七八糟的人,如果你不听劝诫,下次就不是悄无声息地把你带到我面前这么简单了,带你走的也不知道会是什么人。"

"不喜欢?那谁待在她身边你会喜欢?你吗?"季东楠不为所动,挂着一脸无所谓的笑,把最后两个字一字一字清晰吐出。

两个男人隔空对视。

良久,秦沐直起身,暗色的眸子里闪着危险的光:"你跟其他人很不同。"

"看来你经常威胁别人啊。"季东楠给自己倒了一杯茶。

三年后的秦沐他都打过交道了,难不成还怕现在这个弱版的秦沐?

两人的视线在空中交战,空气中似乎都充满焦灼的气味。季东楠放下茶杯,咂咂嘴,答非所问:"还是喜欢喝矿泉水,浓茶涩口。"

"总之我的警告已经放在这里了,孰轻孰重自己想好。"

"说完了?说完我可走了。"

季东楠起身,秦沐没有阻拦,出了包厢才发现这是间啤酒屋,或许是秦沐名下的生意之一。

他暗暗记住这店子的地址,准备离开的时候,肩膀被人轻拍了一下。

季东楠回过头,是个生面孔。来人礼貌地做出个请的手势说:"季先生,大哥让我送您出去。"

他跟着那人往外走,马路边停了一辆出租车。

"你们就这样让我走了?刚刚可是有人把我打晕了带过来的,就不怕我去把你们举报了?"

"大哥说您是个聪明人,不会自找麻烦。"那人依然带着礼貌的微笑,说出来的话却和那绅士的举动截然不同。

季东楠深深地望他一眼,随即笑了笑,拉开车门钻了进去。

心病,还得要下猛药才能管用。

3.

窗外朔风凛冽,老师办公室温暖如春,但此刻站在办公室里挨训的

鹿久还是更加希望现在的自己是在外面吹冷风。

她站在班主任面前,把头埋得低低的,努力忏悔自己昨晚逃课的行为。

都是些老生常谈的话题,道理她都懂,但流程还是要走的。

鹿久的成绩向来不错,班主任平时对她也睁只眼闭只眼,但逃课这种严重违反纪律的行为还是必须惩戒,班主任有心维护倒是没有给她记过,只是也软硬兼施地警告一番。

最后,谈话终于以罚鹿久去打扫班级公共区的卫生结束了。

鹿久悄悄吁了口气,小心翼翼地从办公室里退了出去。

把事情跟单琳一说,小伙伴立刻表示了深深同情:"公共区的卫生啊,好大一块的。"

学校晚自习下课是九点,那时候黑灯瞎火什么也干不了,所以鹿久只能抽出放学之后夹缝中的那点吃饭时间打扫卫生了。

临走前,单琳把手搭在鹿久肩膀上憋着笑语重心长:"任务艰巨,同志好好干。"

鹿久苦兮兮地挤出一个微笑:"嗯。去看了 TEN 的演唱会,值了!"

她小跑进教室拿着簸箕、扫把去了小天台,把垃圾都捡了,又从操场花坛边一直扫到林荫道。

林荫道连着操场和教学楼,是最难清扫的地方,这个季节的风一吹,两边的梧桐树叶就拼了命地往下掉,前面才扫干净的地方,不久又零星落了叶子。

鹿久扫到这里的时候,肚子已经饿得咕咕叫。她哀叹一声,把扫帚往旁边一扔,一屁股坐到台阶上。

"不好好打扫还乱扔东西,被我抓个现行吧!"

熟悉的声音从头顶传来,鹿久抬头,烦闷在一瞬间变成了欣喜:"季

东楠!"

当然,让她瞬间欣喜的是季东楠手里拎着的餐盒。

季东楠提着餐盒笑盈盈地看着她,身上随意套了件大小有些勉强的本校校服,拉链随意自然地敞开着,原本丑丑的校服经他一穿居然有种拍运动大片的感觉。

季东楠挨着鹿久在旁边的台阶坐下,鹿久盯着餐盒不住咽口水:"你怎么来了?"

"今天放学没瞧见你,就猜是不是逃晚自习被老师罚了,果然。"

鹿久嘿嘿几声,扯了扯他的衣袖:"你哪儿来的校服啊?"

"借的,你们学校的同学很热情呀。"季东楠勾了勾嘴角,意味深长地笑了笑,把餐盒递出去,"喏,干炒牛河。"

鹿久伸在半空的手迟疑了一下:"那你呢?"

"我吃过了。"

季东楠把餐盒塞给她,起身拿起被扔在一旁的扫把开始扫地。

枯黄的叶子打着旋飞到他头顶和肩上。他穿着校服,耐心又细致地把落叶都扫到一块。

他刘海很短,遮不住幽黑深邃的眉眼,他微垂着头,能看到高挺的鼻梁和清晰的唇峰。

鹿久一边吃着一边看他在离自己很远的地方清扫,很仔细地不扬起地上的灰尘。

这样子的季东楠,就像是校园里和她差不多年纪的男生。

她三两口解决掉晚饭,小跑回教室拿来了大的垃圾袋装垃圾。多了一个人的加入,打扫的过程也没那么烦闷了,他们在晚自习前就打扫完了班级分配的公共区域卫生。

鹿久送季东楠出学校,两个人并肩走着,却都不知道说什么。

到了校门口,季东楠便不让鹿久再送了。

"好好上晚自习,不要再被罚了。"

橙黄的路灯下,鹿久冲栅栏外面的季东楠摆了摆手:"谢谢你啊。"

他弯起眼,说:"明天见。"

## Chapter 15

这是她赤诚天真的十七岁。

1.

天气突然就冷了下来，毫无预兆，秋风瑟瑟的凉顺便变成刺骨刚烈的冷，为了时髦一直露着脚脖子的漂亮女生也忍不住换上了厚重的冬季服装。

"今天还是火锅走起啊？"

季东楠侧头去看旁边的鹿久，后者低应一声，想起上次两人吃火锅的时候。她夹起刚熟的牛肉丸呼了两口就丢进嘴里，咬下去滚烫的汤汁溅出来，又烫得只好吐进碗里。

季东楠立刻给她递纸巾过去，嘲笑说："你吃相还可以更丑一点。"

回过神，鹿久的脑袋摇得像拨浪鼓："不吃了，不吃了。"

"咱们今天吃点炸的？"

两人相视一笑,哥俩好地勾肩搭背往肯德基走。

最近季东楠总是在她晚自习前来找她,风雨无阻的。

课本和试卷堆满了桌肚的高三,每个人都像打仗一般。鹿久也忙得焦头烂额,前有班主任每天在班上鞭策打气,后有鹿清替她申请SAT(学术能力评估测试),周末还要挤出时间去上托福辅导。每天一睁开眼不是背单词就是做试卷,和季东楠吃饭算是唯一的休闲活动了。

晚自习前的时间也是鹿久每天最欢喜的时候了,美食可以慰藉她一整天忙碌的学习。

如果能偶尔在晚自习后奢侈地去看场电影,恐怕她做梦都要笑醒了。

两人并肩走着,鹿久抱着个透明文件夹,很大的书包挂在她身上,看得出重量不凡。

季东楠随手取下她的书包甩到自己背上,望着她文件夹里的几张卷子咋舌:"哎,这不会是你今天要做的量吧?"

"是啊。学校的就有三张,其余两张都是课外的英语卷子。"鹿久语气平平,大家都是如此过的高三。

两个人凑在点单区噼里啪啦点了一堆垃圾食品,找了个四人的座位坐下。

季东楠端着餐盘坐在鹿久对面,她咂咂嘴,举着的两只"爪子"已经迫不及待地去接了。

"就这么饿?"季东楠被她逗笑。

"饿死了。"

鹿久把汉堡推到一边,将薯条和三袋鸡翅倒出来,一看这些泛着金灿灿油渍的食物就让人食欲大开。

她抓了个鸡翅,熟练地把两头咬开,剔出两根细骨头,一边吃一边忍不住开心地摇头晃脑。

季东楠盯着她的每一个小表情小动作,渐渐地失了神。这个吃东西吃得如此生动的女孩会是他印象里面无表情地就着热水咽冷馒头的女大学生吗?

他无法把这样两个截然不同性格的人结合起来,也无法接受现在的鹿久会变成未来那样。

要是鹿清没有死,那之后的一切是不是都不会发生?

如果可以改变就好了,季东楠忽然萌生出这样一个念头。

那想法一经出现就不可遏制地扩散,他感觉血液都开始沸腾了。

要不然,搏一搏?

吃饱喝足的鹿久把餐盘推到一旁,看季东楠还在慢吞吞边吃边想什么,乖乖地抽出试卷开始做题。

周围安安静静,对面的咀嚼声都轻了下来。

她一会儿奋笔疾书,一会儿停下来皱眉思考,笔头在手里熟练地转着。

"季东楠,你来看看这一题你会不会?"

"还有你不会的?"季东楠擦了手凑过去,看到题目的瞬间头就大了,"对角函数?打扰了打扰了,不认识。"

"你不会一题都不会吧?"

鹿久的眼神瞪过来,他立刻掉转视线,这都四五年了,哪里还记得。

季东楠小声嘀咕:"家里有一个成绩好的不就行了。"

"你说什么?"

"没什么。"

鹿久疑惑地扫他一眼,重新开始算题。

季东楠洗了手,又打了一把游戏,抬起头鹿久还是保持着左手枕脸的姿势,蹙眉在苦苦思考。

季东楠收回目光,也开始看起宠物吃播的评论和私信。

两人面对面坐着,互相忙着自己的事,不说话却不会尴尬,好像原本就该这样相处,舒服且自在。

又过了许久,鹿久终于从卷子里抬起头,用力伸了个懒腰。

"做完了?"

她脸上显露出些许的疲倦:"差不多,有两道题还要明天去请教老师。"

"累吗?"

收着卷子的鹿久笑了笑:"当然累。但是一想到我想要的东西,这点辛苦根本不值一提。"

"你想要什么?"

鹿久的眼睛亮起来,她背起书包起身:"走,我带你去看。"


2.

鹿久和季东楠借着月色一路往柳上小区走去。

快到楼下时,鹿久隔着老远看到楼下套了件灰色毛衣站着的高挑女人,高兴地挥手喊:"妈!"

季东楠心中一紧。

鹿清把手里的两袋分好的垃圾扔进垃圾箱,闻声转过头来。

季东楠走近,乖乖喊"阿姨好"。

鹿清笑眯眯地看向女儿:"这是你朋友?上来坐坐吧。"

季东楠踌躇在原地，鹿久拍了拍他的肩膀："就上去坐会儿吧，我妈不吃人的。"

他没有再推辞，和嬉笑着的母女一起进了电梯。

一连在小区外面装偶遇了许多日，如今堂堂正正去鹿家，季东楠突然有了点翻身农奴把歌唱的感觉。

鹿清开门进去，从鞋柜里给他拿出新拖鞋。

借着玄关的光亮，他悄悄打量起鹿清。

鹿清柳眉杏眼，温婉大方，是个标准的中国式美人。最神奇的是，鹿久的眼睛和她的极像。

如果不是事先知道鹿久的身世，乍一眼还会以为是真的母女。

季东楠深呼吸一口，抬头就看见从房内出来的秦父。

听说秦家夫妻是非常恩爱的，今日一见，果然如此。

秦泽接过鹿清的外套，飞快地啄了一下妻子的脸颊，故作生气的样子："怎么没跟我讲一声就下去了，我不是说了我来丢吗？"

鹿清笑道："谁丢不都是一样。鹿久的朋友来了，你也招呼招呼。"

吃了一记甜蜜的警告，秦泽这才看向门口的两个孩子，热情地让季东楠落座。

季东楠飞快地扫视一圈，秦沐并不在家。

两口子都很好客，秦泽招呼季东楠喝茶，鹿清也忙着去厨房切哈密瓜。

鹿清坐到沙发边想要从季东楠这里打探些什么。鹿久一眼识破，三两下打岔过去，催促着要带季东楠去参观参观她的房间。

季东楠被双柔软的小手推着走，鹿久的房门一打开，正对着的柜子

上大大小小的奖杯让他的心拧在了一起。

"这些东西……"

"梦想,这些都是我的梦想。"鹿久背着手站在季东楠旁边,看到他的神色,抬了抬下巴毫不掩饰脸上的骄傲。

"这个是省内比赛获的特等奖。这是学校的晚会上,我和几个朋友做了一套环保服走秀拿到的一等奖。啊!还有这个,是我代表学校参加德国比赛拿的亚军!"

她得意地介绍每座奖杯奖牌的来历,黑亮的杏眼里是零碎清朗的光亮。

那座黑底座的奖杯,季东楠认得,三年后鹿久因为它不肯离开火灾现场,还是他从火场中无意救出来的。

那是2014年5月6日"环球点"平面设计大赛银奖杯,设计界里程碑式的奖项之一,鹿久是此奖项中最小年纪的获奖者。

鹿久喜欢服装设计,在这方面一直有着极高的天赋。

"环球点"是鹿久初展才华的高平台,但也是她获得的最后一个设计奖。

一瞬间,季东楠只觉有什么东西紧紧扣在他心上,越锁越紧,紧到不能呼吸。

鹿久的目光流连在那些大大小小的奖杯上,带着对未来的憧憬:"我要成为最好的设计师!"

季东楠面色苍白地笑着挤出一句赞词,他看着她意气风发地谈着十七岁的梦想,目光炽热,眉梢飞扬。

在这个爱做梦的年纪里,鹿久和其他女生一样有着赤诚天真的模样,手握长剑就以为可以闯天涯。

季东楠只敢在她注意不到的瞬间,流露出一些难过。

十七岁的鹿久永远不会想到,时光会在不久后将她与她憧憬的未来划出条巨大的豁口,一分两头。

那变故即将摧毁她。

手指紧紧攥拳,季东楠看着鹿久暗下决心。

他一定要扭转她崎岖的命运,他要改变这一切,不管他将要付出的代价是什么,他都不能再让未来重演,既然命运送他来到这里,他就不能坐视不管。

这执念如野藤疯长,吞没所有理智。

季东楠走后不久,鹿清便拉着鹿久委婉打听:"小久,小季他是你学长?"

鹿久摇头:"已经在上班了。"

"已经工作了?那比你大许多啊。"鹿清惊了,小心翼翼地问,"你们关系现在到哪一步了?你们是怎么认识的?"

鹿久听出了鹿清话语里的意思,瞬间有了丝不开心:"哪一步都没到。妈,以前我怎么没发现你这么八卦?"

鹿清拧眉:"妈这是关心你,你现在已经高三了,节骨眼上,离高考只有一步之遥,不能被其他事情分心。"

鹿久面色有一瞬的不自然,很快回答:"我已经很努力了。再说,他也不是你想的那样。"

"那是哪样?他什么来历你都不知道,就和他一起进进出出?"

"妈,你不要瞎猜好不好?"

秦沐刚开门从外面进来,就听到鹿久和鹿清的争执,随口问:"你们在说谁呢?"

鹿清看到他,瞬间像是找到援兵,迫不及待地说:"说小久的男性

朋友,你妹妹在外面认识些什么人,你这个做哥哥的也得了解了解。"

"妈,你又来了,明明是你叫他上来的。"鹿久有些窘。

"是吗?那是得好好问问。"秦沐笑着安抚完鹿清,转身准备和鹿久说话。

鹿久却抿着唇,忽然跑进了房间。

鹿清看着关上的房门,面露忧色。

秦沐解了围巾挂在衣帽架上:"刚来的人是叫季东楠?"

"你怎么知道……"

"见过两次,是个有意思的人。但对小久来说不一定是好事。"

"怎么说?"鹿清一颗心又吊了起来。家有花季少女,做母亲的最怕的就是女儿被不知道什么来历的男生给迷了心,特别是在高三这种关键时候。

"那男生我去查过,查不出什么底细,也不知道从哪里来的,这种人搞不好有什么问题,也不知道小久和他是怎么认识的。"

"我就说吧,说来说去,她都说不出这男生的底细。"鹿清急得一拍大腿,"他年纪跟你差不多,小久单纯,和这种在社会上摸爬滚打过的男生接触,我总担心她吃亏。"

"小久虽然成绩一直不错,但也是情窦初开的年纪,很容易被外面的花花世界吸引,这时候还是得多给她一些管束,免得后悔莫及。"秦沐顿了顿,眼神闪了闪。

"您要是实在担心,这段时间就管严一点,其余的高考以后再说。"

"也好。"

3.

当一个曾经叱咤职场的家庭主妇重新"刚"起来,手腕依然雷厉风行。

鉴于鹿久最近频繁表现出格,家里上下一致决定,对她实行高考前的"半封闭式管理"。

她列举出"十不许"清单,其中有两条是这样的:

一、在高考前,不许和外校人士来往;

二、在高考前,不许有除补习班以外的外出活动。

鹿久怎么看都觉得这合起来就是一条隐藏清单——不许跟季东楠来往。

"妈,这也太专制了吧!"鹿久抱臂往沙发上一躺,企图用撒娇的方式动摇组织头目。

无奈,抗议无效。

从那天起,只要鹿久一放学,一辆显眼的跑车就稳稳地停在校门口,车窗摇下来,露出秦沐俊朗的脸。

鹿久心里一阵哀号,真是一丁点机会都不给她啊!

……

不管什么时候放学,秦沐的车都会准时准点地守在那里,如果他有事走不开,鹿清就亲自开车接送。

怕季东楠来找自己,鹿久只好给他发了两条短信把事情大致说了说。季东楠的回复倒是很快,只有一句话——

那你好好备考,别分心。

鹿久扔开了手机,噘了噘嘴。

除了那条短信，两人非但没再见面，也没有别的联系。

其实，季东楠每天都会悄悄来一中，目送无精打采的鹿久被家人接走。只是远远地看着她，他都觉得内心满足。

这天傍晚，季东楠又不知不觉走到了一中门口。

穿着蓝色校服的学生们从校门蜂拥而出，他踩在花坛台阶上，下意识去找鹿久的身影。

鹿久绑着马尾辫捧着课本跟着人群出来，微微低着头，嘴唇抿成一条笔直的线，似有淡淡的倦意。

季东楠的目光紧紧跟着她的身影，或许那眼神实在太过热切，女生的脚步顿了顿，感应到什么似的抬起头来。

四目相对，鹿久微微睁大了眼睛，眉尾跟着扬了起来，所有辛苦和困乏都在看见那个人后烟消云散，只剩满目惊喜和欢欣，然后，连带着整张脸都生动起来。

季东楠犹如解锁了游戏技能，此后每每这个时间段都如约而至。

然后远远地，看到鹿久冲他欢喜一笑就心满意足，即使大多时候他连鹿久的五官都看不太清晰。

季东楠想，倒是有点像头脑发热不顾一切地去见某个明星的追星少年。

偶尔，季东楠也会被秦沐发现，毕竟站着最显眼的位置。

再之后，鹿久连笑一下都来不及就被直接拉进车里。

季东楠盯着跑车从面前疾驰而过，陷入了沉思。

天擦黑很久了。

鹿久上完晚自习回家后又重新坐到了书桌前，清亮的光落在书本上，她趴在桌上写写算算，脑子里的公式计算一刻也没停过。

楼下，鹿清在喊："小久，休息下，来喝牛奶。"

"等下。"鹿久头也没抬。

咚——

窗外有什么窸窸窣窣的响动，起先鹿久还没有在意，但那声音一声比一声大，好像有人在拿什么砸窗户。

她好奇地起身拉开窗帘，一颗石子迎面朝她飞来，她下意识一闪身，石子砸在钢化玻璃上发出一声脆响。

缓了缓神，她打开窗户，喝道："谁啊？"

楼下正一下下抛着石头的人看见她，高高挥手："鹿久！"

鹿久的眼睛里瞬间落满了光……

"小久，牛奶来了。"

门外传来鹿清的声音，鹿久猛地关上了窗户，几步蹿回书桌前，房门恰好打开。

"你怎么慌慌张张的，题目不会做？"鹿清疑惑地看着她，作势就要往她这边走。

"没有没有，我都快要做完了。"鹿久抢过牛奶仰头喝了。

"慢点喝，烫！"鹿清惊呼。

鹿久已经咕噜咕噜把一整杯牛奶给喝了个干净，真的烫，烫得她眼泪都快要出来了。

她忍住泪，把杯子往鹿清手里一塞，推着鹿清出门："好了妈，我要继续做题了！"

"不用进来了，会打断我的解题思路，我什么都不吃。"

"这孩子！"鹿清只当她是做题目做得烦躁了，咕哝了几句也还是离开了。

耳朵贴在门板上的鹿久听着妈妈远去的脚步声，轻轻锁上房门，跑

到窗边打开窗户探出头去,眼睛弯成月牙状:"嘿,季东楠!"

4.

路灯把人影拉得长长的。

季东楠紧了紧围巾,提高音量:"我有没有打扰到你温习?"

"没有,没有。"鹿久摇头,"卷子我都做完了,再背会儿单词就能睡觉了。"

"那就好。"

"你呢,你最近怎么样?"

"挺好的,工作很顺利……"

楼上的鹿久跟楼下的季东楠聊着,手肘撑着窗台上,小半个身子都探了出去。

讲到起劲时,门外传来几下敲门声,鹿清问:"小久,你在跟谁说话?"

鹿久立刻缩回了脑袋:"没谁,我在读课文呢——"

鹿清的脚步又远了。

刚松了口气,手机"叮"了一声,鹿久点开消息,是季东楠发来的。

"被发现了?"

"没有,我妈走了。"

经过这一插曲,隔空喊话转变成了隔空打字。

他们一个在楼上,一个在楼下,都拿着手机噼里啪啦打字,说到好笑的地方,两人会一上一下相视而笑。

季东楠也不再去学校门口守株待兔,两人以石子为信号,听到三颗石子敲在玻璃上的声音,下一秒三楼最右边的那个窗口就会极快地冒出

个脑袋。

季东楠捧了杯热奶茶,时不时把它放在耳朵上焐一下,再用手臂夹着腾出空来敲字。

"今天学校有没有发生有趣的事?"

"我致力学习无心其他,哈哈哈。其实是我妈已经给我报名了 SAT,一月份去香港考试,所以我现在日常就是备考备考备考,哪有什么发现美的眼睛?"

"放轻松点,你一定会考上的。"

"我自己都不确定,你怎么这么肯定?"

"因为我未卜先知。"

鹿久眯着眼晃了晃手里的热牛奶,和季东楠隔空干了个杯。

"借你吉言。"

季东楠从前只是听鹿久只言片语地提过母亲看她得紧,现在一番领略下来,不无感慨。

为了高考或者说是为了避他,鹿清着实下了功夫。

把这事跟江怙吐槽几句以后,她的反应比季东楠还大,甚至同情地请他吃一顿烧烤。

吃烧烤的大排档就是一个简易的塑料棚,风一吹三面都哗哗响,冷意从四面八方涌进来。

江怙的长卷发在风中凌乱:"这冬天撸串还真冷,手指头都是僵的。"

"再冷点就都收摊了,你就珍惜着吃吧。"

"你现在准备怎么办啊?"

江怙吸了个花甲，雾面口红完好如初。吃串串都能吃出优雅感，说的就是江怙这种人了。

"能怎么办，秦家拦得这么紧，我就不顶风作案了。她马上就要期末考试了，下学期又是高三最重要阶段，我寒假再去看她。"

季东楠说完，立马遭到了江怙的嫌弃。

"你怎么跟人家长辈似的？"

季东楠咧嘴："她这么小，我可不就是长辈嘛。"

嘴里开着玩笑，他却很明白自己不是穿越过来恋爱的，他要做的事情还有很多。

2017年的鹿久不是最好的鹿久，2017年的季东楠也不是最好的季东楠。

但现在一切都还没有发生，他要改变混混季东楠和盲人鹿久的命运。

天越发冷了，鹿久忙着高考，季东楠的宠物吃播也做得勤了。

仔细研究发现训练猫狗和豆丁吃播最受欢迎，于是季东楠果断钻研制作这两种类型的视频。

他绞尽脑汁地回想着2017年的大V博主们是怎么操作的，自己也慢慢学着剪辑、修图、调色、写文案，提升拍照技术，偶尔花钱再买点推荐营销。

除了这些，他还会做猫狗笔记，上面记录了养萌宠的小知识，比如猫狗营养膏、小零食的推荐，根据宠物表现判断它们的情绪等。这些分享一下就获得上万的转发，铲屎官们在评论下面聊得热火朝天，季东楠也挑了些回复。

功夫花了下去，粉丝量每天持续上涨，也逐渐有人开始在评论和私

信里询问季东楠这边猫猫狗狗的售价。

来这里快三个月,答应江怙的营业额终于初有成效。

季东楠挺满足的,握着手机笑得开心。

江怙从季东楠身后路过倒水喝,看他在沙发上表情莫测,走过去。

"你是在笑还是中邪了?"

季东楠"唰"地站起来,抬了抬下巴,把手机摆到了她面前。

江怙也眼睛一亮,上下翻了翻屏幕,啧啧称赞:"不错啊,居然开始有人找你打软广告了。"

"那是,每月提高三成的营业额指日可待。"季东楠挑着眉,得意的神色遮都遮掩不住。

江怙被他逗笑:"至于这么高兴?"

"当然至于。你上次说玉安区开了家巨贵的什么来着?"

"法棍泡芙。"

"走,吃去。"


5.

如果不是江怙刷微博发现,季东楠永远都不会知道自己有生之年居然还能上热搜。

这放在以前是他想都不敢想的事啊。

热搜名字挺文艺的:豆丁和他的手。

许多人点进热搜,然后被季东楠的美手圈粉,再被安利去看了宠物吃播视频,更夸张的是微博上连季东楠的粉丝群和超话都开始有了。

季东楠刷着手机,声音有点发虚:"江怙,我是不是要火了?我都还没做好红的准备啊,你快看看我是不是要去换个更好看的发型?"

江怙送他一个大白眼:"你脸都没露过,换给我看啊?"
"也是。"

鹿久第二十三次收到了宠物博主的回复。

用单琳的醋话来说,简直成了雷打不动的钉子户,而博主又是一个不宠粉丝的人。

"他肯定完全眼熟你了,不然不会每次都回你!但你每次评论的时候我也评论了啊,认真来讲,我还比你多发了三条。啊啊啊,我也好想被翻牌啊!"

单琳哀号几声,又仔细看了看鹿久的微博名"吃勺子的甜品",嘴里念叨着:"一定是我的名字不够特别,我得改个更突出的名字。"

鹿久盯着自言自语的单琳,得意地挑眉:"人品问题,人品问题。"随手给手机定了个晚上九点二十的闹钟。

晚上九点半,是这个博主的直播。

为了看晚上的直播,晚自习间鹿久赶完了所有卷子,回家后背了会儿单词,就拿着手机在等待了。

豆丁如约而至,比起第一次在视频里看到的样子似乎还胖了一圈。

博主依然只有半镜,声音也做了变声器转换,时不时说点土味情话热场,但是鹿久的目光一直盯着他喂食的手,莫名有种熟悉感。

此刻因为是直播,博主手上的抓痕看得分明,伤口早就结痂了,现在只剩两条淡粉色的疤,位置却和季东楠手上的一模一样。

鹿久盯着他的手发愣,连敲门声都没听到。

鹿清敲了两下没听到动静,端着碟子拧开了门,里面装了两个猕猴桃,切成半,用勺子把果肉完整地挖了出来。

鹿久看见鹿清，吓得手一抖。手机摔在了地上，她慌慌张张捡起来关机，但鹿清还是看见了屏幕上的直播，将碟子重重搁在桌上，沉着脸开口就语气不善："你卷子都写完了吗？"

"写完了！今天的单词量也完成了！"鹿久乖乖点头，把手机往背后推了推。

鹿清翻看了几页英语资料，手指敲着一篇短文："你把这个背给我听听。"

"好。"鹿久看了眼标题，心里咯噔一下，硬着头皮开始背，"Good morning, ladies and gentlemen, Some of us are having problems with our parents, as they often look into our school bags or read our diaries. I fully understand……understand……（早上好，女士们，先生们，我们中的一些人和我们的父母有问题，因为他们经常查看我们的书包或阅读我们的日记。我完全明白……明白……）"

"why we are not comfortable about it（为什么我们对此感到不舒服）？"鹿清提醒。

"why we are not comfortable about it, but……but（为什么我们对此感到不舒服，但是……但是）……"

鹿久支吾半天，背不下去了。

鹿清把书重重扣在了桌上，生气地看着她："我不是跟你说过，这些都是范文，必须要背出来吗？你还想不想考喜欢的学校了？"

"想！当然想了！"鹿久看着她的脸色点头如捣蒜，"妈，你别生气，我一定会把这些都背了。"

"想？我怎么一点都没看到你的迫切？现在这么关键的时刻，你玩手机反而比以前还厉害了。"

"……"

"你这么大了,妈妈也不想说你什么,道理你都知道。我看啊,在高考前手机也不要玩了!你就专心读书,高考之后我再把手机给你。"说着,鹿清倾身去够她背后的手机。

鹿久大惊失色,当即抓着手机护进怀里:"妈,我会认真学习的,你相信我。"

"手机会让人分心,你先放我这儿。"

"不!"

鹿久反身往床上一倒,把手机死死护住。

"小九,听话!"见她如此抗拒,鹿清更是气不打一处来,硬是要抢走她的手机才放心。

情急之下,鹿久扯起嗓子喊:"哥!"

几秒之后,秦沐出现在鹿久房门口:"你们这是怎么了?"

"妈要收我手机!哥,你说是不是过头了?"

"还不是她不好好学习,我都看到几次了。"

鹿久不甘示弱地回怼:"我说了我不会耽误学习的!"

秦沐把事情经过听了一遍。

两人都是一副不肯退让的模样,他只好先从好说话的鹿清下手,好说歹说劝了一番,把人先从鹿久房里弄了出去。

鹿久在床上以护着手机的姿势趴了一会儿,确定了没人再进来才坐起来。

她重新点进直播页面,发现已经下播,微微失落。

"什么啊,视频里不是提前说过的直播一个小时吗?这时间才过了一半……"

提前下播的季东楠坐在客厅里打了个喷嚏。

他拢了拢身上的大衣,手指快速地在页面翻着。

刚才直播的时候,看到底下评论说有个微博上有个吃播抄袭他,可是现在还没正式到 2015 年,哪有吃播?

电光石火间,季东楠匆匆下播,根据刚才记得的名字在微博上搜索。

没想到还真找到了,也是宠物狗的吃播,风格的确和他很像。

季东楠刷了几条退出去,结果又看到了几个新的吃播。他手指上下滑动,脸上的神色越发沉重。

他努力回忆,2014 年吃播也才刚刚流行,根本没有做宠物吃播。

现在却因为他,而让这个事情提前发生了。

冷不丁地,他手臂起了一圈鸡皮疙瘩。

季东楠站起来,脑子里塞得满满的。

比起被抄袭,他现在想的是另外一个问题:鹿清的死亡时间,会不会也发生了变化?

他跑到阳台上点了一根烟,冷风阵阵,让他头脑清醒了些许。

关于鹿清的去世,鹿久曾随口说过几句:高三那年,她们母女两人发生了争执,鹿久离家出走。鹿清因为追赶她,被马路边忽然掉落的店牌砸中,当场死亡。

那一天是 6 月 26 日,季东楠之所以记得,是因为三年后鹿久曾在鹿清忌日那天被人绑走。

6 月 26 号,和现在差了整整半年。

季东楠掐灭烟头,久久凝视着窗外。

## Chapter 16

我想明白了，我是来见你的。

1.

次日一早，季东楠跟江怙请了半天假。

冬天的太阳出来得晚，六点的天更是暗如黑夜，天空被阴沉沉的蓝幕遮盖，毫无清明的意思，看得人心里压抑。

虽然踩点这个事情并不急于一时，但季东楠翻来覆去了一晚都没有睡好，索性早早到了。

他围着柳上小区转了一圈。小区外有不少新建成的商铺，但现在正装修的店面只有两家——一家面馆、一家内衣店，此刻还未开工，钢筋水泥就露天堆放着。

也就是说，鹿清如果出事，一定是在这其中一家店前。

缩小了目标，季东楠稍微松口气，摸出手机在店铺前拍照。

天色明亮了一些，但依然灰蒙蒙的像笼着层雾。

秦家客厅里不时发出刀叉碰撞声，秦沐左右看看，鹿清和鹿久面色如常，安静地进食，他却嗅到了些不寻常的味道。

他胆战心惊地喝了口牛奶，犹豫着要不要提前溜掉。

还没动身，左边的鹿久已经率先放下刀叉站起来："我吃饱了，我去上学了。"

秦沐也站起来："那我去提车。"

他没走两步，鹿清跟着起身，把手往鹿久面前一伸，拦住她："你把手机给我再去上学。"

鹿久没动，两人保持着这姿势僵持了几秒。

鹿久喊："妈！"

"别嚷，一会儿把你爸吵醒了。"

"我不给！你没资格没收我的手机。"

"我怎么没资格，我是你妈！难道我这么做不是为了你好？你昨晚刚说你想考喜欢的学校，你就忘了？"

"我没忘。放学去同学家做卷子你不同意，我最好的朋友生日你不让我去，我一切课后的娱乐都没有了！好，你是为我好，我听！但现在连手机都要收，我这最后一点自由都要拿走，你不觉得这样很过分吗？"

"这怎么是过分呢？我只是收个手机，高考之后就给你啊，你怎么抗拒成这样，莫非你手机里是有什么秘密吗？"

"能有什么秘密！"鹿久的胸口上下起伏着，一脸愤愤，"这只是高考不是坐牢！"

见她们又吵上了，秦沐觉得头大，叹口气赶紧上来宽慰。

"就一手机的事，有什么要紧的。"秦沐走过来拉鹿清，"小九上课

要紧,咱们回来再说好吧?"

鹿清没想到鹿久的反应这么大,于是更加笃信鹿久拿着手机就是为了不务正业,指不定还偷偷和那个叫季东楠的来历不明的社会男青年在联系。想到这里,她也有些上火,语气异常刚硬:"我看你是鬼迷心窍了,反正今天你把手机给我留在家里再去上课!"

"我不给!"鹿久把手机往口袋一揣,声音高高扬起,"你不要以为我什么都不知道,你根本不是我亲妈,你凭什么管这么多!"

话音落下,大厅陷入一片寂静。

鹿清脸色一片煞白,她抖着唇晃了晃身体,忽然上前咬牙一巴掌甩在了鹿久脸上。

清脆的巴掌落下去,鹿久的脸上顿时热辣一片,她捂着脸不敢置信地退了两步,红着眼情绪激动地跑了出去。

"小久……"鹿清脸上浮现懊恼之色,她转头看向秦沐,"是你说的?你为什么告诉她?"

"妈……"

不待他辩白,鹿清拔腿追了出去,秦沐只得紧跟其后。

季东楠咬着鸡蛋灌饼,在正装修的面馆里打量。

快八点了,工人已经开始上工。他盯着满是泥脚印的地板瞧,现在麻烦的是,这两家店分别开在了柳上小区外的左右两条街上,而鹿清会从哪边出来根本不得而知。

正愁着呢,他隐约听见有人喊"鹿久"。

大概是错觉?他又咬了一大口饼,心不在焉地嚼着,那喊声却越来越大,越来越清晰。

季东楠夺门而出,等看到面前的情景,整个人都惊出了身冷汗。

鹿久和鹿清一前一后从小区里跑出来，鹿久的眼睛、鼻子通红，以非常快的速度往面馆的方向狂奔过来。

太阳穴突突蹦跶得厉害，季东楠此刻心慌得停止了跳动。

还差两米，鹿家母女就要跑到跟前了。

透亮的阳光里飘下一些细小的木屑，季东楠的视线跟着木屑往上看去。

面馆二楼那块巨大的匾额摇摇欲坠，季东楠甚至已经听见了木头松动摩擦发出的"咯吱"声响。

——我要救她！

——我要救她！

这一刻，他脑子里嗡嗡回荡着的只有两个字——救她。

救她的眼睛、她的梦想、她此后悲惨余生，救她的命。

他只有一次机会。

季东楠几乎是撕心裂肺地叫鹿久的名字，而她也正好跑到匾额之下。

原本奔跑着的鹿久被突如其来蹿出来的人吓了一跳，脚步停在了店铺半米远的地方。鹿清也赶了上来，她同样看见了季东楠，和他头顶欲坠的匾额。

"鹿久！"

鹿清吓得声音都变了调，尖叫一声奋力冲来。

季东楠扬起手，想也没想就将手里的半个鸡蛋灌饼朝鹿清扔了过去。

鹿清本能地脚步一顿，侧身闪过。电光石火间，季东楠搂住鹿久飞身跃起，两个人迎面撞上鹿清，季东楠用力扣住鹿清的肩头，借力往边

上摔去。

三个人在店铺旁边滚了一圈，下一秒身后传来重物落地的一声巨响，两米多宽的粗重匾额被摔成两半，砸飞的碎木块四处飞溅。

鹿久吓得圆睁着眼浑身哆嗦，看着眼前这一幕只觉后怕，浑身毛孔都在往外散发着凉意。

另一个声音在头顶温柔地响起，盖过了她狂乱不已的心跳声。

他说："别怕，没事了。"

秦沐白着脸跑过来，觉得腿都是软的。他看到了方才那一幕，如果不是季东楠，鹿久和鹿清中的一个也许就被砸中了……

他抖着腿努力站稳，问："妈，小久，你们没事吧？"

鹿清受惊不小，一下一下打着嗝，目光呆愣说不出话。

"妈——"鹿久哭着爬过来，用力抱住了鹿清，"妈，我错了！妈，我错了！我对不起你！"

在鹿久一阵阵号哭声中，鹿清渐渐回了神，她浑身脱力般伸出双手回抱住鹿久，声音瞬间沧桑："傻孩子，傻孩子！你没事妈妈就放心了！"

"妈，原谅我口不择言，是我不孝，是我错了，你就是我的妈妈。"鹿久紧紧抱着鹿清，哭得上气不接下气。那一瞬间，她是真的后悔了，后悔自己的口不择言，后悔自己甩出去的直奔最亲的人的刀子。

鹿清一下一下轻轻拍着鹿久的背，像小时候安抚哭闹不止的孩童一般安抚鹿久："不哭了，妈知道你说的是气话，不会放在心里的。这么大人还在路边撒娇，丢人不？"

冬日的早晨，因为这个突发的事故热闹得比平时早，街坊邻居们纷

纷围过来。

还好大家都没事，冷静下来的秦沐深深地望向一直红着眼盯着妈妈和妹妹的季东楠，眼底有光闪过。

季东楠此刻其实也处于脱力状态，他的双手还止不住颤抖，就那一秒，一秒钟的时间，如果他反应不及时，恐怕又将懊悔一生，所以直到现在他内心还是充满了恐惧和后怕。

他不止一次地思考过一个问题，他为什么会来到2014年？

为什么？

这些模糊的疑惑，在此刻，终于得到了确切答案。

2.

"今天谢谢你。"

鹿久把布蕾芝士奶茶推到季东楠面前，诚心诚意地表达自己的感激。

季东楠问："要不你给阿姨打个电话问问平安，就回学校上课吧？"

鹿久停下脚步，答非所问道："你就是那个宠物博主吧？"

季东楠窘迫地挠头："这么快就发现了吗……"

鹿久抓住他的手腕，翻出袖子里的手，右手食指上的两道抓痕暴露在空气里。

"你有这个伤疤，那个博主的手上也有，位置一模一样。"鹿久瞪着他，"还不告诉我？怕我蹭你热度？"

"啊，居然是这道疤出卖了我。大意了，大意了。"季东楠一拍脑袋，笑道，"我不是有意瞒你，在我看来这就是一份工作，没什么好说的。"

鹿久"呵"了一声。

季东楠哑哑嘴,说:"那这样吧,我带你去我工作的地方看看,但你得答应我不能再生气了。"

两人走到了宠物店,季东楠小心观察鹿久的神色。

鹿久无比淡定地在店里转了两圈,逗了会儿豆丁,丝毫没有别的反应。

季东楠眼巴巴地追问:"你早知道我在这儿工作了?"

"早知道啦。"鹿久瞥了他一眼,"还记不记得刚认识的时候我问你在哪儿上班,你说在学校后面。后来我又问过你做什么工作,你说在宠物店,可学校后巷没有一家宠物店。"

她得意地挑起眉,神色狡黠得像一只狐狸。

鹿久虽然一直知道季东楠工作的地方不在学校后巷,但也没想到宠物店离柳上小区也有十来分钟的路程。季东楠每天绕路送她上下学的秘密不戳而破。

鹿久心里忽然生出种奇怪的感觉,她说不出来是什么,只觉得再看向季东楠的时候,他似乎自带了一层温暖的光。

送鹿久回学校的路上,季东楠惴惴不安,没话找话。

但那些前后颠倒的废话既没什么营养又不需要回答,鹿久也不接。

直到快走到一中门口,鹿久突然停住,转过身,对上窘迫的他。

"季东楠,你是不是喜欢我?"

她的声音轻轻浅浅钻进耳朵,是陈述句不是疑问句。

季东楠用力点头,伸手揉乱了她扎的马尾。

没想到他会这么爽快地承认,反倒是鹿久的脸一点一点红了起来。

她咬着唇,带着几分羞恼以及几分欢喜,就这么看着季东楠,少女的眼

睛里落满了星星。

那模样任谁看了，一颗心都像曝晒的牛奶巧克力立刻软化。

"听妈妈的话，安心备考。我等你长大。"

——我等你长大。

从小到大鹿久听过许多类似的句子——等你做完作业就能看电视了，等你放学一起走，等你吃完饭立刻去练画。

诸如此类，数不胜数，几乎每天都要听到或者提起。

但是，他这样一说，鹿久竟然觉得喜悦在心里汹涌膨胀，甚至要用力绷着嘴角，才能让自己不立刻大笑出声。

"这可是你说的，季东楠。"鹿久仰起头抬高下巴，眼睛里闪闪发光，"在我长大前，你哪儿都不准去，我会盯着你的。"

季东楠的眉眼舒展出好看的弧度，连连点头："欢迎监督。"

晚上放学，鹿久早早到家。鹿清坐在沙发上削苹果，见她回来，赶紧搓着手站起来。

"回来了，我有个事要跟你说……"

"妈，我有个事要跟你说……"

两人不约而同开口，鹿久笑："妈，你先说。"

"小久，手机的事情是妈妈太敏感了，对不起。你前段时间和季东楠走得近，妈妈也担心他带坏你。但今天看来，确实是我偏激了。只要不影响学业，妈妈相信你可以处理好自己的事，我愿意相信你也愿意尊重你。"

"妈，我要说的也是这个事情。"鹿久上前两步，把手机塞到鹿清手里，"我愿意暂时把手机上交，我也尊重和信任你。"

鹿清含着泪又惊又喜地看着鹿久，面对面的两人相视而笑。

在房间里听完了整场动静的秦沐终于放开了门把手，重重松了口气。

他关了门，脚步疲惫地走到床前躺下。

白天的事情在眼前闪过，一幕幕惊心动魄，让她无法入眠。

是啊，自己为什么要告诉她？

为什么告诉一起生活了十四年的妹妹，她不是父母亲生的？

出于什么心理……

秦沐不愿深想，也无比后怕。

那块牌子擦着鹿清的腿砸在地上，差一点……

"叮叮叮——"

手机铃声惊断了秦沐的思绪，他摸出手机，上面是个陌生来电。

他皱了皱眉，还是接听了。

"喂？"

"秦沐，出来谈谈？"

冬天的江边很冷，光滑的大理石栏杆看着都泛着冷意。

其实季东楠挺喜欢待在冬天的江边，提神醒脑，适合想事情。

他提前到了，坐在第一阶台子上开了瓶啤酒暖身体，嘴里弥漫着麦芽糖的味道。

身后响起车子呜呜的轰鸣，不用回头看他就知道是秦沐那辆破跑车了。

"什么事？"秦沐下了车，几步走到台阶前，居高临下地看着他。

季东楠扬手扔了罐啤酒给他："坐。"

秦沐抓着啤酒罐子,迟疑了两秒,坐了下来。

"你最好开门见山,半个小时后我还有个会。"因为早上发生的事,秦沐对他的态度好了几分。

"那我就开门见山了。"季东楠将易拉罐一点点捏瘪,踢开。

第一句话就让秦沐坐不住了。

"你喜欢鹿久。"

"你说什么?"秦沐冷面冷眼扫过来。

"我们可以公平竞争。"季东楠语不惊人死不休。

"你放什么狗屁!"秦沐"唰"地站了起来。

"我是阐述事实。"

"我是她哥!"

"又不是亲哥哥,反正这件事情你不是已经告诉她了吗?"跟此刻激动的秦沐相比,季东楠无比冷静。

"季东楠,你别以为你救了人就可以蹬鼻子上脸。我只要吱个声,你那些刚冒苗头的直播就会断得干干净净。"

"我要是怕能找你过来?"

一句话让秦沐的脸上血色褪尽,看上去比冬天的风还冷。

"不要以为我不知道你现在在想什么,收起你脑子里那些犯法的念头。莫非你是没自信和我竞争,你没胜算?"

"你到底想做什么?"秦沐咬着牙问。

"我说了啊,想跟你公平竞争。你也别急着拒绝,你看鹿久那眼神,瞒不过我。"他坦然地望着秦沐,"与其在压抑中变态,不如坦荡点承认。"

"我看变态的是你,世界上是没有女人了吗?我要喜欢自己的妹妹?"

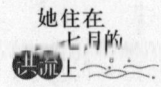

季东楠耸肩:"别这么说自己。窈窕淑女君子好逑,承认喜欢根本没那么难。"

"够了!"秦沐扔掉啤酒,液体飞溅出来,洒出一条直线,他冷着声音,"如果我在别的地方听到这些,不管多难我也会让你付出代价。"

"放心,除非你亲口说出来。我比你更想保护鹿久。"

两个人不欢而散。

秦沐走了以后,季东楠还在江边坐了许久。

3.

鹿久和季东楠还是老样子,以石子为信号,隔着三层楼的距离,那个表情冷酷又带着点嚣张的个子高高的男生每晚十点准时出现在楼下。

每过几天,他身上的装备又要多上一件——一杯热奶茶、一顶帽子、一双手套、一条围巾或者是一对护耳。

鹿久是看着他逐渐臃肿起来的,嘲笑过不少次。

不过后来,她就不嘲笑了。

因为现在手机没有了,只能用在学校时那种最原始的通信方式——传字条。

鹿久把窗户开到了最大,呼呼的风刮进来,她在窗台上没趴多久手已经冰凉冰凉了,不难想象每次季东楠一站就是一个小时会冷成什么样子。

两个人常常分享各自的生活。

鹿久丢出个纸团,告诉季东楠鹿清已经把她的备考资料、个人简历、签证等相关资料准备妥当,很快她就要赴香港参加考试。

季东楠脱下手套用油性笔在 A4 纸上写下鼓励的话,高举着让她看见。

在看到他用口型说出"我等你"这三个字后,她欲言又止的神情逐渐释然,终于露出个疲倦的微笑。

他们在生活上实际少有交集,大多时候聊天也只是会抱着两杯热奶茶暖手,再在 A4 纸上进行简短又平常的对话。

路灯太暗,字稍微小一点就根本看不清,所以更多时候只是两人分别抱着牛奶和热奶茶四目相对,静静地看着对方。

但季东楠还是每天都来,一次也没有落下过。

连他自己都不会知道,很久之后,他冻得发红的耳朵和捧着热水袋敷脸的模样会在鹿久的梦里反复出现,变成熬过漫长时光的坚持。

某天,在丢出很多颗石子后也没见到鹿久的回应时,季东楠知道,她去参加 SAT 了。

他待在宠物店,偶尔打打广告,挣笔可观的外快,更多的还是完善吃播之路。

季东楠的猫狗小视频两天没有更新,打开微博后私信和评论多得翻不完,又多了几个推广合作的邀请。

这家佛系经营的宠物店也随着在网络上的走红,带来一大批慕名而来的购买者,季东楠在应聘时答应江怙的营业额提升的事,以他自己都想不到的速度完成了,戒指也赎了回来。

江怙是个大方的人,每单生意分了两成利润给季东楠当奖励。

做梦一般轻松赚到钱的季东楠躺在摇椅上,不住地感叹这穿越的金手指果然好用,感觉走上人生巅峰已经指日可待。

不过好坏都是相伴的，很快宠物吃播模仿竞相钻了出来，背后团队庞大，文案也更加华丽，更有甚者还会用点道具控制自家宠物摆拍。

早就想看季东楠的迷妹们也开始要求他露脸之类的，但统统被季东楠拒绝。

他仍然保持一天一更的速度，所有视频照片都在宠物自然状态下抓拍，不露脸也鲜跟粉丝互动。

这一举动导致了脱粉也获得不少支持，甚至还有小迷妹就直接将旅游地定为阪城，专门来宠物店看萌宠和这个从不露脸的博主。

然后，意料之外地就被季东楠的颜值给惊喜到了，回去就跟小伙伴们大肆宣扬博主的盛世美颜。

一传十，十传百，大家就都知道这个不露脸的博主巨好看。

为此，季东楠没少在江怙面前嘚瑟："真是火起来自己都怕。"

这一个月下来，季东楠发的宠物视频的点击量依然遥遥领先，甩了第二名十万不止。

冬天已经过去了大半，江怙的宠物店开门时间越来越晚，季东楠也跟着蹭了不少懒觉。

这天天还没亮，手机就嗡嗡振动。他翻了个身，伸手在枕头周围摸索。

"喂？"

季东楠骤然坐了起来，眼神瞬间清明："有时间。好的，好的。下午见。"

挂掉电话，他连外套都来不及穿上，一把抓过手机一跃而起，把江怙的房门拍得震天响。

被吵醒后一肚子起床气的江怙抓起枕头往门口砸去:"大清早的发什么疯啊!"

"没发疯,但也差不多了。江怙,我被一家传媒公司看中了,说是要包装我,喊我下午去签约!"

## Chapter 17

可我好像连喜欢她的资格都没有了。

1.

鹿久回阪城的时候下了初雪,白棉絮一般飘飘扬扬落在肩上、头发上和睫毛上。

她先回了趟家,在大家期待的目光里打了个考试准过的包票。鹿清一高兴就解除一半"不平等条约",把手机还给了鹿久。

不过鹿久没有告诉季东楠自己回来了,她自行去了宠物店,想制造一个惊喜。

鹿久找到宠物店的时候,江怙正在给一只刚洗完澡的萨摩耶吹毛,整个房里都是飘飞的白毛,江怙的大波浪卷上更是沾了一层,跟刚刚从蒲公英堆里爬出来似的。

　　季东楠好心找来皮筋帮江怙扎头发，可是女生能轻松随意扎好头发这种事对于男生来说简直是个挑战，他笨拙地挽了这边的头发，那一撮又从手上溜了下去，他只好伸出手绕过江怙的脖子把头发全都拢到一起。

　　远远看着他们这亲昵的姿势，不知情的还以为是一对小情侣，鹿久心里发酸，瞬间红了眼。

　　季东楠像是感应到什么，一扭头看到思念许久的姑娘就在眼前，瞬间惊喜得扔下扎得不成样子的头发就跑了过来。

　　"季东……阿嚏！"鹿九撇着嘴委屈地看着他，名字还没喊全，就因吸了狗毛而喷嚏连天。

　　季东楠又惊又喜地把她带离了房间。

　　"你怎么回来也不跟我说一声，我好去接你啊。"

　　鹿久苦着脸吐掉满嘴的狗毛，小心翼翼地拉住他的衣角，黑黝黝的眸子里盛满了委屈，问："季东楠，你是不是劈腿了？"

　　季东楠一头问号，想笑又不敢笑，只好又买奶茶又是切水果，花了好一会儿工夫才把人哄个半好。

　　鹿久啃着樱桃，依然哼哼唧唧。

　　季东楠哭笑不得地扒拉着她乱七八糟的头发，把刚才在房里粘上的狗毛一根根拈掉。

　　两人挨得很近，温热的鼻息喷洒下来，鹿久稍仰头就能看到季东楠滚动的喉结以及他下巴上新剃掉的胡楂痕迹。

　　满腹委屈和醋意忽然在此刻尽数消散。

　　两人找了间温暖的咖啡馆说话，基本上都是鹿久在说季东楠在听。

　　她讲香港的天气、小吃和因为不懂粤语闹出的笑话。

她并不知道,高兴得手舞足蹈说话的自己有多美好,晶亮的黑色眼眸里充满了对未来的期待和向往。

季东楠一瞬间差点热泪盈眶,好不容易才忍住。

看到她此刻兴高采烈的样子,他猜她大概考得很不错。

虽然知道此后几年都会见不到她,却暗暗替她觉得高兴,他勇敢的小姑娘一直都这么优秀。

晚上的时候,鹿久闹着要吃串串。

飙车和撸串仿佛是很久之前的事情了,楼下的大排档此刻也关得只剩一两家。

带着鹿九,才掀开门帘,季东楠就朝老板喊:"五串鸡翅、一打牛肉、两打五花肉、一份土豆、两串韭菜、一份羊排。"

老板边忙活着边搭话:"得嘞!哎哟,这个小姑娘可好久没来了。"

难得他还记得,季东楠看了眼鹿久,笑说:"她啊,读书人忙。"

就这样,他们隔三岔五就约在这里吃串串,直到过年前两天,这家大排档也关了门。老板回了老家,说是等明年开春了再来,老寒腿经不住阪城的冬天。

江怙也很有仪式感地要做年夜饭,她列了个清单打发季东楠出去买食材。

天气太冷,饶是健壮如季东楠也把自己裹成了个粽子出门,路过农业大学的时候忍不住驻足多看了几眼。

那是熟悉的校门、熟悉的街道、熟悉的告示栏以及褪色了的斑驳的围墙。

往年这个时候他都是跟姜磊一起过的,也不知道那小子发现他不见

了是什么样子。

别说,还真有点想姜磊。

脑子正胡乱想着,季东楠却被眼前的景象惊得脚步一顿,连退了两步。

两个此时正读大一的小伙子往这边走过来,提着刚买的火锅配料,声音隔着十米远都能听见。

"我说你怎么又收到了情书?"十九岁的姜磊对十九岁的季东楠抱怨,"我什么时候才能谈恋爱啊?"

十九岁的季东楠哈哈大笑。

不远处,二十四岁的季东楠想到二〇一七年才出现的蒋晴晴,心里诽腹说:"你丫还得再等三年。"

……

直到眼睁睁看着十九岁的两人走近了,季东楠才想起来要躲。

同一个时空有两个一样的人,是个正常人都会吓死吧,到时候他也不知道要怎么解释。

可是他还来不及有所动作,两个男生却像没看到他一般笔直走来,穿过了他的身体。

季东楠不敢置信地低下头去,看着他本来好好站着的下半身竟然消失不见了,不由得身体一软跌坐在地。

直至男生们走远,他的手开始若隐若现,又隔了一会儿,身体才恢复如初。

季东楠颤颤巍巍地从地上爬起来,脚下却发软,重新摔回地上。

他心乱如麻地坐了一会儿,手脚都凉透了才缓缓站了起来。

回到家中,季东楠把食材丢给江怙就关上房门躺上了床,一个人

胡思乱想着竟然就这么睡着了。

他是被冷醒来的，随即肚子也传来饿的讯号，然后听到江怙的呼唤。

季东楠走到厨房，这简直一整个大型犯罪现场。饺子皮大大小小薄薄厚厚地摊了一桌子，江怙脸上和围裙上沾满了白色面粉，肉馅则剁得到处都是，案板、地板、天花板无一幸免，也不知道怎么飞溅上天花板的。

像是在面粉里打了一个滚的江怙转头看到季东楠，像看到救星一般，喊道："哎呀，你怎么才过来，赶紧帮忙包饺子！"

住得久了，江怙给他的印象一直都是慵懒妖娆的模样，今天竟能看到如此失态的她，也算是开了眼界。

季东楠上前救场，一忙起来脑子里那些乱七八糟的东西倒是都被忘记了。

春晚还是一如既往的无聊，一人吃饱全家不饿的两个人凑在一起倒也自在。

趁着过年这档子热闹劲，今年所有想吃的东西全都被买了堆在茶几上，最边上那个大柚子在快掉下来的边缘来回滚动。

江怙和季东楠两个人都看见了，谁也没有想去扶一把的意向。

还没到十二点，季东楠已经打了好几个哈欠，一副疲惫的样子。

江怙用胳膊肘捅了捅他："你怎么回事，出去买个东西回来就失魂落魄的？"

季东楠不知道怎么跟江怙开口，喝了几大口热茶下肚。

"我可能要走了。"

"走去哪儿？"

"不知道。"

"什么时候走?"

"不知道。"

江怙白了他一眼:"你耍我玩啊?"

"我是真不知道。"季东楠很认真地说。

他改变了历史,改变了两个人的命运,或许他会重新回到他的时空,也或许他会就此消失。

但这些,他都无法和江怙说明白。

她"喊"了一声:"走了也好,你走了我就换一个更帅的店员,你这脸我正好看腻了。"

季东楠勾了勾嘴角,在心里轻轻叹了口气。

"这样最好。"

2.

鹿久放了十天寒假,跟着家人走访了三天亲戚之后,其余时间每天要跑两次宠物店。

解开了上次的误会,鹿久和江怙的关系莫名其妙好了起来,甚至有时候惹得季东楠都要吃个小醋。

"你到底是来找我的,还是来找她的啊?"季东楠吃味地看着凑在一起窃窃私语笑得促狭的两人。

鹿久头也没抬,凑在江怙旁边看综艺,爆笑声里夹杂着对嘉宾们的评头论足。看到共同喜欢的人的时候还要大叫一声,狂拍沙发。

季东楠笑着摇摇头,兀自回房。

他从口袋里摸出戒指盒出神。

上次忽然变透明的事情再没有出现过,他脑子里却时刻都绷了一

根弦。

"你在看什么？"

身后突然冒出鹿久的声音。

季东楠手忙脚乱地关上了盒子，但是晚了一步，已经被鹿久发现抢了过去。

"这是什么？"她握着盒子两指一掰。

里面躺着一枚男款银戒，鹿九只觉得眼熟，在口袋里掏了掏，找出她之前捡到的女戒。

季东楠手上的这枚男戒除了比她那枚大了一圈外，款式是一模一样，两枚戒指内壁都刻有 Justice 和 Luck。

说起来，她这戒指的来历还有点奇妙，当时鹿久正在温习功课，忽然听到地板上有个清脆的声音，弯下腰就看见了一枚女戒。

后来，她拿着这戒指在家里问了一圈，都说没见过。

现在想起来，疑窦顿生。

季东楠看她一脸纳闷，尬笑着，抿了抿唇，终于坦白："要是我说这戒指就是我给你买的，你信吗？"

鹿久明显不信，勾着嘴笑："那你说说你是怎么送到我家去的？"

季东楠的表情渐渐凝重，他认真地看着鹿久，说："我知道接下来我说的话你肯定觉得特别离奇，但这是事实。有另一个平行世界是这个世界的三年后，那个世界的我们相遇相爱了。这是我瞒着你定做的情侣对戒，后来，你因为种种原因离开了我，我也没能把戒指交到你手里。可是命运给了我一个机会，来到这里重新遇到你，挽回你。"

他坐在床沿上，低着头看不清表情，声音沉沉像是来自遥远的未来。

鹿久听着竟然差点就要相信了。

下一秒，季东楠突然抬头，哈哈大笑："鹿久你这是什么表情，你不会真信了吧？"

他笑得前仰后合，竟然笑出了眼泪。而鹿久不明所以呆愣愣地看着他，看他越笑越夸张，也以为他真的是在戏弄自己。

"季东楠！"她冲他横眉瞪眼。

"好了好了，我有正事跟你说。"季东楠收了笑，从抽屉里拿出银行卡塞到鹿久手里，"密码是你的生日。"

鹿久吓了一跳，立刻推开："你这是干什么，我不要。"

"听话拿着，这是我提前给你的十八岁生日礼物。你们现在过生日不都流行发个红包吗？我这等同于发红包，里面就是一点小钱，要是零花钱不够了你再用。"

鹿久迟疑了几秒，季东楠趁机把卡塞进了她的口袋。

"你为什么要提前给我生日礼物，现在离我生日还有大半年啊？"鹿久不解。

"因为到时候我可能出去旅游了。"季东楠躲开她的目光，转过头装模作样地整理房间，以掩饰内心的酸涩和痛楚。

"你生日那天就用这卡里的钱去买喜欢的礼物，但是一定要去柳上小区前面那个银行柜台去取，我在那里给你留了封信。你看了就都明白了。"季东楠对上鹿久越发不解的目光，咧嘴一笑，"哎呀！给你制造个惊喜你干吗一定要刨根问底，等着惊喜吧！"

他故作轻松地冲鹿久一挑眼。

这番说辞倒是让鹿久有了几分信服，她带着少女满心的娇羞和欢喜摩挲着已经戴在自己手指上的那枚戒指，心里喝了蜜一般甜。

将后面的事情安排好了，季东楠心里的石头落下了一大半。就算他哪天没有预兆地消失，也算是把最重要的事情做了。

随后几天，季东楠开始有计划地在直播中透露出自己会退出吃播界的信息，又提前跟江怙辞了职，还开始替她招聘店员。

用江怙的话说，他这番行为跟布置后事似的。

一两天忙活下来，季东楠发现其实要安排的事情也只有这么多。

但是，还有一件最棘手的，他放到所有事情做完后才开始。

"你又找我干什么？"秦沐从进门落座开始，他脸上就写满了不耐烦，"我是混黑道的，你尊重下我的职业好吧，搞得像你老朋友一样呼来喝去。"

"可不就是老朋友嘛。"季东楠搅了搅面前的咖啡，扬唇一笑，"我给你点了杯你喜欢的美式。"

秦沐在咖啡馆扫了一圈，目光中带着警惕："你怎么知道我经常来这家店喝美式，你调查我？"

"别想得那么复杂。"

"那你给个解释。"

"我懂，开门见山是不是。"季东楠放下搅拌勺，双手交叠在桌前，不紧不慢地开口，"我不仅仅知道这些，还有更多的事。你在阪成有一个赌坊，湖州两个店面，象城有两套房子。"

季东楠的嘴一张一合，每多说一个字，秦沐的眉就皱一下。

"你已经看中了两家酒吧，要是不出意外今年就会盘下来。"

秦沐的面色彻底沉了下去，手指弯曲叩在桌面上，一下接着一下："季东楠，这到底是怎么回事？"

如果说前面的事情多细心查查还可能知晓，但他预备买酒吧的事还只是个念头还从没跟任何人说，季东楠又是怎么知道的？

"这些事情不用我特意打探,我本来就知道。"季东楠的目光直直望向秦沐,带着能看穿人思想的犀利和光芒,"因为我是从未来穿越来的。"

话音未落,秦沐重重嗤笑一声,连吐槽都懒得开口,端起美式喝了两口就起身要走。

"你以为面馆出事那天,我为什么会在现场刚好救下她们两个?"

秦沐脚步微顿。

"我说我从未来而来,难道你就不想知道三年后你们过得怎么样?难道你不想知道鹿久后来变成了什么模样?"

秦沐咬了咬牙,转身重新坐回他对面,面色凝重,语带威胁:"好,我就听完你编的故事,看看你还能说出些什么。"

季东楠端起咖啡杯在指尖把玩,眼睛盯着杯体上"FUTURE"的字母。

他仰头把咖啡一饮而尽,目光直视向秦沐:"三年后你很有钱,比现在还有钱,一条街的酒吧有一半是你的。"

秦沐不耐烦地打断:"行了,我自己的事心里有数,说鹿久。"

"鹿久考上了她喜欢的设计大学但没有去读。她瞎了,休学一年上了个国内的二本,没有朋友和家人,2017年7月12日死于车祸。"

冷静又机械性的声音像只是在读着报纸上的一桩新闻,可是忽然就刺激到了秦沐,他阴沉着脸抬手抓起咖啡杯往墙角一掷,杯子应声而碎。

"你耍我是不是?"秦沐怒视着季东楠。

安静的咖啡馆里突如其来的喧闹吸引了所有人,大家的目光都投射过来,但是看着秦沐怒气冲冲的样子,一时之间也没有谁敢上来做个劝解。

季东楠眯起眼,声音也抬了上去:"不符合你想象就是耍你了?可

鹿久变成那样,你是主要功臣啊秦沐!她读设计大学的路是你断的,她的眼睛是你弄瞎的,推她下车的人是你喊过去的……"

"你胡说八道什么!"秦沐再也控制不住一拳挥了过去,打得季东楠偏了头。

季东楠抚着酸疼的面颊,舌尖抵了抵后牙槽,冷笑:"承受不了了?害怕吗?自己亲手断送喜欢的人的前途和生命。"

秦沐目光中有喷薄欲出的怒火,他吼:"我没有!我不会做这些事情!我不可能伤害鹿久!我根本就没这个理由!"

"那我就给你这个理由。"季东楠冷笑,"鹿清死了算理由吧?我相信你还记得前几天那一幕。事实上,她就死在了和鹿久吵架去追鹿久的那天,被店铺的牌子砸中身亡。后来你因爱生恨,把这些意外都归咎到鹿久头上。她想走,你设计下毒弄瞎了她,然后你找人骗她借高利贷,每天借别人的手去折磨她,看着她眼盲地挣扎在生死之间。"

"季东楠,你放屁!"怒不可遏的秦沐骂了句粗话,朝着他直接撞了过去,两个人扭打到一起。

咖啡馆里顿时尖叫连连,瓷器碰撞碎裂声此起彼伏。

花了不少劲儿,两个暴怒中的人才被劝架的人分别拉开,他们都挂了彩,顶着姹紫嫣红的脸却谁都不服气。

"你也怀疑我说的是真的吧。"季东楠吃吃地笑,"你只有相信我说的是真的才会动手。秦沐,我说的每一个字都是真的。如果你再不收手,我不知道鹿久是不是还会变成那样,但你一定还会背着变态扭曲的爱和恨去折磨彼此。"

秦沐面红耳赤,或许是哪一句话戳中他的心事,终于不再是一副要扑上去撕碎季东楠的架势。

他挣脱了桎梏,逃也似的跑出了咖啡馆。

这场突发的插曲过去了几天依然毫无动静，季东楠的目的似乎没有达到。

眼看失败，秦沐却找上门来了。

此时，他正在给狗喂饭，秦沐进门路也不看，一脚踢翻了几个饭碗。

塑料碗在地上弹了两圈，狗粮洒了一地，小狗崽们一哄而上，在犬吠声中互相抢食。

季东楠直起腰没好气地斥道："拆店啊？"

看清楚秦沐的时候，他也有一瞬间的讶异。才几天不见，秦沐一脸颓废凄惶，胡子拉碴，眼底充血，平时很注重穿着打扮的他如今也是皱巴巴地胡乱套着件衣服。

总之，看上去怎么都不像来找碴儿的。

季东楠心下了然。

秦沐信了，所以来了。

"你那天说的……"秦沐闷闷开口。

"是真的。"

再次得到他肯定的回答，秦沐还是忍不住有些失态："我真的把鹿久害那么惨？我不信……"

"我倒是有办法让你相信，就是不知道你敢不敢去。"

"什么？"

"农业大学13级大一新生有个叫季东楠的和我长得一模一样，他就是这个时空的我。你去看看，就知道我说我来自未来并不是诓骗你。"

"季东楠你要是玩我就死定了。"秦沐丢下话，黑着脸转头就走。

季东楠想到什么追出去的时候，秦沐的车尾巴都看不到了。

季东楠扯着嗓子喊："现在学校放假，我没给你地址你去哪儿

找啊!"

3.

当他亲眼看到和成年后的季东楠眉目相似的少年时,他才终于相信季东楠。

秦沐远远站在那个人身侧,如鲠在喉,睁着眼睛半天说不出来一个字,最后失魂落魄地走了回去。

他看见了两个季东楠。

如果说其中一个的的确确是从未来来的,那么季东楠口中那些令人发指的事情他全都做过。

他弄瞎了鹿久妄图把她拴在身边,最后还间接杀害了她……

秦沐绝望地蹲在地上,捂住脸号啕大哭。

一路上行人不断,都好奇地看着这个捂脸痛哭的年轻男人,纷纷露出不解的表情。

这时候是二月底,雪开始逐渐消融,人在外面走上一会儿手就变得冰凉。

秦沐却一直在冒汗,惨白着一张脸走得跌跌撞撞。

不小心和人轻轻撞到,他就被撞得摔在地上。

秦沐抓起那人就开始暴打,直到警车呼啸而来,他被强制拉开,却连站都站不住,跪在地上爬了几下都没有爬起来。

秦沐捂住脸,指缝中淌过温热的液体。

原来他谨慎又卑微的喜欢会给她带来灭顶的灾难。

好像连这点喜欢的资格都没有了呢……

"你坐在椅子上,看着窗外流过的光。你伸出双手,摸着纸上写下的希望……"

鹿久蹦蹦跳跳地哼着歌,从衣柜里取了衣服折好放进行李箱,整个房间都因为她轻快的歌声而充满愉悦的气氛。

"你是说还有个女生跟你们一起旅游吧?"鹿清抱臂倚靠在门边,看着欢天喜地收拾的女儿,终于忍不住开口。

"妈,你吓我一跳!"鹿久受惊一跳,无奈扶额道,"这个问题你都问了十八遍了,你不是都见到江怙了吗?我们真的有三个人,而且只玩两天,明天就回来。"

鹿清不甘愿地撇撇嘴:"哦。"

还是不放心呢,总觉得这小丫头这情绪、这样子不大对劲。

宠物店里却是另一番景象——

"你真的不一起去?"季东楠问。

宠物店里,季东楠递过去一根烟。秦沐接过去点火,看着窗外悠悠吐出一波烟圈。

"不去。过段时间护照下来我也去旅游,找个舒服点的房子、人少点的城市住段时间,乡下也行。等小久的录取通知书下来了,我再回国陪爸妈,让她安心读书。"

秦沐眉头轻轻蹙着,沉默着凝视窗外,脸还是原来那张脸,季东楠再看上去却也觉得不那么讨厌了。

季东楠伸出手,在他肩头重重拍下。

鹿久、季东楠他们出发的那天天气很好,惠风和畅,晴空万里。

季东楠早早地就坐在了客厅里等待江怙。

十分钟过去了,半小时过去了,一个小时过去了……

"江怙!"他不耐烦地喊,心里腹诽:果然越好看的女人出门越麻烦。

江怙在房间里应了一声。

"你东西收拾完没?"

"快了!"

"收拾到哪儿了?"

"到眼影。"

季东楠:"啊?"

下一秒,门被人大力打开,眼影画到一半的江怙倚在门边,手里还举着支化妆刷,她冲他抛来几个大白眼:"催什么催,你要是急就先去鹿久那边等我,免得影响我发挥。"

"是是是。"季东楠认命地起身,被她叫住。

"你就带这点儿东西?"江怙看着那一个纸袋子问出发自肺腑的疑惑。

"就去两天不就带一套衣服。"季东楠奇怪,"还有什么可带的?"

江怙:看吧,就不能对直男有什么期待。

"风油精、创可贴、暖宝贴……这些季东楠肯定不会带,我得多带一份。"鹿久最后清点着箱子,自言自语,"要不把英语资料也带过去吧。哦,对,还有甜品!"

她扯着嗓子喊:"妈,我昨天买的小蛋糕去哪儿了?"

"吃了!"

"不是有三份吗?"

"我、你爸、你哥,我们仨吃了!"

"妈！我不是说这是我要带去旅游吃的吗？"

"你去旅游在外面买着吃啊，谁还把家门口的甜品带出去啊？"鹿清实在看不下去了，举着铲子就从厨房里冲过来，忍不住吐槽，"就去两天，你看看你都收拾出两个箱子来了。你到底是去旅游，还是去避难？"

"我这不是保险起见嘛……"鹿久小声嘟囔，委屈巴巴地撇起嘴，却在听到门铃后一瞬间恢复如初，蹦跶着站起来往门口跑，步子轻快，笑意盈盈。

那笑容一直维持到她手握住门把手之前。

呲——

一阵刺耳的杂音穿耳，即使隔着门鹿久也忍不住捂住耳朵。

她歪歪头，放在门把手上的手用力向下压去。

屋外的冷气在门被打开的一瞬间鱼贯而入，鹿久忍不住抖了抖。

她伸出脑袋张望。

门外空无一人。

**秦沐篇·番外一**

她活在这个世上,我就觉得高兴。

1.

连绵的细雨斜斜砸在车窗上,敲出脆生生的音律。

黑车在塔科马国际机场前停下,驾驶座的男人开门下车,撑伞,凝神往左边看去。

七点半,太阳才摇摇晃晃从西雅图的天幕往下爬。

已经冒出头的幽蓝夜色和这酡红搅在一块,瑰丽多姿地笼罩在整片机场上空。

秦沐深呼口气,整了整衣领,随手拦下路过身边的外国女人:"Excuse me, how do I look now(嘿,我现在看起来怎么样)?"

"Very handsome(非常帅)."

虽然往常总听到这样的夸赞,但今天这样的日子听了格外高兴。他

欢喜谢过了外国女人,加快步子走进机场。

秦沐在到达层的出口等候,抻长了脖子直勾勾地盯着人群,心跳怦怦,不放过每一个与她身形相似的人。

但是一批又一批的旅客出来又全部走掉,秦沐心里那点隐藏的不安随着时间流逝逐步放大,他开始来回踱步。

烟从口袋里摸出来,点上吸了一口就被穿着制服的男人制止。

秦沐扔了烟,皮鞋踩在上面狠狠碾了几脚,心烦意乱地蹲下去,用手搓着脸,不好的猜想已经在脑子里发酵。

"哥。"

秦沐骤然停住了动作,急急地回过头。

恍惚间江海倒流,时光回退到她高三放了学回家。她背着的手上藏了鹿清不准吃的炸串,甜甜的嗓音乖觉又讨好地喊了一句"哥"。

秦沐下意识地屏住呼吸,周遭嘈杂的人声全部消失,他缓缓起身,贪婪地将她刻进眼里。

鹿久站在那里,依然婷婷袅袅,看见了他挥动手臂,轻轻地喊:"哥。"

他回过神,快步走上去,想要抱住她下意识伸出去的手却又触电似的在空中顿了顿,缩回去接过了她手里的行李。

秦沐拖着沉沉的箱子,这才真实感受到她来了西雅图,心里不由得松了一口气。

"谢谢哥来接我。"

"说什么呢,坐了这么久的飞机饿了吧,我们去吃饭。"

鹿久摇摇头:"我不饿,先回家放东西吧。"

秦沐朝身边的人看去。她的容貌似乎没有半点变化，又像是更瘦了些，颧骨更加明显，绑着的马尾放下来，化了淡妆，多出几分成熟韵味。

只是从前那个听到去吃东西就拍手叫好的人如今却语气淡淡，似有疲倦。

在他看不到的地方，鹿久到底是悄悄长大了。

出了机场，秦沐撑起伞，朝她偏过去。

给她开了车门，又跑到后备厢放好行李，收伞上车。

周围的景色开始逐渐后退。

"我还真是怕你不来。"

"我总是要上大学的，SAN是我最喜欢的设计大学，现在考上了，怎么会不去。"

"来了就好，来了就好。等会儿啊，我带你去吃当地有名的中餐馆，开放式的厨房，中西结合，这家餐厅的海鲜饭是当地一绝……"秦沐语调轻快，兴致勃勃地讲着。

这半年来他像个游客一般，到处搜罗西雅图的攻略，逛街的、吃饭的、聚会的全都悉数写在随身携带的本子上，只等着带她去感受这个城市的美好，洗涤掉从前那些沉重往事。

现在她终于来了，秦沐恨不得把整个本子连同着他的期盼一起掏出来，任她挑选。

比起他兴奋的情绪，鹿久整个人显得恹恹的。

大多时候都是他在说，鹿久在听，偶尔回应两句，也没什么精神。

秦沐体贴地把房子买到鹿久大学附近，从家里走到SAN也就十分钟的步行路程，唯一一点不方便的就是购买食材需要开个把小时才能到

市里的大超市。

到家的时候雨已经停了,用人在独栋的公寓外除草,看见了鹿久用英语问候她:"夫人。"

鹿久纠正说:"我是他的妹妹。"

用人的脸上露出轻微的困惑,秦沐忽然想到书房里那十几幅画像和夹在钱夹里的照片,担心她再说出什么不合适的话,立刻打发了用人,亲自提着箱子进屋。

从知道鹿久要来的那天起,秦沐就挑了这个地方开始布置,按照鹿清喜欢的中式装修风格,把秦家原原本本从阪城搬到了西雅图,每张桌子、每块木板都找了一模一样的材质赶工。

鹿久进了屋,停下脚步,愣愣地看了会儿,转头问他:"哥,这些都是你弄的吗?"

秦沐抬了抬下巴,得意地点头。

鹿久在客厅转了一圈,跑进自己房间又出来,"嗒嗒嗒"跑上了楼。

果然,连鹿清的房间也有。

她打开门,怔怔转了一圈,坐到床上,眼泪忽然簌簌下掉。

秦沐心里一沉,扬扬得意顿时散了个干干净净。

他这才反应过来,她是触景生情了。

只怪自己自私,急急想要显露关怀,忘记了丧母这件事情她至今还没有释怀。

秦沐走过去半跪在她脚边,抓住她擦眼泪的手,心里的懊恼泛滥成灾:"我们明天就搬出去,我去给你另找房子。"

"不,我要住在这里,这里很好。"鹿久红肿着眼睛摇头。

豆大的眼泪掉在他的手背上,滚烫,灼得他揪心。

想要宽慰她的话，到了嘴边又通通咽了下去。

怎么会不难受？鹿清死了，他们的妈妈死了。

他都常常夜半惊醒，惶惶然一片，何况是自以为间接害死鹿清的鹿久。

秦沐拿纸巾给她擦眼泪，坐在她旁边不讲话，闷头呼吸。

终于，她哭累了，枕着枕头沉沉入睡，眼睫上还坠着晶莹的泪珠，像是委屈极了，整个人都蜷缩成一团。

秦沐轻轻喊了句"鹿久"，她没动，这才敢轻手轻脚地在她旁边躺下，紧张又兴奋地盯着天花板。

原来睡在一张床上是这样的感觉。

秦沐侧过身看着她，轻柔地握住她的手腕，嘴巴一张一合，无声地说："没关系鹿久，妈不在了，以后我也可以照顾你。"

那些擦着犯法边缘的生意他都没做了，余生很长，他也活得足够小心。

2.

"又下雨了。"

"西雅图就是这样。"

这个地方夏天也不热，三十度出头都是很高的温度了，到晚上还会降到二十多度，所以很少人家里会装空调。

鹿久穿着件长及脚踝的水绿色吊带雪纺裙，站在宽敞的阳台上用手托着脑袋从南窗的方向看出去。雷尼尔雪山屹立在飘着雨的夜色里，白蒙蒙的。

温柔的风从纱窗里钻进来，吹动她脸旁的发丝，带着泥土和青草的

香甜。

秦沐熟练地吐了串烟圈,听见她咳了一声,立刻掐灭,斟酌着开口:"我听说市里新开了家中餐馆,口味正宗,生意火爆,我订了两个座位,要不我们明天去吃吃看?"

过了几秒,鹿久点头:"好啊,要是明天不下雨就去吧。"

秦沐眼睛亮了一下:"我看了天气预报明天一定不会下雨,我们吃完饭就去太空针塔看看,再去转转派克市场,买点水果蔬菜,晚上我给你做当地的点心吃。"

来了这里半个月,鹿久很少出去,秦沐本子上大幅大幅的笔记硬是没派上一点用场,让他没少担心。

现在她松了口,秦沐立刻跃跃欲试了。

第二天果然没有下雨,秦沐把车开进市内,停在餐馆不远的地方,特意步行过去。

还没好好看过西雅图的鹿久果然新奇地四处张望。

"你看,这里也能见到雪山。"

"不只有雪山,这儿还能看海呢。我跟你说,下次我带你过来冲浪……"

话匣子打开,鹿久有一句没一句地问着,兴致高涨不少。秦沐高兴地回应和介绍,巴不得她多问。

吃完了中餐,他带她去灯塔的瞭望台看风景,又去市场买了许多蔬菜水果,还有许多以前没见过的海鲜,直到两个人的手里再拿不下一件东西。

有了第一次,再叫她出去玩她便不抗拒了。

景点人多，鹿久在陌生的地方总会更依赖秦沐些，每次都紧紧跟着他，拉着他衣角担心走丢。

秦沐看着她的动作忍不住欢喜，有好几次偷偷牵住她的手也没被察觉。

他乐此不疲，恨不得三天两头把她带出去，但是总是和工作的时间发生冲突。

有次因为陪鹿久去雪山滑雪，耽误了一笔生意，鹿久知道后再喊她出去玩就喊不动了，就算要出门也只让家里的用人陪着。为此，秦沐还情绪低落了一阵子。

快开学了，鹿久开始收心，最近待得最多的地方就是秦沐的书房。有时候下班晚了，秦沐回家找一圈不见人影，最后才在书房的椅子上看到睡着的鹿久。

从前高中静不下心看的那些文学名著现在她通通开始读了，她翻着书柜上那些诗集，倒觉得秦沐的变化有些大。

从前和书没一点关系的人，现在不光看起书来，还开始练字。

书桌上写完还没来得及收好的一帖书法让她跃跃欲试，也在旁边铺开宣纸，用狼毫点了墨。

结果第一笔太重，下去就毁了，她又重新起了张纸，结果太轻了，竖直的一笔都抖成条毛毛虫。

鹿久盯着那字，懊恼地皱起眉，把笔一放，自己生起自己的气。

冷不丁从门口传来一声笑，秦沐不知道什么时候就回来了，抱臂靠着墙看她出糗。

眼看着鹿久的眼睛瞪过来，他笑着快步走近："我教你写。"

她重新坐下，秦沐长臂一伸，握上她的手，无名指顶住笔管，一边写

一边给她讲解。

鹿久"嗯嗯"几声，认真地看着。

两个人挨得极近，他成包围状将她圈在怀里，一低头就能看到她长卷的眼睫微微颤动。发丝间若有若无的香味钻进鼻子，让他恍神。

樱花味的。

他喃喃说："你好香啊，是喷了香水吗？"

"我在家喷什么香水，是沐浴露。"鹿久白了他一眼，突然发现两个人脸贴着脸就差了分毫，顿时起身，挣脱出来，慌慌张张就往屋外走，"哥，我去睡觉了。"

萦绕鼻尖的清甜香味骤然消散，秦沐怅然地坐回椅子上。

房间外忽然又响起"嗒嗒嗒"的脚步声，他抬起头，小跑进来的鹿久撞进眼中，黑亮亮的眸子看向他，皮肤被灯打上一层柔光，猛地看过去像从古画像里走出来的妖女。瑶鼻红唇，言笑晏晏，就已经摄人心魄。

她撇撇嘴，说了句"晚安"，然后又飞快跑掉。

秦沐看着已经没了人影的门口，重新舒展开眉眼。

又过了半个月，鹿久正式进入大学。

军训期间每天都要起很早，秦沐想天天看见她，又不舍得她每天多早起那么一会儿，尽管也就十分钟的步行路程，还是让她住了十几天的宿舍。

军训结束，秦沐开车接她回来，结果鹿久戴着帽子、口罩、墨镜，把脸捂得严严实实，半点不让他看见，急得他以为出了什么大事。

后来追问了半天才知道，这丫头是在学校晒黑了，正给身体灌输冬天到了的概念，想把脸捂白回去。

他笑得泪花都飘出来,又觉得这样的鹿久可爱得爆炸。

可爱到不想让她念书,不想她被人发现,就把她藏在目所能及的地方,不准她离开一步。

当然,这样的想法和鹿久在夏天捂白自己一样幼稚。

从小优秀到大的鹿久在大学里仍然耀眼出挑,很快交了一堆新朋友,其中不乏她的追求者。

秦沐看在眼里又毫无办法。

她常常跟他们出去玩,参加社团活动,参加派对。

秦沐一边替她迅速融入新的集体高兴,一边又旁敲侧击打听里面有多少华人,男生还是女生,长得帅不帅。

有次秦沐下了班,鹿久还没回家,他打电话过去,才知道她爬山扭了脚。

他立刻放下了晚上的工作,开车过去接她。

车子只能停在山脚,秦沐下车走到了半山腰才终于碰到他们这群大学生。

鹿久一瘸一瘸的,看上去有些吃力,两个男生在两边扶着,一行人因为她整个进度都慢下来。

秦沐盯着搭在她肩上的男生的手,快步过去。

鹿久还来不及惊讶,他已经蹲下:"上来。"

旁边的人问她这是谁。

不等她说,秦沐没好气地开口:"我是她男朋友。"

"这是我哥哥。"鹿久窘迫地在他肩头敲了一下,"哥,这么多人看着呢,你快起来。"

"你快上来。"

"我能自己走。"

"走这么慢也叫走?你早点上来,大家也能早点回去。"秦沐犯了倔,"你要是不上来,我就一直在这儿蹲着。"

大家纷纷停下来注视着两个人,鹿久没了办法,只好攀上去,双手环住他的脖子:"谢谢哥。"

秦沐满足地背起她,脸上隐隐窃喜,一步一步都走得平稳又缓慢。

渐渐地,两个人落在了后头,再后来,那群学生的影子都完全消失在拐角。

鹿久忍不住问:"哥,是不是我太重了,你放我下来让我自己走会儿吧。"

"就你这点骨头也叫重?"

秦沐往上颠了一下,心里巴不得这路走不到尽头才好。

但是,走得再慢也还是到了山脚。

秦沐把鹿久小心放进车里,一路开回去,下车后仍然背起她进屋。

用人走出来迎接,鹿久借势要下去让她扶着走,秦沐不肯放,背着她一口气上了二楼。

"你坐在床上,我去拿药。"

他飞快拿来了药箱,在床边蹲下去小心地把她右脚的裤腿卷起,在手上擦了药膏,抚上瘦削白嫩的脚踝,肌肤温热的触感传到手上,让他没来由地有些慌张。

秦沐动作轻柔,一边按一边问:"疼不疼?"

鹿久摇摇头。他松了一口气,语气里多了点抱怨:"你以后少跟他们去玩,回头再把自己弄伤了。"

"这是意外。"鹿久撇撇嘴。

秦沐不高兴起来,听她的意思是还会有下一次了?

"那你以后去哪儿玩、跟谁玩,都得告诉我。"

"告诉你干吗?"

"你再受伤我好去找他们算账。"

"哥!"

他原本还闷闷不乐着,被她撒娇似的一喊,顿时缴械投降:"行行行,不找麻烦,不找麻烦。进大学也有一段时间了,感觉怎么样?"

"学校中国人少,班上就我一个,大家都很照顾我,很友好。就连语言课的时候,老师下了课也会单独问我有没有不懂的。"

"那就好。"

上完药,互道了晚安,秦沐离开房间。

秦沐洗了手,又重新在沙发上坐下,拨通了一个电话,用英文熟练地和他寒暄起来,主要还是感谢他照顾鹿久。

金发碧眼的 Stefan(斯蒂芬)爽朗大笑:"举手之劳,举手之劳,你不是说她是你的未婚妻吗,我当然要照顾一下。"

他又问到秦沐什么时候准备结婚,到时候必须要请他过去。

秦沐握紧手机,下意识地抬头往鹿久的房间看了一眼,压低声音:"一定。"

他一定会等到那天的,他能等到的。

3.

鹿久最近爱笑了些,至少没有再被秦沐撞见一个人抹眼泪的样子。

为了让鹿久少想起从前的伤心事,他总是同意她去参加那些聚会,每次鹿久也会老老实实地告诉他一起去参加聚会的都有谁。

秦沐把这些人偷偷查了个遍，几个男生几个女生，男生会不会比自己还好看。

但是，最近有次聚会鹿久却没有告诉他，邀请她的男生叫格恩，是个英俄混血儿。金色头发，皮肤白皙，眼睛蓝得像加了色素，鼻子高得像打了十支玻尿酸，下颌线也锋利得能割死人的那种。

总之，秦沐怎么看怎么不顺眼。

最重要的是，格恩送鹿久回家正好被秦沐撞见。

当着他的面，格恩邀请鹿久参加明天的社团活动。

不等鹿久回答，秦沐直接就给拒绝了。

男生不太高兴地说："你凭什么替她做决定？"

"因为我是她男朋友。"

"什么？"格恩摊手，"鹿久跟我说过，你是她哥哥。"

秦沐面不改色："我们一个姓秦，一个姓鹿，你觉得我们是兄妹吗？我就是她男朋友，我们现在在吵架，她闹小脾气才会这么说。"

格恩悻悻离开，秦沐正得意，鹿久却生气了。

"哥，你怎么张口就乱说，你让我明天怎么面对同学呢？"

秦沐一下子怂了："我也不全是胡说嘛，我们确实不是亲兄妹……"

他的声音越来越小，直到没声，因为鹿久正瞪着他。

"哥你要是再这么说，我就再也不把朋友带到你面前了。"

"别别别，我不这么说了，不这么说了。"

秦沐急急忙忙地保证，但这话说出口自己却难过起来。

"小久，你真的不知道我为什么会这么说吗？"

院内晴朗的夜色里，他站在她面前，轻皱眉头，眼睛里有一团化不开的浓重哀愁。

"这么多年,我对你的想法,你真的一点也不知道吗?"他自顾自地说着,"我喜欢你啊,喜欢你很多年了。我们是名义上的兄妹不假,但我从知道你不是亲妹妹开始,就再没拿你当过妹妹。

"你随口叫的一句哥哥,把我的一切感情都拦在了外面。

"不要叫我哥,可不可以,以后都叫我秦沐,可不可以?"

他一口气说完这许多话,才敢抬头去看她。

看见鹿久发怔的模样,他的心被刺痛了一下,又急急补充:"你不用现在就答应,我可以等的,别让我等太久就行,五年十年我都可以等……"

他的声音再次小了下去,把头垂得低低的,忽然听见一声嗤笑。

秦沐愣愣地抬头,看见鹿久弯起眼睛,看着他喊了一句:"秦沐。"

他脸上烧热,头脑也不太清楚了,问:"你刚刚喊我什么?"

鹿久又叫了一声:"秦沐,秦沐,秦沐。"

他闭上眼睛,听她不停叫着自己的名字,嘴角的笑意绷都绷不住往上扬。

笑着笑着,眼泪忽然就落了下来。

"鹿久,我这不是在做梦吧?"

"这几个月的相处就像我偷来的一样,现在也是。"他走上前伸出手说,"你快掐掐我。"

鹿久羞赧地拧了他一把。

秦沐一愣:"不痛,你再掐一下。"

她哭笑不得:"你行了,我明天还要上课呢。"说完,就往屋内跑。

秦沐追过去,只听到她"咚咚咚"小跑着上楼的声音。

"小久,你先别睡,快再来掐我一把,怎么一点都不痛?"

楼上没人应声。

秦沐皱起眉,往楼上跑去,推开她的房门,房间里漆黑一片,哪里有什么人。

他意识到什么,急急地喊:"小久,你在哪儿?别闹了,你快出来!"

整个屋子无人回应。

突然,他想起一件事。

在鹿久去国外读书之前,他就把她弄瞎了,所以她根本没上那班飞往西雅图的飞机。

后来,她就死了。

"我害死了她?"

心脏猝然一阵钝痛,秦沐猛地跌进了黑暗。


4.

"丁零零——"

刺耳的电话铃声在旁边响起来。

用人在楼下喊:"秦先生,你的电话。"

秦沐从地上坐起来,抹了把脸,全是冰凉的泪水。

他接起手边的电话,鹿久兴奋的声音传过来:

"哥,我们快到了,还不出来接我们!"

边上还有季东楠聒噪讨厌的叫喊声:"秦沐,有没有准备吃的啊,我快饿死了!"

秦沐张了张嘴:"有。"


挂了电话,秦沐又在地上坐了一会儿,什么都想起来了。

他想起来,季东楠从未来回到2014年改变了历史,鹿清没死,鹿久也没死,并且顺利读完了大学。

今年年初,他回家过年,和鹿久一起重新见到了消失的季东楠。

秦沐呆坐着直到用人上来叫他吃早饭。

用人看见他恍惚的模样,问:"先生,您怎么了?"

秦沐深呼了一口气,眼睛空洞地望着前方,像是想到什么很久远的事情。

"我做了一个梦。梦到我喜欢的人要离开我,我痛苦不堪,为了把她留在身边弄瞎了她的眼睛,最后害死了她。那感觉真实到让我觉得可怕,后来我就被吓醒了。

"醒来发现她还活着,并且已经和别人在一起了。但我还是觉得高兴。

"跟她死掉相比,她跟任何人在一起我都觉得高兴。她活在这个世上我就觉得高兴。"

### 鹿久篇·番外二

又不是隔着一千年也不是百十年,
只是三年而已。

大榕树的叶子已经慢慢掉光了,远眺看去大片大片的繁茂枝干上只有光秃秃的寂寞感,由远而近那些枝干上却长出许多鹿久从没见过的小颗粒。它们密密麻麻,按着枝干的轨迹旋转生长,变成一张巨大密集的大网。

鹿久枕着手在那棵孤单的大榕树下睡着了。

"季东楠?"

"季东楠,是你吗?"

鹿久急迫地站起来,那张仿佛没有尽头的大网把她笼罩在光晕里,让她分不清梦里梦外。

周遭的空气用力扭转起来,变得绵软。

鹿久愣愣地看着虚无光景里重叠在一起的模糊人影，眼泪大颗大颗突兀地往下掉。

伴着耳边轰隆隆的呼啸，鹿久慢慢地、慢慢地怕惊动什么似的轻柔地抬起手，温柔地以拥抱的姿势环住那片虚无。

"季东楠，我很想你。"

"Alisa, Alisa, wake up（阿莉莎，阿莉莎，快醒醒）。"

昏昏沉沉间，鹿久从梦中惊醒，面前的金发女孩松了口气，用蹩脚的中文问了几句话。

鹿久抹掉脸上的泪渍，望着头顶壮硕如蛛网般的枯枝挤出些笑容来。

"是啊，不知道怎么就睡着了。"

她抱起地上的书本，和旁边的女同学并肩向教室走去。

鹿久来西雅图已经半年了。

设计是这所学校的主专业，就连整个学校的建筑都是别具一格，放眼都是浪漫的巴洛克。

一座座宛如教堂的教学楼成为这所学校的特色风景，火红、热烈的枫树随处可见，连成排齐整地列至两旁。

鹿久最喜欢的是学校里的图书馆，以树为柱旋转而上铺建而成，像是永远以努力和充满生机的姿态去争取和拼搏什么。

每一个凌晨四点起来的早晨，她都会到这里来学习。

靠着这口气，鹿久只花了两年半修完所有学分，提前毕业。

同寝室的露娜不止一次地问她，你这么努力修完学分回国是想做什

么啊？

终于在回国之前,她站在机场没头没尾地说了句话——

当然是去找到那个人在的地方,跑向他。

他寄放在银行柜台上的那封信里说,所看见的死亡不一定是真的死亡,他们总有一天会在同一个时空遇见。

他还说,叫她等着。

等着就等着,又不是隔着一千年也不是百十年,只是三年而已。

这么短,跑一跑,努努力就能走到了。

2018年2月15日,除夕。

随着零点的到来,爆竹声也达到鼎沸之势。

"爸,您说什么?"

鹿久探出头,接连询问几句。旁边秦泽的嘴张张合合,她却一个字也没听到。

秦父说几次也气恼了,一个栗暴敲在鹿久的脑门上。秦沐连忙做出护妹的样子挡在她前面,一家人笑作一团。

"小久啊,我听说加拿大那边有设计公司已经向你抛出了橄榄枝,年后就能就职,你是怎么想的?"

"爸,我书都还没读够呢。"

"你难不成还想读研啊,小心成个书呆子!"

秦泽极不肯定她的想法,刚想劝说,鹿久一头蹭过来一顿撒娇。

"我就想待在阪城陪爸嘛,哥又成天在外面忙,您可不许把我往国外赶。"

秦沐也附和:"以小久的条件,国内哪个设计公司进不了,她既然想待在这里您就随她去吧。"

儿女统一了战线,做父亲的讲不过,提了几次也就放弃了。

鹿久哼着小调收拾碗筷进厨房,秦泽也在春晚之后回屋睡觉了。

只有在谁都没注意的时候,一整晚都在笑着的秦沐才露出发愁的神色。

他知道,鹿久想要留在这里的原因。

可是,都已经2018年了,一个虚无的人,真的会再出现吗?

兄妹俩在秦泽睡觉之后又煮了火锅聊了一轮,夜过大半,也终于有了困意。

"真是老了,都不怎么能熬夜了。以前过年,通宵守岁都扛得住。"秦沐摇着头起身,"哥先去睡了,你也别弄太晚了。"

鹿久还在锅里扒拉着没吃完的丸子,随口应着。

吃饱喝足,她丢下满桌子狼藉,窝在沙发上刷朋友圈。

微信里全是新年祝福,看了会儿,鹿久觉得没意思,也爬上床酝酿睡意。

这个点外面已经没有烟火声了,街上也看不到几个人,只有楼上还隐约传来些聚会的闹腾声。

鹿久皱着眉,不耐烦地翻了身,但那吵闹声越来越大,许多脚步在天花板上踩踏过去,捂住耳朵都听得让人心烦。

她弹坐起来,在黑暗里匆忙套上件厚外套出了门。

咚咚咚!

鹿久敲着门。

两分钟后,门才被悠悠打开。

看着开门的人,鹿久一点点睁大了眼。

穿着一件高领毛衣的男生斜斜靠在门口,一如从前的模样。

他正要开口,门被外力轰然关上,速度之快,力气之大,差点让他的鼻子遭受重创。

等他再次打开门,外面已经空无一人。

季东楠心有余悸地摸着脸大吼一声:"你谋杀啊!"

他这一嚷,吵闹的屋内倒是一下子安静下来。

大家纷纷屏息看向门外,静悄悄的楼道突然有了高跟鞋的声音,从楼下传来,每一步都很清脆,然后越来越近。

鹿久再走到季东楠面前时,已经回去穿了大衣换上鞋,伸出手,莹亮的杏眼注了水般笑盈盈地期待着看着他。

她说:"你好,我是二十岁的鹿久。"

图书在版编目（CIP）数据

她住在七月的洪流上 / 十万月光著. -- 贵阳：贵州人民出版社，2019.2（2021.4重印）
ISBN 978-7-221-15059-2

Ⅰ. ①她… Ⅱ. ①十… Ⅲ. ①长篇小说－中国－当代 Ⅳ. ①I247.5

中国版本图书馆CIP数据核字(2019)第005875号

## 她住在七月的洪流上

十万月光 / 著

出版统筹：陈继光
选题策划：大鱼文化
责任编辑：唐　博
特约编辑：雪　人　娄　薇
装帧设计：刘　艳　西　楼
封面绘制：哈　鲁
出版发行：贵州人民出版社（贵阳市观山湖区会展东路SOHO办公区A座
　　　　　邮编：550081）
印　　刷：北京时尚印佳彩色印刷有限公司
开　　本：880×1230毫米 1/32
字　　数：221千字
印　　张：9.125
版　　次：2019年2月第1版
印　　次：2019年2月第1次印刷
　　　　　2021年4月第2次印刷
书　　号：ISBN 978-7-221-15059-2
定　　价：45.80元

贵州人民出版社微信

版权所有　盗版必究。举报电话：策划部0851-86828640